长篇报告文学

剑光

——中国警务辅助实录

蓝鸿 著

群众出版社
·北京·

图书在版编目（CIP）数据

剑光：中国警务辅助实录／蓝鸿著．—北京：群众出版社，2012.8

ISBN 978-7-5014-4935-4

Ⅰ.①剑…　Ⅱ.①蓝…　Ⅲ.①纪实文学—中国—当代　Ⅳ.①I25

中国版本图书馆CIP数据核字（2012）第179312号

剑　光

——中国警务辅助实录

蓝鸿　著

出版发行：群众出版社

地　　址：北京市西城区木樨地南里

邮政编码：100038

经　　销：新华书店

印　　刷：北京兴华昌盛印刷有限公司

版　　次：2012年10月第1版

印　　次：2012年10月第1次

印　　张：8.5

开　　本：880毫米×1230毫米　1/32

字　　数：244.5千字

书　　号：ISBN 978-7-5014-4935-4

定　　价：38.00元

网　　址：www.cppsup.com.cn　　www.porclub.com.cn

电子邮箱：zbs@cppsup.com　　zbs@cppsu.edu.cn

营销中心电话：010-83903254

读者服务部电话（门市）：010-83903257

警官读者俱乐部电话（网购、邮购）：010-83903253

文艺分社电话：010-83901350

目　录

第二辑　前世与今生

上篇：前世之忆

下篇：今日风采

第三辑　伤痛与迷茫

上篇：爱在风雨中

下篇：尴尬中的痛与惘

第四辑　发展与未来

上篇：历经风雨见彩虹

下篇：任重而道远

前　言

从2004年开始，在苏州各县市的街头出现了一支特殊的队伍，他们有一个共同的名字——治安辅助人员（又称治安辅警）。经过数年的发展，这支队伍的人数已达3.5万余人。作为公安机关警力资源的重要补充力量，治安辅警以其特有的形式与人民警察并肩作战，在110接处警、治安巡逻、交通协查、户政管理、出入境管理、防暴特勤、反扒便衣等一线岗位，他们在公安机关的领导和指挥下，与人民警察共同担负着构建“平安苏州”的重任，在维护社会治安稳定、和谐警民关系方面做出了积极贡献。

实践证明，广大治安辅警为了维护苏州的平安，发挥了十分重大的作用。为了充分发挥这支队伍的力量，苏州市公安局成立了全省第一家公安辅助人员专门管理机构，这在全国的辅警管理工作中属创新之举。近几年来，苏州市公安局党委一直将规范建设辅助人员队伍作为一项重要的任务，完善了一系列治安辅助人员的管理办法，出台了一系列治安辅助人员的奖励措施。2011年，苏州市公安局党委又提出了“辅助人员队伍参照民警队伍管理”的要求，并积极推动辅助人员管理立法工作作为2011年度全局性战略工程。

2012年4月17日，经苏州市政府第99次常务会议审议通过，苏州市人民政府发布了《苏州市警务辅助人员管理办法》，并于2012年7月1日正式实施。该《办法》是全国首个规范警务辅助人员管理的地方政府规章，也是辅警队伍在各地设立后出现的首次立法，这是一次大胆的改革和创新。而《剑光——中国警务辅助实录》一书的问世，更是把这支队伍整体亮相在社会各界和人民群众的面前，让读者全方位、深层次地了解这支特殊队伍的风采。

《剑光——中国警务辅助实录》一书以苏州市治安辅助队伍为大背景，作者走进苏州昆山各区镇派出所治安辅助中队，先后采访了奋战在治安辅助一线的近百名治安辅助队员，收集了第一手最真实的资料，采用报告文学的形式，向读者展现了一支公安机关不可或缺的治安辅助队伍，用精彩的事例和真实的情感表达了辅警队员们的欢笑和泪水、骄傲和自卑、执着和迷惘……

如何加强治安辅助队伍的管理和运用，使之不断规范化和法制化，这是公安机关的一个重大课题，同时也是社会发展中的一个重要课题。《剑光——中国警务辅助实录》一书不单纯是广大读者眼中的一本报告文学书籍，也是各级公安机关在今后的警务辅助人员管理工作中的一本重要的参考资料，它的社会价值远远高于文学价值。

通过《剑光——中国警务辅助实录》，我们将全面地了解警务辅助人员的真实风采。通过立法，我们也看到了警务辅助队伍的美好前景。相信在苏州公安机关的努力下，苏州一定能打造出一支扎根于老百姓心中的警务辅助队伍。

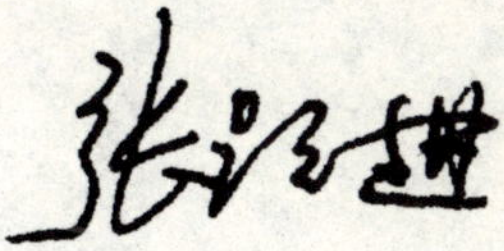

江苏省苏州市人民政府副市长

市公安局党委书记、局长

引　子

“铮铮铁骨，奉献依靠；拳拳爱心，追求崇高。我们是辅警，光荣的称号，敬业爱岗为选择骄傲。和谐的社会，也有我们一份功劳。平安的生活，也有我们一份创造。擦亮眼，看动向，抑制心跳，我们与人民警察同行，在一条战壕，我们与人民警察在一条战壕。

默默付出，甘当小草，幽幽吐香，争做花苞。我们是辅警，光荣的称号。冲锋陷阵让锐气燃烧。和谐的社会，也靠我们献身英豪。平安的生活，也靠我们热血同胞。迎太平，送团圆，聆听欢笑，我们与人民警察同行，是一样荣耀，我们与人民警察是一样荣耀。”

——《与人民警察同行——辅警之歌》

每当响起那激昂励志的旋律，一句句情真意切的歌词总能拨动一颗忠诚正义的心灵，动情深处令人豪情倍增，却也掩不住泪光闪闪，感慨万千。

这是由昆山市著名作曲家杨瑞庆谱曲，小黑作词的全国公安系统第一首辅警原创歌曲。这首歌曲一经问世，立刻引起了社会各界的广泛关注，尤其是广大治安辅警更是感到精神振奋。因为那一句句情真意切的歌词道出了治安辅警的拳拳心声，因为那一串串激昂励志的旋律展现了治安辅警的精神风采。

发出我们的声音，展现我们的精神，这是歌词的创作者小黑，一名在治安战线上默默奋斗了十多年的老同志的心愿，也是广大治安辅警的心愿。小黑本名陈士同，真实的身份是昆山市公安局城中派出所治安辅助中队队长。这首由治安辅警自己创作的歌曲，词曲优美激昂，融入了广大治安辅警扎根基层、甘于奉献的高尚情操，也融入了广大治安辅警与人民警察一起为民服务、保一方平安的炽热情感，充分展现了新时期治安辅警的精神风貌。

“和谐的社会，也有我们一份功劳。平安的生活，也有我们一份创造……我们与人民警察在一条战壕……”

在昆山的大街小巷，无论是严寒还是酷暑，无论是白天还是黑夜，人们随时随地都能看到他们巡逻的身影，随时随地都能得到他们及时的救助……

春寒料峭的午夜，寂静的建筑工地附近，一个黑影正在搬运白色物状的东西，往三轮车上扛。突然，仿佛从天而降的两名治安辅警拦住了黑影的去路。无须过多的言语，一个眼神，一个动作，蛇皮袋里的铁扣件就已把真相和盘托出。夜风很冷，窃贼浑身打战，而被寒霜打湿衣裳的两名治安辅警，心很热，目光很亮。

午夜的寂静被尖锐的电话铃声划破，红蓝双色灯闪烁着，在夜色中一闪而过。砸开防盗门，抢救昏迷者，紧张忙碌的背影书写着救死扶伤的职责。煤气中毒的一家四口，终于从死神那里坐客回来。一声“谢谢”哪能承载得了如此重的恩情？

车水马龙的街市，一个形迹可疑的男子，躲躲闪闪的眼神，支支吾吾的言语，只需一拦二问三查，一个网上逃犯立即原形毕露。那一双双“火眼金睛”连齐天大圣都自叹不如。

落水的儿童，迷路的老人，轻视生命的痴男怨女……在那一个个忠诚身影的帮助下，获得了救助，获得了希望，获得了新生。

这样的场景 24 小时循环演绎，这样的事例举不胜举。每一天，每一分钟，他们的身影都是以一种“正在进行时”的方式流动在城市的每一个角落。在那些充满惊险、生动、感人的画面背后，是一颗颗捍卫正义维护和平的心灵。

引　子

作为公安机关警力资源的重要补充力量，治安辅警以其特有的形式与人民警察并肩作战，在维护社会治安稳定、和谐警民关系方面做出了积极贡献。正如《辅警之歌》所唱的，和谐的社会，也有他们的一份功劳，平安的生活，也有他们的一份创造。

那么，这究竟是一支什么样的队伍？他们又是一群什么样的人？

在《辅警之歌》的旋律中，请你，把目光投注到这里……

也许，你会感动！

也许，你会深思！

第一辑　光荣与梦想

每个人的心中
都有一个英雄之梦

把光荣与梦想
融进这一身平凡的制服

捍卫正义，守护安宁
我们的脚步触摸着
城市的大街小巷

百姓的幸福安宁
是我们坚持的力量

金盾闪光
我们也有一份光彩

与人民警察同行
我们一样荣耀
……

上篇：光荣有榜

这里，有浴血奋战勇擒歹徒的平凡英雄；这里，有捐献骨髓弘扬博爱的爱心大使；这里，有奋不顾身火中救险的无名英雄；这里，有无偿献血十六年的献血状元；这里，还有一个个时刻都在平凡与伟大之间闪光的先进人物……

他们的名字，他们的事迹，他们的精神，就像一道道绚丽的彩霞，把治安辅警的一片天空点缀得更加灿烂夺目。

感动昆山，他们是英雄，是标兵，也是一个个有情有义的普通人……

因为平凡，所以感动。

因为感动，所以光荣！

感动昆山，他是平凡的英雄

那一瞬间，他完全忘了自己；那一瞬间，整个城市记住了一个名字。英雄的本色，是平凡中的感动……

一

他，中等的个头儿，普通的长相，穿梭在熙熙攘攘的街市里，仿佛大海里的一滴水，是那样的普通而又平凡。但就是这样一滴不起眼的水，因为他的一腔热血，因为他的一颗真心，在阳光的照耀下，折射出了一种耀眼的光芒！

身着便衣，巡逻大街小巷……在和平年代里，好男儿保家卫国的壮志豪情被他细腻地糅进了日常琐碎而繁杂的治安工作中。他崇敬英雄，学习英雄，却不知道英雄出自平凡。而他的每一分努力，每一点进步，都是一名英雄逐步成长的轨迹！

2007 年 5 月 4 日，青年节！这一天，整个昆山市都记住了一个人的名字。人们因为一个英雄可歌可泣的壮举而深受感动。而他，在那一瞬间，却完全忘了自己……

那天下午 15 时许，他带着两名治安辅警在城中区中山路一带繁华的商业街附近进行治安巡逻时，突然接到指令，称在中山路某茶楼有人被敲诈勒索，犯罪嫌疑人是两名男子，要求他迅速前往现场协助抓捕。接到指令后，他带着队员立即赶到该茶楼门口，恰巧看见有两名男子走出茶楼，形迹十分可疑。凭经验，他觉得这两名男子很可能就是犯罪嫌疑人。也许是嗅到了某种不祥的气味，两名男子刚走出茶楼后立即分开，一个往南一个往西，企图快速逃离现场。见此情景，他立即盯上了其中一个身穿白色衬衫的男子。

“站住，我们是派出所的！”他冲在前面，一边奋力追赶一边厉声喊道。不料，白衣男子听到喊声反而逃窜得更快。凭着良好的身体素质，他以百米冲刺的速度追赶了上去，在一家饭店附近一把抓住了白衣男子的胳膊。不料，白衣男子突然从裤袋里掏出一把弹簧刀来，猛地一下刺进了他的左胸口……

一股猩红的鲜血立即喷涌而出，他忍着剧痛上前去夺白衣男子手里的凶器。然而，企图奋力挣脱的歹徒丧心病狂地又将尖刀刺向了他的腹部。鲜血很快浸湿了他的衣裤，也很快染红了地面，但是他的双手仍是紧紧地抓住歹徒不放。这时，两名队员已追上来围堵在白衣男子的两侧，狗急跳墙的歹徒疯狂地挥舞着手里的尖刀。而此时此刻，他依然揪住白衣男子的胳膊不放。急红了眼的歹徒又将尖刀狠狠地刺向了他的左臂，锋利的尖刀把他整个左臂的肌肉都割断了。剧痛再加上失血过多，他的身体开始虚弱，终于因体力不支慢慢地蹲倒在地上……

一分钟的生死搏斗，十分钟的惊险追捕。在随后赶到的警力支援下，涉嫌敲诈勒索的两名犯罪嫌疑人终于被抓捕归案。但是，城中派出所的参战人员没有因为嫌疑人的归案而感到欣喜，地面上的那一大摊血迹让每个人的心都紧紧地揪着，这个在一瞬间感动了昆山的普通治安辅警，他的伤势重不重？

5月4日下午15时30分许，昏迷不醒的他被送进昆山市第二人民医院进行紧急抢救。经过医生仔细检查，他的右手臂整个肌肉肌腱被割断，左胸口被刺一刀，伤口距离心脏仅有一厘米，左腹部被刺一刀，伤及脾脏，伤势十分严重。

英雄浴血勇擒歹徒的事迹于第一时间上报到了昆山市公安局，并很快惊动了昆山市委、市政府的有关领导。得到消息的张玉林副市长、公安局宋文元局长（时任）及相关领导及时赶到医院，了解伤情的同时，要求医院全力抢救伤员。手术室外，领导、同事以及亲戚朋友们一个个焦急地等待着。他的母亲和身怀六甲的妻子强忍着泪水，默默地为他祈祷；还有许多热心的群众自发来到医院，希望能见上英雄一面，并表达他们衷心的祝福……

那一瞬间，他忘记了自己，但在那一天，许多市民却记住了他的名字——宗伟，一名普通的治安辅警，一个顶天立地的热血男儿！

在人们的热切企盼中，他终于睁开了双眼，看见了鲜花，听到了赞美。

市民张先生，事发时正坐在咖啡厅与朋友聊天，透过咖啡厅透明敞亮的大玻璃窗，正巧亲眼目睹了他浴血勇擒歹徒的感人一幕。对于他的英勇壮举，张先生十分感动。他说终于明白为什么自己能够和朋友在一起悠闲地喝咖啡聊天，那是因为有像宗伟这样的英雄卫士在默默地捍卫着这座城市的安宁。

老干部刘先生，当时也在昆山市第二人民医院住院治疗，听说了他的英勇事迹后，激动地拔掉手上的输液管，坚持要来到他的病床前。刘老感激地握着他的手说，我要代表普通市民向英雄表示感谢，感谢你为我们老百姓做出的贡献！

对于领导、同事和广大市民的热切关心，宗伟的心里感到非常温暖。然而，对于英雄这个称呼，他显得十分平静。他觉得自己不是英雄，他的所作所为只是尽到了一个治安辅警的基本职责。

二

70年代出生的宗伟是一名土生土长的昆山人，从小就喜欢看英雄故事，胸怀一腔正义。抱打天下不平事，是他的一个英雄情结，更是他作为一个热血男儿的人生坐标。

记得那年刚从学校毕业，他在一家商厦的针织部做营业员。秋天的一个下午，他发现有一名男子在对面的男装部来来回回闲逛了五六回，这可疑的举动引起了他的注意。当他忙完自己柜台上的顾客生意后，看见那名可疑男子正往门口走去。他急忙问男装部的同事有没有丢了什么东西，同事立刻惊呼少了一件西服。于是，他连忙和同事去追那名可疑男子。身手敏捷的他冲上前就将那名可疑男子擒获，那人在反抗中狠狠地朝他踢了几脚，骂他多管闲事。他说自己就是爱管闲事，并把可疑男子交给了闻讯赶来的警察。

在家里的阳台上看风景，对别人来说是一种纯粹的休息，而他，那双锐利的双眼，总能发现些什么。2001 年春天的一个午后，正在阳台上休息的他发现对面楼道附近有两名陌生男子在转悠闲逛，他细心观察后觉得两人很可疑，就连忙打电话给小区保安。当保安从那两名男子身上搜出螺丝刀、扳手等作案工具时，他的心里比听到保安的表扬还要快乐！

因为那份英雄情结，2004 年 6 月，宗伟应聘进入昆山市城中派出所治安辅警中队。他恪尽职守，踏实工作，协助民警参与抓获了许多违法犯罪嫌疑人。下班回家的路上，他跳入冰冷刺骨的河水救起落水的儿童。值班巡逻时，他开车带着迷路的老人一个新村一个小区地挨个寻访……由于工作出色，他很快被提升为辅警中队三班副班长，并连续多年被亭林社区社会治安综合治理联合会评为见义勇为先进个人。

从 2005 年开始，因为工作需要，宗伟被编入便衣巡逻组工作。便衣巡逻，需要机智的头脑和火眼金睛，需要更强的自我约束力。街头巷尾、茶楼饭店、发廊浴室……藏污纳垢的地方，都是他涉足的工作范围。金钱美色诱惑不了他，威胁恐吓更是难不倒他。一个美容店老板曾气急败坏地指着他的脸说：“你小子敬酒不吃吃罚酒，赶明儿我找人废了你的手！”他不惊不怕，照样协助派出所民警到美容店里抓了两对卖淫嫖娼嫌疑人。

俗话说，明枪好挡，暗箭难防。做人做事一向坚持原则的宗伟，难免要得罪人。有一段时间，几家发廊和茶楼的老板都在人前背后说他拿了好处费，风言风语也传到了领导和同事们的耳朵里。他听说了，尽管心里有些难受，却不作任何辩解，他相信是非黑白自有公论。事后，当那几位造谣者向他赔礼道歉时，他的心头却感慨万千。他知道这份工作的甜酸苦辣，也知道在他身后，领导和同事们的那份默默关怀和支持！

翻开宗伟的履历表，一个个闪亮的光环照亮了他平凡而又感人的生命历程。2007 年，宗伟被授予苏州市文明市民、苏州市见义勇为先进分子；2008 年，被广大市民评为首届“感动昆山道德模范人物”；2009 年，被评为江苏省见义勇为先进分子；2010 年，由中宣部、中央文明办联合主办的中国文明网评选出的“中国好人”名单中，宗伟榜上有名，被评为“见义勇为好人”，他的先进事迹再次受到了广大网友的一致称赞。

宗伟，一名普通的治安辅警，以他平凡而感人的事迹告诉人们，英雄出自平凡。而英雄的背后，还有一群为创建平安昆山而默默奉献的平安卫士！感动昆山，不仅是因为英雄，更是因为精神，一种除暴安良、守护平安的英雄精神！

感动昆山，爱与生命相“髓”

生命需要亲情之爱，生命也需要博大之爱。感动昆山，爱与生命相“髓”，一名普通交通辅警的博爱之心……

一

2008年4月21日，首届“感动昆山道德模范人物”颁奖大会在昆山市大戏院隆重举行。由昆山市委宣传部主办的首届“感动昆山道德模范人物”评选活动自2007年11月开展以来，得到了社会各界的热烈拥护和积极响应，评选出了一批普通市民身边的道德模范先进人物，在全市掀起了公民道德建设的新热潮。

在当晚的颁奖会上，一个由八人组成的团队分外引人瞩目。这原本是一个松散的集体，成员之间彼此并不熟识，许多人甚至素昧平生，但是，因为同一个使命，因为同一种奉献，他们走到了一起，这就是生命相“髓”爱心团队。

朱雪林，一名普通的交通辅警，在那一天的颁奖舞台上，散发着一种迷人的人格魅力，这种魅力来自于他的博爱之心，来自于他的无私奉献。他自愿捐献骨髓救助素不相识的白血病患者，用他的生命之火点燃了患者的生命之灯。他不愧是感动昆山的道德模范人物，用一颗大爱无痕的慈爱之心，将爱洒向社会，用爱引导人们走向慈善的行列。朱雪林是昆山市医疗系统以外捐献骨髓第一人，也是昆山市公安系统首例，更是全市治安辅警的骄傲和榜样。

2006 年 3 月的一天下午，正在昆山市公安局周市交警中队上班的辅警中队副队长朱雪林，突然接到了昆山市红十字会的电话，正是这个电话把朱雪林的人生引向了一条充满人性光辉的博爱之路。工作人员告诉朱雪林，他的造血干细胞各项指标均被配对成功，一名濒临生死边缘的白血病患者正在等待他的骨髓捐助。

愿不愿意捐献骨髓？没等工作人员问第二遍，朱雪林就在电话中决定了在别人看来得慎重考虑再三的大事。

捐！一定捐！朱雪林主意已定，全然忘记了他的年龄正是上奉父母、下教幼子的人生忙碌期，身负工作、家庭的多副重担。此时的朱雪林早已将个人的安危和利益抛于脑后，心中想到的只有那个急需救治的白血病患者。

其实，早在两年前，朱雪林就有了这种无私的博爱精神。2004 年 6 月，朱雪林应聘加入昆山市治安辅助队伍。在参加岗前培训期间，他自愿加入了中国红十字会造血干细胞志愿者队伍，填写了志愿书，并抽取了血样，希望有朝一日能帮助那些需要救助的白血病患者。

那可是几万分之一的几率啊，比中百万大奖还要难得。能用自己的骨髓去挽救一个人的生命，那可是一件积德扬善的好事情。想到这些，朱雪林心底总会涌起一份自豪和骄傲。

自从决定捐献骨髓那日起，朱雪林就积极地向家人及身边的同事和朋友宣传捐献造血干细胞的知识和意义，同时义无反顾地投入到捐献造血干细胞的前期准备工作中。2006 年 5 月，经过再次高分辨配型吻合，朱雪林于 7 月 1 日在周市交警中队同事的陪同下，正式前往苏州市第一人民医院进行捐献手术。

在手术前期的四天中，朱雪林每天都要忍受着注射骨髓释放剂给身体带来的痛苦，但他却从不吭一声，想到的只是怎样尽力配合医生挽救他人的生命。2006 年 7 月 5 日下午，捐献手术正式开始。这一手术采用对捐献者痛苦较小的“血液分离法”，过程和普通献血类似，只不过需要的时间更长，大约要四五个小时。朱雪林两只手上插满了抽血管（从外周血采集造血干细胞），在手术床上一动不动地躺了四个多小时，采集了135ML的造血干细胞。第二天，当朱雪林得知被捐者是一个年龄与他相仿的成年人，135ML的造血干细胞量不够用时，他又毫不犹豫地忍着疼痛进行了第二次捐献手术，总计捐献量达到了195ML，这在昆山前四位骨髓捐献者中是首例。他的这种自愿无偿挽救他人生命的精神是多么难能可贵！

对于朱雪林无偿捐献骨髓的举动，也有许多人表示不理解，认为他不值得冒着那么大的风险捐献骨髓去救一个毫不相干的人，有些人甚至还猜测他究竟拿了多少钱才肯这样做。对于这些疑问和猜测，朱雪林只是一笑置之。好在家里人都很支持他，年迈的母亲尽管有些不舍，担心他的身体会受到影响，但还是让他去做自己想做的事情。作为昆山市医疗系统以外捐献骨髓第一人，昆山市委、市政府对朱雪林的义举十分支持，昆山市公安局、周市镇党委政府也给予了大力支持和鼓舞，市公安局还专门安排人员到医院陪同护理朱雪林。7月5日下午，正式捐献骨髓，市公安局副局长徐清平还专程前往苏州市第一人民医院，亲切看望了正在捐献造血干细胞的朱雪林。

2006年7月12日下午，昆山市公安局举行了隆重的欢迎仪式，迎接朱雪林的凯旋。会上，昆山市红十字会代表江苏省红十字会向朱雪林同志授予江苏省“爱心大使”称号，并颁发了奖牌，市红十字会、公安局、周市镇政府联合授予朱雪林同志“爱心大使”称号，并颁发了荣誉证书。

2008年，朱雪林被昆山市评为首届“感动昆山道德模范人物”，同年又荣获江苏省红十字会颁发的“博爱”勋章。

二

一份份荣誉向朱雪林飞来，面对这些，朱雪林显得十分平静。有谁知道，在他淡定从容的笑容背后，有着不同于一般人的经历。这经历让他多了几分成熟和坚毅，也更加懂得了生命的可贵和给予的快乐。

1991 年 4 月的一天，一个小男孩降临人世，初为人父的朱雪林还沉醉在喜悦中，却发现孩子竟然只有两斤三两重，瘦弱得让人揪心。由于早产的缘故，孩子从小就体弱多病，1994 年被医生确诊患了肾病综合征，这种病又被俗称为富贵病，治疗花费非常昂贵。从此，夫妻俩便经常带着孩子往返于上海和昆山之间，开始了漫漫的求医之路。在漫长的治疗过程中，朱家父子成了上海儿童医院的常客。在耳濡目染之下，朱雪林对各种病也都有了一些了解。朱雪林清楚地记得，儿子当时的病房在二楼，而三楼都住着患有白血病的孩子。每次看到那些头发脱落、面容憔悴的孩子，朱雪林的心里都会抽痛。自己遭受的不幸，并没有让他哀叹命运的不公平，但看着别人承受的痛苦，却让他感同身受，心潮起伏。

面对一份坚持不懈的父爱，命运终于向朱雪林露出了笑脸。经过长时间的治疗，孩子的病完全好了。对此，朱雪林的内心充满了感激之情，他感谢医生，也感谢命运。他暗暗发誓，如果以后遇到需要他帮助的人，他一定会尽力去帮助他们。因此，2004 年，当朱雪林在参加治安辅警岗前培训期间，看到市红十字会前来宣传造血干细胞捐献知识时，过去在医院里见到的情景又浮现在他面前。他当即决定报名参加志愿者，并希望自己能有机会为白血病人做点儿贡献。

奉献了一滴水，却得到了大海的拥抱。朱雪林觉得捐献骨髓只是实现了自己的一个愿望，却得到了昆山市委、市政府、市公安局、周市镇党委政府、市红十字会，以及社会各界的关心和支持，这让他内心十分感激。

如今，朱雪林仍然默默地坚守在治安辅助岗位上，为疏导车辆、维持交通秩序勤勤恳恳任劳任怨地工作着，恪守着一名交通辅警的工作职责。面对曾经的荣誉，朱雪林看得很淡，但是他牢记着自己的新使命，那就是用自己的经历告诉每一个后来的志愿者，捐献骨髓其实很简单，献出一份爱心去帮助别人才是最快乐的事。

火光中那个英勇的身影

那个身影，在人群中是一滴平凡的水珠；那个身影，在火光中是一颗闪耀的珍珠。平凡与伟大的连接，是一颗正义勇敢的心灵……

2007年4月18日，这一天对于大多数人来说是个平常的日子，但是对于两个来昆打工的女孩李欣乔和关梅来说，却是个终生难忘的日子。正是火光中那个英勇的身影，让她们在一场突如其来的火灾现场成功脱险……

4月18日中午，家住昆山市珠江北路南苑新村的胡文强刚吃完午饭正准备外出，突然听到外面一声巨响，他连忙寻着声音来到后窗一看，眼前的景象令他大吃一惊：后面一幢居民楼一层的一间杂货店的汽车库着火了！火势异常凶猛，熊熊大火很快从车库的窗户一直往上烧到了二楼和三楼。刚才的那一声巨响其实是三楼的窗户玻璃承受不了高温而爆裂。

情况非常危急！胡文强迅速拿起手机拨打了119火警电话，又飞快地跑到厨房拿了一把菜刀（准备用来砍防盗门窗），就往楼下跑去。来到火灾现场，胡文强冷静地观察了一下地形，发现大火已经封锁了整个楼道。三楼不断传来两个女孩子惊恐的呼救声。而此时消防车还没有赶过来，围观的群众很多，却没有人敢冒险上去救人。怎么办？胡文强深吸了一口气，敏捷地沿着二楼的防盗窗和三楼的空调架爬到了三楼的窗口，一个翻身跳了进去。火势还在蔓延，房间里烟雾弥漫，根本看不清室内的景象。胡文强一手捂着口鼻，一手试探着向前摸索。此时，楼下又传来一阵爆炸声，屋内的两个女孩早已被吓得哇哇大哭。胡文强一边安慰她们别慌，一边迅速摸到厨房关紧煤气，又从卧室的床上取下床单，告诉两个女孩从窗口逃生。胡文强用床单捆住一个女孩的身体，把她从窗口轻轻地放下，停在二楼的雨篷上，再通过雨篷滑到距离不足两米的地面上。在胡文强的帮助下，两个女孩子很快就安全到达了地面。而此时大火已经蔓延到客厅，胡文强能强烈地感受到滚滚热浪正在向他袭来。在确认屋内再无其他人员之后，胡文强这才翻过滚烫的窗口攀着空调架往下跳，不料落地时，他的左脚不慎扭了一下。就在这时消防队也赶来了，在喧闹的救火现场，胡文强一瘸一拐悄悄地离开了……

李欣乔和关梅就是那场火灾中被救的两个来昆务工的女孩，被救时两人因为惊吓而未能看清楚救她们的人长什么样。在接下来的一个星期里，两个女孩到处打听救命恩人的踪影。她们决心一定要找到那个救命恩人，一定要亲自谢谢他。功夫不负有心人，经过多方打听，两个女孩终于得知那天救她们的就是在昆山市公安局防暴中队工作的胡文强。

2008年4月25日下午，李欣乔和关梅这两个自感万分幸运的女孩子心情激动地带着一面上书“奋不顾身不留名，大火无情人有情”的锦旗来到昆山市公安局防暴中队。一见到胡文强，两个人禁不住热泪盈眶，那一天惊险的一幕仿佛历历在目，只化作了一句：“谢谢你，大哥！”

看到眼前的一幕，防暴中队的领导和同事们这才知道胡文强的英勇事迹，大家为他的英勇行为感到自豪，中队还专门号召广大队员向胡文强同志学习。

面对两个女孩的感激，面对领导和同事们的赞扬，胡文强却显得十分平静。“我是一名防暴队员，抢险救人本就是我应尽的职责。”

回想起火光中那个英勇的身影，人们这才明白，为什么在那样惊险的时刻，别人都不敢冒险救人，而胡文强却临危不惧，身手敏捷行动利落地进行抢救工作。作为防暴队员，胡文强经历过各种惊险场面，如果是在上班时间，这的确是他的工作职责。然而那一天正逢胡文强休息，面对凶险的火灾，他原本打个报警电话就行了，身着便装的他根本不必冒险救人。但是，他还是勇敢地冲进了火海，及时救出了两个女孩，等消防队来后又悄悄地离开了现场。第二天去上班时，同事们发现他走路有点儿瘸，左脚肿得厉害，问他原因他却说是自己不小心走路崴了脚，火场救人的事一字也没提。要不是两个女孩上门道谢，大家都还不知道呢。

为什么他不张扬？在胡文强的心里，抢险救人是一名防暴队员的职责。熟悉他的人都知道，他是个行侠仗义、热心助人的热血男儿。2004 年 4 月，胡文强进入昆山市公安局长江派出所，成为一名光荣的治安辅警。在治安辅助工作中，他积极履行职责，爱岗敬业，协助公安机关在维护社会政治稳定和治安平稳，保护人民群众生命财产安全方面做出了积极贡献。2005 年 7 月，昆山市公安局治安大队组织成立防暴中队，胡文强因为工作表现突出，业务技能过硬，被市局择优录取，成为了一名防暴队员。在防暴中队，胡文强努力学习新技能，不断提高业务素质，而他行侠仗义、热心助人的品行更是得到了充分发挥。无论是上班还是下班，无论是惊险的火海还是冰冷的雪地，哪里有危险，哪里就有他的身影。险情就是命令，面对危险，胡文强总是奋不顾身地冲上第一线，他的英勇果敢，他的无惧无畏，给领导、同事和人民群众留下了深刻的印象。正因为如此他年年被评为优秀队员，并被升任副班长。

2009 年，胡文强光荣当选为苏州市第三届“最可爱的苏州人”百名文明市民标兵。这是胡文强的个人荣誉，更是全体治安辅警的荣誉。

献血状元的爱心之路

这是一条爱心之路，用一滴一滴鲜红的血液连接。人性的光辉在这里闪耀，生命的价值在这里升华……

2008 年 1 月 2 日早上，新年的钟声刚刚敲过，人们还沉浸在喜庆的节日氛围中。奚伟又像往常一样来到昆山市红十字会血站。血站的工作人员看到他那熟悉的身影真是又高兴又感动，纷纷祝贺他成为昆山市 2008 年无偿献血第一人。

这一次，奚伟无偿献出了一个治疗量的血小板，而这样的事情对他来说再平常不过了。面对周围人群投来的钦佩目光，奚伟的表情十分平静。其实，每当看着殷红的血液缓缓地流进血袋中，奚伟的内心总是十分激动和自豪，他觉得每一次献血就像在挽救一条鲜活的生命，自己的鲜血能够让生命重放光彩，这样的付出是有意义和有价值的。

1994 年，年仅 26 岁的奚伟在昆山市印染厂工作。有一次单位开展无偿献血活动，奚伟带头报名参加。那一次，奚伟无偿奉献了 200 毫升鲜血。那些殷红的血液让奚伟感到兴奋和激动，“无偿献血是一项充满人道主义精神的崇高事业”，他的脑海里想起了无偿献血宣传册上的那句话，他也懂得了生命和鲜血的珍贵和价值。从此，奚伟就与献血结下了不解之缘，几乎每隔一两个月就去献一次血。

2006 年，听说公安机关正在招收一批治安辅警，从小就怀有警察梦想的奚伟立即赶去报名，通过层层考核，终于加入了治安辅警队伍，并被安排到昆山市公安局巡防大队做一名治安巡逻辅警。治安巡逻岗位实行三班两运转工作制，有时在路上巡逻了一夜的奚伟得知第二天有无偿献血活动，早上完成交接班后顾不得回家休息就直奔血站献血。有人劝他下次再捐献，毕竟上了一夜班身体有些劳累。可是奚伟却笑着说没问题，这不仅仅是因为他认为自己身体强壮，更因为他早已将无偿献血视为自己生命的重要部分，在其中倾注了大量的爱心和热情。

从1994年至2010年，这是一段令人崇敬和感激的爱心之路。16年来，奚伟用他那颗无私的爱心，坚持无偿献血164次，献血总量达33400毫升。有人帮他计算过，如果按照一个成年人全身血量为4000毫升计算，他所献的血是他全身血液的8倍之多；如果按照救助一个病人平均需要800毫升血液计算，他所献的血已能救活40个病人。

无偿献血是人与人之间无私友谊的纽带和桥梁，也是救死扶伤、助人为乐精神的集中体现。奚伟这个治安辅警队伍中的献血状元，他以自己的行动证明了无偿献血既无损身体健康，又是一项充满人道主义精神的崇高事业。在平时的生活和工作中，奚伟经常向身边的家人、朋友和同事们宣传无偿献血的知识和亲身感受，鼓励他们也参加无偿献血。在奚伟的影响下，巡逻大队四中队的民警、辅警也纷纷加入到无偿献血的队伍中来，他们表示要向奚伟学习，努力发扬和传承这份无价的爱心，为构建和谐社会贡献自己的一份力量。很多市民在听说了奚伟的感人事迹后，纷纷拨打市血站热线询问奚伟的情况，甚至有人专程慕名而来，交流相约献血。

2008年11月，奚伟作为昆山市公安系统唯一的代表赴北京参加无偿献血学习交流会。16年来，他先后荣获昆山市2000－2001年度无偿献血奉献奖，2002－2004年度江苏省卫生厅、省红十字会、省军区后勤部无偿献血奉献奖，2006年度苏州市无偿献血金奖，2002－2007年度无偿献血特别奉献奖，2007年度无偿献血国家金奖，2005－2006年度无偿献血国家奉献奖。2009年，奚伟与胡文强一样，光荣当选为苏州市第三届“最可爱的苏州人”百名文明市民标兵，为昆山市治安辅警队伍又增添了一道光彩。

无偿献血是一个城市文明进步的标志，很多城市将无偿献血工作作为文明城市建设的重要内容之一。昆山市已连续六年实现临床用血100%来自自愿无偿献血。无偿献血工作的快速发展离不开像奚伟这样无私奉献的人。而奚伟的事迹给参加献血的市民带来了震撼，在他的感召下，许多市民成为了固定献血队伍的成员之一。

2010年4月，奚伟被调到昆山市公安局朝阳派出所治安辅助中队，担任中队副队长职务。在认真做好治安辅助工作的同时，奚伟仍然不忘向身边的同事宣传无偿献血的意义。兼任着昆山市无偿献血协会副主任一职的奚伟，早已将无偿献血当成了自己一生的事业。对此，奚伟的家人也为他感到骄傲，并一直非常支持他。然而面对荣誉和赞扬，奚伟始终保持着一颗平常心，在他看来，无偿献血是一件很平常的事情，每一位富有爱心的人都会这样做的。

如今，年过四旬的奚伟仍然在坚持无偿献血，他说只要自己身体健康，只要自己符合国家献血的规定，他就会将献血一直坚持下去，为社会贡献自己的一份力量，为患者献出自己的一份爱心。

博爱无处不在，奇迹随时发生

这是一个忠诚勇敢维护正义的团队，这是一个乐于奉献充满爱心的团队。因为他们，奇迹一次又一次发生；因为他们，生命之火一次又一次点燃；因为他们，博爱精神永放光芒……

一

2009年1月19日上午，昆山市城区三个派出所参加了由昆山市玉山镇政府组织的“点滴奉献，筑造爱心工程”无偿献血活动，其中城中、城北、同心治安辅助中队共有100多名治安辅警参加了这次献血活动。

这样的场景，这样的画面，在昆山，在治安辅助队伍中，经常会出现。就像是清晨的一缕阳光，黄昏的一道晚霞，那么平常，又那么珍贵，令人细细想来，心中总会涌起一份感动。

无偿献血，对于每位治安辅警来说已是习以为常的一件小事。每位新被录用的治安辅警，在参加完岗前培训后，都会主动加入到中国造血干细胞捐献志愿者行列。从2005年开始，这已经成了一种惯例，或者说是一种仪式。一旦踏入治安辅助队伍，一旦穿上辅警制服，就意味着奉献，无私的奉献。而这里奉献的，不仅仅是那一滴滴浓浓的鲜血，更是一份份浓浓的爱——博爱，爱国爱民的大爱。

2008年5月7日，昆山市红十字会成立了应急救援志愿者队伍。其中，昆山市治安辅助大队有四名治安辅警光荣地成为应急救援志愿者中的一员，再一次向世人展现了新时期治安辅警的风采。

“付出一点爱心，给白血病患者一个机会，这是每个公民应做的事情”。说这句话的人叫张海强，来自千灯治安辅助中队的一名普通辅警，也是一名光荣的造血干细胞捐献者。

2006年，时年29岁的张海强凭着满腔热情踏入治安辅助队伍，并积极主动地加入到中国造血干细胞捐献志愿者行列。勤勤恳恳，任劳任怨，脚踏实地，以身作则，这是大家对张海强的评价。2008年8月，张海强因为工作责任心强被调入千灯镇政府负责门卫安保工作。

谁也没有想到，这位默默无闻坚守岗位的治安辅警，却会成为千灯镇首位造血干细胞捐献者。

2009年11月的一天，张海强突然接到昆山市红十字会的电话。工作人员告诉他，有一名白血病患者的造血干细胞与他的初配成功。当张海强得知自己的造血干细胞能够拯救一名危在旦夕的12岁白血病儿童时，他义无反顾地作出了捐献干细胞的决定。2010年3月，经过各项体检，张海强完全符合捐献要求。2010年4月14日，张海强住进了苏州市苏大附一院娄葑分院，进行捐髓前的最后检查。经过几天的造血干细胞动员，19日上午8时15分至中午12时30分，张海强在苏州市第一人民医院成功进行了造血干细胞捐献手术。

张海强是苏州市第36位，昆山市公安系统第2位，也是千灯镇首位造血干细胞捐献者。他的义举感染了身边的亲人、同事和朋友，大家都为张海强感到自豪。可是在鲜花和荣誉面前，张海强却说：“付出一点爱心，给白血病患者一个机会，这是每个人应做的事情。”还有一句话张海强没有说，但是早在2006年刚加入治安辅助队伍时，他就用行动表达了，用一滴滴浓浓的鲜血告诉自己，也告诉他人，他是一名治安辅警，一名可以奉献鲜血和爱意的治安辅警。

二

在治安辅警这支队伍中，博爱无处不在，奇迹随时发生。

2010年7月9日下午，昆山市公安局城西派出所三楼会议室里隆重举行了欢送戴振宇同志赴苏州捐献造血干细胞仪式。欢送仪式由城西派出所辅助中队中队长李文智主持，所长胡敏、辅警大队领导张华、红十字会会长刘超英、昆山红十字会赈济救护部部长汤佩冲、昆山电视台新闻部记者、太平洋保险公司代表及戴振宇家属出席了欢送仪式，城西辅助中队全体在岗队员参加了欢送会。

仪式上，市公安局辅警大队张华大队长介绍了戴振宇同志捐献造血干细胞的先进事迹，对戴振宇同志的行为给予了充分肯定。戴振宇的行为充分体现了昆山辅警勇于奉献的精神，是昆山辅警队伍的光荣。随后所长胡敏对戴振宇的善举及其家人的大力支持表示了衷心的感谢，并表示戴振宇同志捐献造血干细胞的爱心之举是城西派出所公安精神的充分彰显，是爱心的接力。

这是一次奇迹再现，更是一次博爱精神的发扬！年仅24岁的阳光男孩成为了昆山市第十六位造血干细胞捐献者，也是昆山公安系统第三位、城西派出所的第一位造血干细胞捐献者。

2010年5月的一天，正在上班的戴振宇接到了市红十字会的电话，告知其与一名白血病患者造血干细胞配型相符，征询他是否愿意捐献造血干细胞。造血干细胞成功配型的几率仅为几万分之一，配型相符对双方都是可遇而不可求的事情，作为志愿捐献者的戴振宇得知后非常高兴，欣然同意，并立即赶到市红十字会签下了同意捐献协议书。一开始，戴振宇的父母亲对捐献造血干细胞不了解，担心影响儿子的身体健康，并不同意捐献。戴振宇耐心地向他们宣传捐献造血干细胞无损健康的科学道理和对挽救血液病人生命的意义，最终消除了他们的顾虑，做通了父母的思想工作。

2010年7月9日下午，戴振宇前往苏大附属医院准备进行造血干细胞捐献。7月11日下午，城西所所长胡敏、辅助中队中队长李文智等一行五人带着组织的关怀、同事的关心驱车前往苏州看望戴振宇，并代表全所民警和辅警献上了鲜花和慰问金。7月14日，戴振宇成功进行了捐献手术，他所捐献的140毫升造血干细胞当即被运往北京，去挽救一名十岁儿童的生命。

躺在病床上休息的戴振宇领到了中国红十字会颁发的捐献造血干细胞红色荣誉证书时心情非常激动，他说："我相信，无论是谁遇到这种情况，都会伸出自己的援助之手，尽一臂之力。而我作为一名辅警，遇到这种事情就更加义不容辞。"

戴振宇表现出的这种坚定的信念和富有博爱精神的勇气，令人钦佩和感动。正如市红十字会刘会长赴苏看望戴振宇时所说的："造血干细胞捐献者不仅要有仁爱之心，更需要一颗勇敢的心，昆山市公安局治安辅助大队在六年的时间里，就涌现出两千多名志愿者，并已有三名辅警实现了捐献，拯救了三位患者的生命，给三个家庭带来了幸福。这充分反映了公安辅警队伍是一个充满爱心的团队，勇敢的团队，乐于奉献的团队，一个忠诚于民的团队。"

无偿献血对大多数人来说已经不再陌生了，但自愿捐献造血干细胞却是很多人没有经历过的。走在经济高速发展前列的昆山，用自己的爱心创造了一个又一个第一，那就是昆山已经成为国内报名人数最多、成功捐献造血干细胞最多例的县级市。而在这个爱心行列中，又有一道特殊的风景格外引人注目，那就是不断涌现出来的治安辅警志愿者，他们用自己的行动推动着爱心之路的延伸，让奇迹一次又一次发生，让生命之火一次又一次点燃。

我们相信，还会有更多的朱雪林、张海强、戴振宇涌现出来，还会有更多的治安辅警加入到捐献造血干细胞的志愿者队伍中来。

我们相信，博爱精神将在治安辅警的天空永放光芒！

下篇：青春无悔

这里，没有鲜花和掌声；这里，没有荣誉和奖牌；这里，只有默默无闻地奉献；这里，只有任劳任怨地坚守；这里，青春的信念永远不变；这里，心中的梦想始终如一……

他们，是一颗颗无名的小星星，在治安辅警的一片天空里，闪烁着自己微弱的光芒。

他们的青春，在午夜的巡逻和烈日下的执勤中闪光，在机智的捕捉和精确的研判中流逝，在热情的服务和耐心的工作中升华。

他们的梦想，在平安的午夜与祥和的节日里飞翔，在欢笑的人群与和谐的社会里歌唱。

他们的青春啊，无悔的青春……

“没有花香，没有树高，我是一棵无人知道的小草。从不寂寞，从不烦恼，你看我的伙伴遍及天涯海角……”

昆山市5600多名治安辅警，犹如遍布在城乡各个角落的一棵棵小草，平凡，却又伟大，柔弱，却又坚强。在维护社会治安的一线战场，他们英勇顽强、机智敏捷、默默奉献……在110接处警中心、在治安巡逻一线、在交通协查中、在户政管理岗位、在出入境管理窗口、在防暴特勤岗位、在反扒便衣队伍……他们无处不在、日夜坚守。在公安机关的领导和指挥下，他们的触角延伸到城乡的每一个角落。他们认真聆听着这座城市的呼吸，忠心捍卫着这座城市的正义。

也许没有鲜花和掌声，也许没有荣誉和奖励，但他们的热血依旧沸腾，他们的精神始终高昂。他们的青春，平凡的青春，就在那些不同的治安岗位上，闪光，闪光！

反扒队里那一抹身影

淹没在人群中，他们是默默无闻的猎人，唯有一颗忠诚的心在热烈地跳动，唯有一双锐利的眼在不停地搜索……

一

昆山市新镇振标站台是公交车交汇的地方，每天上下客流量很大，人员结构又非常复杂。于是，这里，成了某些人浑水摸鱼的场所，也成了某些人默默坚守的岗位。

2009 年 8 月 23 日下午，一辆 11 路公交车刚进站还没停稳，车厢内有三名白衣男子突然无缘无故就往后门口的一名年轻男子身上推搡。年轻男子被挤得无立足之地，正准备出言指责，就在他转身之际，那三名白衣男子突然夺门而出，接着车内又有三名男子紧跟着一起跳下了公交车。

就在车上的乘客一时还心神未定时，一副副锃亮的手铐已将那几名白衣男子牢牢地制伏。这时年轻男子才猛地缓过神来，一摸身上，手机已不翼而飞。与此同时，一辆尾随而至的警车果断地堵住了站台旁边等待接应的一辆银白色面包车的去向。短短五分钟内，车上车下共十一名盗窃嫌疑人全部被抓，无一漏网。

直到满载而归的警车呼啸而去，才拉回了路边无数惊讶的目光！

"原来车上有小偷！"

"车上还有便衣啊！"

"我怎么没看出来?"

"真神！"

"比看电影还刺激！"

人们意犹未尽，七嘴八舌地议论着刚才那惊险刺激的一幕。

有几个不起眼的身影也在人群中间。他们的脸是大众化的，他们的表情也是大众化的，而他们的眼睛，却会在发现目标时变得犀利，他们的心一直在警惕地观察着，搜寻着……他们有一个共同的名字——反扒队便衣！

昆山市公安局城西治安辅助中队反扒分队队长陆伟，是这次行动的核心人物与指挥。在此之前，他与队员们跟踪这个盗窃团伙已经整整两天，把他们的活动轨迹摸得一清二楚。因此收网的那一刻，陆伟和队员们信心十足，结局早已在他们的意料之中。

反扒队，这是一支淹没在人群中的便衣队伍，这是一群默默无闻的治安辅警。在这个特殊的岗位上，他们都尽心尽责地扮演着两种角色，一种是普通的乘客，一种是机智的"猎手"。勇猛、睿智、耐心、执着是从事这个特殊岗位的必备素质。

“出门就是工作，回家没有概念”，这就是反扒队员真实的工作写照。现年34岁的陆伟却在反扒队一干就是整整八年。在这八年中，陆伟先后抓获了犯罪嫌疑人800余名，是反扒一线的佼佼者。翻开陆伟的个人档案，在“荣誉”一栏中，一行一行罗列着许多奖项：2002年荣获昆山市公安局刑警大队嘉奖；2004年因抓获新疆籍网上逃犯获得见义勇为奖，同年被昆山市治安联防委员会评为“先进个人”；2005年因抓获盗窃高档别墅团伙荣获见义勇为奖，又因抓获盗窃电瓶车团伙再次被授予见义勇为奖，同年还被昆山市公安局刑事警察大队评为2005年度“先进个人”；2006年因抓获扒窃嫌疑人，破获30多起扒窃拎包案获得见义勇为奖，同年又因抓获多名扒窃嫌疑人获得第二次见义勇为奖；2007年、2008年分别荣获城西派出所“先进个人”称号；2010年，因世博安保期间成绩突出，被苏州市公安局记功一次。

二

因为出色的反扒成绩，陆伟被提拔为城西治安辅助中队反扒分队队长。有着丰富实战经验的他，在日常战斗中认真做好传帮带工作，通过言传身教向队员们传授自己多年总结出来的经验。如何伪装自己？怎样辨识目标？何时抓捕才是最佳时机？陆伟一点一滴地将经验传授给年轻队员，同时以身作则，默默地坚守在反扒一线。他每天的工作时间多达十几个小时，一出门便开始了工作，一工作就忘了下班回家。即便有时在家休息，只要电话一响，无论是在吃饭还是在睡觉，他都会毫不犹豫地抬脚就走。特别是在伏击守候、盯梢跟踪时，他那种忘我的工作态度让其他队员深受感染。在他的模范带头和言传身教下，反扒队里的年轻队员逐渐成长起来，他们恪尽职守、英勇机智、坚忍不拔，相继抓获了一个又一个犯罪嫌疑人，摧毁了一个又一个犯罪团伙，取得了骄人的成绩。

2010年8月15日，受害人周某报警称其在125路公交车上被人抢了一根金项链。陆伟随即与公交反扒队员一起调取了公交营运录像。在录像中，陆伟一眼就认出了那个穿白衣服的是现年24岁的贵州籍男子穆某。根据陆伟掌握的情况，那不是一个零星、独立的现行扒窃小团体，而是一个单兵作案能力强、团伙聚合能量大、社会危害性强的贵州籍公交扒窃团伙。要真正把这伙窃贼的尾巴逮着，绝非易事。因此，在派出所民警的指导下，陆伟和反扒队员们做好了打持久战的准备。

通过对监控录像的收集、整合、比对，陆伟和他的队员们首先确定了这个团伙中的五个主要成员。随后，陆伟和队员们分别装扮成外地客、打工仔循环坐各路公交车，寻找那些贵州籍扒手的踪迹。偶尔会发现一两个目标，但也不能动手，必须等团伙人员聚集起来了才能一网打尽。就这样，陆伟和队员们在公交车上潜伏跟踪了近两个月。

2010年10月27日，陆伟和公交反扒队员装扮成打工仔出现在122路公交车上，途经易初爱莲站台时，上来了四个贵州籍小偷，其中三个的形态与监控录像里的嫌疑人一致。陆伟和他的队员们并没有打草惊蛇，而是紧紧尾随。当汽车行驶至太平洋保险公司站台时，其中一个穿黑衣服的扒手将手伸向后门一个女子的背包，成功窃得一部数码相机。正当反扒队员准备抓捕的时候，车门开了，四个小偷陆续下了车。在上下车时刻进行抓捕很容易让小偷分散逃跑，陆伟立即果断地阻止了抓捕行动，随后继续跟踪目标。不一会儿，四个小偷又上了3路公交车，陆伟和队员们尾随其后。车门一关，陆伟立马挥手指挥反扒队员进行围捕。反扒队员们个个身手敏捷，迅速上前，一副副锃亮的手铐出其不意地拷在了那几个小偷的手腕上。经过一番徒劳的挣扎，四个小偷最终被牢牢地制伏。在玉龙新村站头下车时，其中两个小偷又死命抵抗，迟迟不肯下车，反扒队员见势，一个前抓就把他们全部拽下了车，并押送到派出所交与民警审查。经审查，该四名犯罪嫌疑人分别交代了在2010年8月至10月期间，在公交车上盗剪金项链十余起，案值二十余万元的犯罪事实。

就这样，城西辅助中队反扒队与公交反扒队联合作战，成功破获了这起公交车盗剪金项链系列案，四名犯罪嫌疑人均被依法刑事拘留，有效打击了公交扒窃犯罪的高发态势。

如今，这些便衣队员依然坚守在反扒第一线，菜市场、闹市区、公交车站……他们是一群普通的人，他们又是一群优秀的“猎手”，为了辖区的安宁，他们一直在默默无闻地工作着……

巡逻线上流动的风景

午夜，星星是你巡视的眼睛，风儿伴你踏遍每一个黑暗的角落。城市均匀的呼吸里，

有一片忠诚和执着，默默奉献，一如深沉的大地……

一

在昆山，没有人比他们更清楚这座城市的心跳。尤其是在万籁俱寂的午夜，他们用坚定的步伐丈量着脚下的那一片土地，土地上有生养他们的幸福家园；他们用执着的目光守护着沉睡中的千家万户，那里有他们至亲至爱的家人；他们用一颗忠诚的心灵认真聆听着城市的每一次呼吸……

他们是一道道流动的风景线，24 小时不停地穿梭在城乡的角角落落，用他们雄伟的身姿，灵敏的嗅觉，犀利的眼神，去捕捉那一个个阴暗的罪恶的灵魂。在喧闹的街市，在幽暗的小巷，在闪烁的霓虹灯下，在欢乐的市民广场上，在炎炎烈日、狂风暴雨、凛冽寒风下，他们晒不怕，吹不倒，累不垮，铮铮铁骨只为一个坚定的信念：守护平安！

他们是谁？他们是一群治安巡逻辅警！

陈忠是曹安派出所治安辅助中队的一名巡逻辅警。1981 年出生

的陈忠从小就有一个当警察的梦想，未能考上警校的他在2004年6月毅然选择加入了治安辅助队伍，并以一名优秀治安辅警的标准来严格要求自己，在治安巡逻这个岗位上，他已经默默奉献了六年。

昆山市曹安地区是一个商业繁荣、人流频繁、治安复杂的地段，怎样才能配合分队长更好地开展巡逻工作？怎样才能维护好曹安辖区的治安稳定？怎样才能减少路面案件发生率？在陈忠所在的巡逻分队里，他是一位思想开阔、勇于创新的队员，总能想出许多实用的“金点子”。他与分队的同事们共同努力，制订了多项切实可行的巡逻防控措施，不断推动治安巡逻的源头工作，使分队巡逻工作得到了显著的成效。每月他所在的分队各项考核均名列中队部前茅。多年来，陈忠始终保持着高昂的工作热情，矢志不渝地从事着治安巡逻这份平凡的工作，一直保持着提前上班的工作习惯，总在别人上班前把准备工作做好，以自己出色的工作业绩，赢得了领导和同事们的一致好评。

二

做好治安巡逻工作，不仅需要持之以恒的耐力和毅力，更需要具备过硬的业务素质和敏锐的观察力，这样才能在平凡的岗位上创造出一个个不平凡的业绩。

张正刚，一个八零后治安辅警，因为工作出色曾多次受到昆山市见义勇为基金会表彰奖励，2009年还被光荣地评为“苏州市公安局优秀青年辅助人员”。2009年3月，张正刚被提拔为吴淞江治安辅助中队副中队长。在一份份荣誉的背后，是一次次辛苦地付出，或者说每一份荣誉都是用许许多多的真实案例换来的。

2009年9月7日晚22时许，吴淞江派出所接到报警，称在昆山市玉山镇燕桥浜路鸿本机械公司门口有人抢劫，派出所勤务指挥室立即通过电台通知附近的巡逻分队赶赴现场。接到电台通知后，张正刚立即带领队员顾正华迅速赶往案发现场，却发现抢劫嫌疑人已经逃离了。根据被害人描述的犯罪嫌疑人的体貌特征，张正刚和顾正华两人立即在附近展开巡逻盘查工作。当巡逻至马庄村时，张正刚看见一辆外地牌照的摩托车停在路边，有一名男子正在车子附近转悠，体貌特征与被害人描述的其中一人极为相似。张正刚和顾正华对视后心领神会，立刻冲上前去，成功地将其制伏。正在此时，另外一名抢劫嫌疑人手中拿着两瓶矿泉水从马庄村如海超市出来，还没来得及反应就被张正刚成功制伏。经审查，犯罪嫌疑人翟某某和殷某某供认了在当晚21时许，两人在昆山市玉山镇燕桥浜路鸿本机械公司门口以言语威胁等手段对被害人徐某某实施抢劫，抢得现金310元的犯罪事实。

在熙熙攘攘的人群中，谁是嫌疑人员？谁是普通百姓？只需用眼光一扫，心里便有了谱。这是每一位优秀的治安巡逻辅警必须具备的工作能力。

2008年8月6日上午9点40分许，昆山市火车站广场警务站治安辅助队员邹建云在火车站广场协助民警对可疑人员进行盘查，当他走到广场东侧花圃附近时，坐在花圃边上一个瘦小的男子引起了他的注意。通过观察及结合自身的工作经验，邹建云果断地判断此人很可能是吸毒人员，他随即通知值班民警，并将此人带至警务站办公室进行询问检查。面对民警的询问，那名男子表现得相当紧张，竟多次说错自己的身份信息。在经过长达一个小时的谈话后，男子要求与其母亲通一个电话。经请示所领导同意后，那名男子与他母亲进行了电话沟通，放下电话后，男子主动交代了其随身携带的包裹中藏有毒品的犯罪事实。经查，犯罪嫌疑人蒋某某身上携带毒品K粉400余克、冰毒20余克及麻古若干，其准备在昆山市择机进行贩卖，不料刚从苏州来到昆山，一下火车就被一名眼光厉害的巡逻辅警给盯上了。

三

孙悟空凭着一双“火眼金睛”识破了形形色色的妖魔鬼怪。在昆山市东新交警中队，也有这么一双“火眼金睛”，能在分秒之间快速识别机动车假牌假证。这双“火眼金睛”的主人就是东新治安辅助中队组长章国红。

在2008年奥运安保期间，章国红带着队员们冒着酷暑坚持路面巡查、疏导交通，严防“两抢”等案件发生。2008年8月21日下午，天气异常炎热，路面被晒得发烫，额头上不断渗出的汗水把眼睛弄得生疼，制服的后背上早已画满了汗渍图腾，章国红却仍然一丝不苟地带领队员在前进路与长江路交叉口进行路面巡查。突然，章国红发现一名黑衣男子神色慌张地骑着一辆太仓牌照的踏板摩托车，一路上开开停停十分可疑。章国红遂上前命令黑衣男子靠边停车接受检查，不料黑衣男子突然掉头就跑，章国红反应敏捷，率先冲了上去，一把将黑衣男子擒获。后来经过审查，黑衣男子驾驶的这辆太仓牌照的摩托车是其当日在太仓盗窃后准备开到昆山销赃的，没想到还没找到买家就被公安机关抓获。

凭着一双“火眼金睛”，章国红在短短的一年之内，就协助公安机关查获了50余起假牌假证，行政拘留20多人，对持假者产生了极大的威慑力。

治安巡逻，靠的是坚忍不拔的毅力，敏捷机智的洞察力，还是身手矫健的体力？在这条流动的风景线上，每一颗头脑，每一双眼睛，每一双腿，都在用实际行动告诉人们最完美的答案。

现年33岁的王雪峰是中华园治安辅助中队二分队的分队长，这个有着八年治安联防工作经验的“老”队员，对工作兢兢业业，任劳任怨，在平凡的工作岗位上辛勤耕耘，默默奉献，无论是摸排线索，还是追捕逃犯，他都迎难而上，取得了良好的业绩。仅在2010

年6月中，王雪峰所带领的巡逻分队就抓获犯罪嫌疑人十一名，其中刑事拘留四名，行政拘留七名，有三名是抢劫犯罪嫌疑人。

2010年6月7日凌晨，中华园派出所接到报案，称受害人杨某行至中华园北村时被犯罪嫌疑人采用“捂嘴”的方式抢走一个挎包，内有一只钱包、一部黑色直板杂牌手机及化妆品等物品。中华园派出所根据案情分析，精心组织警力，安排各巡逻小组于6月8日晚在案发现场附近进行搜查巡逻。

当王雪峰与队员巡逻至迪欧咖啡店停车场附近时，突然发现有两名男子鬼鬼祟祟地注视着马路对面。王雪峰直觉眼前的两名可疑男子很可能就是昨日实施抢劫的犯罪嫌疑人，怎么办？如果贸然上前抓人，一怕人力不够，二怕惊动嫌疑人。正当王雪峰犹豫之际，那两名嫌疑人竟然往马路对面走去，试图拦住一名孤身行路的女子。

真是大胆，竟然还想实施抢劫？见此情景，王雪峰和队员毅然跳下汽车，迅速朝两名嫌疑人扑过去。其中一名男子从口袋里掏出一根铁棍开始拼命反抗，王雪峰的身上被狠狠地打了几下，但他不顾疼痛，一路紧追着企图逃跑的嫌疑人。从衡山路开始，穿过中华园东村，一直追到中华园路，王雪峰终于一把揪倒气喘吁吁的嫌疑人，将这名顽固抵抗分子彻底制伏。

这是一道道流动的风景，一样坚定的步伐，一样执着的背影，他们与时间相伴着走过了春夏秋冬，走过了风霜雨雪，在城乡的角角落落，他们不停地书写着两个令人安心令人温暖的汉字：平安！

视频监控里的“隐身人”

他们隐身在一双双“电子眼”的背后，却用一颗颗忠诚、执着、机敏的心去观察一幕幕不断变化的“画面”……

一

2008年10月16日下午14时30分许，在昆山市城西派出所辖区某网吧门口，有一名白衣男子坐在一辆红色的电瓶车上正在撬车锁。正当白衣男子把车锁打开正准备驾车离去时，仿佛从天而降，他眼前突然出现了两名治安辅警。只见他们迅速扑向白衣男子，一举将他擒获。突如其来的一幕把白衣男子惊得目瞪口呆，他怎么也没有想到自己盗车的一举一动全部都掌握在一双“电子眼”的视线里。

“电子眼”是路面电视监控系统的俗称。视频监控操作员是一群隐藏在治安巡逻一线的治安辅警。视频监控工作是一项勤务枯燥、技能单一的工作，每天在与机器“打交道”的过程中，很容易造成视觉疲劳和心理懈怠，监控成效也不如其他岗位容易显现，并且存在着一定的“运气”成分和偶然性因素，一名好队员也会有数周甚至数月不见成效的可能。

他叫王晨，是城西派出所监控室的一名治安辅警，在视频监控岗位上才干了一年，却练就了一身过硬的本领，成为了一名优秀的监控操作员。监控操作员必须具有比较娴熟的观察、识别业务能力，能够在监控岗位上仔细观察，用心识疑，认真辨疑，果断锁定，跟踪犯罪嫌疑人的行动轨迹并及时报告带班巡逻民警。

2008 年 10 月 16 日下午 14 时 30 分许，王晨刚好用监控探头巡视至边境辖区享来网吧门口，就发现有一名男子坐在一辆红色的电瓶车上开车锁，旁边还有一名男子骑在一辆摩托车上东张西望。见此情况后，王晨迅速将监控探头调近，对准了这两名男子。见那名男子在车上拨弄了半天也没有把车锁打开，王晨断定这两人就是偷车贼，于是他迅速将此情况向值班民警作了汇报，并通知了路面的巡防队员进行围堵。就在巡防队员赶往现场的时候，两名男子将车锁撬开了。为了不让嫌疑人漏网，王晨一边用监控探头继续跟踪嫌疑人，一边用电台指挥巡防队员进行包抄。最终，两名嫌疑人被成功抓获。

二

视频监控是一个需要“真功夫”的岗位，监控人员每天练的是“坐功”“眼功”“心功”。一名优秀的监控操作员，必定是耐得住寂寞的，其“坐功”肯定是一流的，一双眼睛的观察力更是超强的。监控岗位看似简单，但要能从瞬间即逝的监控画面中识别警情，捕捉到可疑对象也并非易事。

2008 年 8 月 30 日 9 时 23 分许，人民路前浜路口出现了一名身穿黑色 T 恤的男子，他起先只是坐在花坛上东张西望，一会儿便站起身往西边走去，但随后又回到花坛边，并来回打转。城中派出所监控队员陆蓉燕此刻正坐在视频监控岗位上，细心地观察、耐心地操作着监控画面。她分析西边是前进菜场，那名男子一会儿在花坛边观察，一会儿往西去，肯定是到菜场门口转悠，以此可以初步确定他为盗窃嫌疑人。于是她马上通知便衣队员前往伏击，并且关照便衣队员在菜场西门口伏击，因为根据她的分析判断，那名男子如果在人民路盗车后肯定会往西边小路逃跑，人民路一带基本都有探头，她可以全面监控，而西边小路上没有监控，就由便衣队员在那里守候观察。

时间一分一秒过去，一直到中午12时许，那名男子还是没有动作。伏击的便衣队员有些沉不住气，但陆蓉燕认真分析后认为，那名可疑男子虽然暂时没有行动，但是几个小时内他一直在东张西望，这里面肯定有问题。果不其然，到了下午13时43分许，当那名可疑男子正在撬一辆自行车时，被伏击在附近的便衣队员当场抓获。

画面上抓捕的精彩一幕被陆蓉燕尽收眼底，她的嘴角也露出了胜利的微笑。也许只有她自己知道，在别人看来心闲气定，平静地盯着屏幕，优雅地切换视频的她，看似平静，看似优雅，其实内心却一直紧张得不敢有一丝一毫的松懈。平静地守候多时，终于发现了警情，沉着，再沉着，不要打草惊蛇。如果大幅度地转动探头势必会让嫌疑人产生警觉。耐心，再耐心，小心翼翼地转动探头，尽可能地将监控画面的清晰度调至最佳，把监控对象放置在画面的中心。快速，果断，一旦掌握时机，准确、及时地下达抓捕指令也是监控工作中的关键环节，是监控实战效果的有力保证。

三

2010年6月3日晚23时16分许，陆家派出所监控操作员吴平强在调看12号视频监控时，发现在辖区光夏路与镇北路交叉口有三名男子鬼鬼祟祟，再仔细一看，发现三名男子正跟在一名女子的后面。吴平强和监控操作员周采青、朱进元分析判断画面中的三名男子很可能有抢劫嫌疑，朱进元立刻利用38号探头在光夏路与童泾路附近跟踪嫌疑人。可能是因为童泾路上来往的行人和车辆较多，无法作案，三名嫌疑人再次返回至光夏路寻找目标。24 时 14 分左右，又有两名路人走至光夏路与镇北路时，三名嫌疑人立刻将两名路人围起来实施抢劫。与此同时，吴平强在第一时间利用电台通知早已埋伏在周围的巡逻辅警，最后在镇南路当场抓获三名正在实施抢劫的犯罪嫌疑人。

2010 年，昆山市公安局陆家派出所被昆山市公安局评为全市公安机关信息化工作应用先进集体，陆家派出所监控室也被评为优秀监控室，这一份份成绩与荣誉，离不开监控操作员们过硬的“真功夫”。

一段段监控录像在不断更替变化，一道犀利的目光穿透屏幕在仔细搜寻，一颗机智灵敏的心在瞬息万变的画面中跳跃……

停！画面戛然而止。就是他！王达兴奋地差点叫出声来。两个多小时的图像搜索，他终于从数万个画面中捕捉到了嫌疑人的蛛丝马迹。利用视频监控按图索骥，利用图像资源进行信息研判，这是王达引以为傲的工作。2009 年 11 月，王达担任陆家派出所监控信息研判员，专职查调涉案监控并对涉案监控图像进行深入研判。在这个极具挑战性的工作岗位上，王达倾注了自己全部的热情和智慧。这个退伍军人出身的优秀青年，在部队里读了函授本科，是一名优秀的共产党员，在加入治安辅助队伍后，一直刻苦钻研业务，不断总结工作经验，其工作能力得到了领导的肯定和同事的赞誉，被昆山市公安局评为优秀监控能手，并多次荣获见义勇为先进个人称号。

2010 年 6 月 10 日，陆家派出所接到受害人周某报警，称在陆家镇车塘村华成路附近被一男二女带上一辆黑色轿车后，以借银行卡转账为名骗去现金五千元。接报后派出所立即展开侦查工作。王达协助办案民警通过查看案发地点周边监控录像，确定了嫌疑车辆，又继续通过监控录像跟踪查询嫌疑车辆。通过卡口抓拍图像进行分析比对，确定了嫌疑车辆的车牌号码。经过一系列综合性信息研判，最终锁定了嫌疑人的踪影，仅用三天时间就协助公安机关成功侦破了一个跨区域诈骗犯罪团伙。

四

信息研判，不只是在数据信息与图像画面的大海里捞针，更是运用智慧驾驶侦查之船乘风破浪寻找真相的彼岸。这里，需要百折不挠的坚强毅力，更需要机智敏捷的思维判断。

2010 年 8 月份以来，吴淞江所辖区茗景苑和枫景苑小区连续发生多起采用技术开锁入室盗窃的案件。吴淞江派出所治安辅助中队现场勘查技术员张月在协助民警勘查现场时，通过对案发现场犯罪嫌疑人留下的指纹、鞋印以及撬锁的手段进行梳理后，发现这两个月来的一系列入室盗窃案件作案人系同一人所为。张月又通过调取小区监控录像、入所人员信息比对以及报案人笔录的描述进行研判串并，发现 2009 年 6 月份因盗窃被吴淞江派出所治安拘留的李某某有重大作案嫌疑。2010 年 10 月 13 日中午 12 时 10 分许，吴淞江派出所信息研判室通过网吧上网实名登记系统发现，犯罪嫌疑人李某某正在玉山镇茗景苑商业街长兴网吧上网，随后民警带队于 12 时 20 分在长兴网吧成功将犯罪嫌疑人李某某抓获。

监控操作员，一群利用科技手段实行“网上巡逻”的平安卫士。他们足不出户，却可以走遍城市的每一个角落；他们透过“电子眼”，可以随时掌握城市的每一次变化；他们心与眼相通，人与机互动，在监控岗位上发现了一个个可疑线索，协助公安机关抓获了一大批违法犯罪嫌疑人，为维护社会平安做出了积极贡献。

看不见硝烟的战场

这里，每一个警情都是惊心动魄；这里，每一种声音都是焦急万分；这里，每一秒钟都是千钧一发；这里，每一次应答都是性命攸关……

“您好！110 报警服务台……”

在这里，看不见罪恶和丑陋，也看不见鲜血和眼泪，但那此起彼伏的电话铃声告诉他（她）们，那是一颗颗受伤的心灵在寻求帮助。在昆山市公安局 110 指挥中心，有 75% 的接警员是治安辅警，而其中三分之二以上都是女性辅警。在这里，没有白天和黑夜的区别，一踏上接警工作岗位，整个人就像一只不停旋转的陀螺。报警电话 24 小时不停地响起，哪里有抢劫，哪里有命案，哪里有求助，110 接警员需要与飞逝的时间争分夺秒，与隐藏在暗处的罪犯斗智斗勇，科学合理的调度，把最快的警力安排到最需要的地方去。

我想亲口对她说声谢谢

2008 年 1 月 5 日深夜 11 时 10 分，昆山市公安局城中派出所接到 110 指挥中心一个不寻常的指令：在仓基街 IC 卡公用电话边，一名男子拨打了 110 称欲投案自首。巡逻民警接到指令后迅速前往，却发现电话边空无一人。过了20分钟，指挥中心又来电称该男子又在西大桥五路公交车站台边拨打了110，自称是抢劫逃犯，要投案自首。当民警再次赶往现场，却仍未发现投案人的踪影。又过了近半个小时，该男子第三次拨打110电话，指挥中心这次直接将电话接入城中派出所110接警室。

当晚在110接警室值班的接警员小顾接到了这个不寻常的电话。当电话那头传来一名男子犹豫不决的声音时，小顾用女性特有的温情将那名男子稳住，耐心地与他聊天，从案情聊到了亲情和友情。与此同时，巡逻民警则快速地开展搜索工作。至次日零点10分，当一名男子正在震川路公用电话处与接警员聊得起劲儿时，110警车已停在他身边。

原来，来自安徽的陈某于2000年4月在温州打工时，合伙与他人一起抢劫了一名路人六千多元现金。同伙被抓后，陈某单身逃出，已在外东躲西藏了七年，虽然侥幸没有被公安机关抓获，但他的心里却一直像压了一块石头，整天吃不香睡不着，更不敢与家人联络。最近听说同伙被判刑后已经获释出狱，他左思右想后决定投案自首。可是两次打电话后内心还是很矛盾很犹豫，就一次又一次逃离了现场。当陈某第三次打电话时，他被接警员那充满温情的语气所打动，终于下定决心要搬掉一直压在内心的石头。

“谢谢那位接警员，是她的温情引导，使我下决心投案自首。”当陈某平静地跟着民警来到派出所时，陈某提出想见一下那位接警员，他说他只想亲口对她说声谢谢！

赶快救救她吧

“请你们赶快找到她，救救她吧……”

2010年7月10日傍晚，昆山市公安局110指挥中心突然接到一个来自江苏南通的报警电话，报警人在电话中显得非常焦急，称其在昆山的一个网友顾某在网上留言要离开人世，网友通过电话联系得知顾某现在昆山一个偏僻的公园内准备跳河自杀。

是有人恶作剧？还是确有其事？报案人远在千里之外的南通，消息的真假一时无法得到证实。怎么办？宁可信其有，不可信其无。毕竟是人命关天的大事。想到这里，接警员把有关报警信息进行了整理后，迅速向值班领导汇报了这个情况。指挥中心的领导对此情况非常重视，当即下达指令，一场千里之外的生死营救行动迅速拉开了帷幕。

指挥中心通过人员信息系统查阅到了顾某的家庭住址等相关信息后，立即下达指令给新镇派出所，要求值班民警立即赶往凤凰城小区顾某的家中了解情况，又指令城西派出所到森林公园一带查找，同时也通知就近的几个派出所到辖区内的公园进行查找。

新镇派出所的民警在第一时间赶到了凤凰城小区顾某的家中，从其家人的口中得知顾某患有抑郁症，于晚饭后离开家。在民警的提醒下，顾某的家人在顾某的卧室内发现了一封遗书。接到反馈信息后，指挥中心立即嘱咐现场民警带着顾某的家人赶到附近的森林公园内查找。

时间一分一秒过去，天色渐渐暗了下来，民警带着巡逻辅警在森林公园内进行地毯式搜寻。为了千里之外一个网友的报警电话，为了一个生死未卜的年轻女子的生命，指挥中心的接警员与现场处警民警时刻保持着联系，密切关注着事态的发展。

在森林公园西侧一处偏僻的景观河边，一个孤独的身影正在河堤上徘徊……寻找到此的民警和治安辅警立即冲了过去，经过简单询问，眼前的年轻女子正是大家正在寻找的顾某。在民警的劝说和家人的亲情打动下，顾某最终打消了自杀的念头。

远在千里之外的南通网友得知顾某得救了，激动地在电话里说："昆山110真是好样的！"

因为责任与使命，因为执着与果断，仅凭千里之外的一个报警电话，一场牵动全城的救援行动在十五分钟内圆满成功。重树生活信心的顾某对千里之外的网友充满了感激之情，对于昆山110的神速相救更是终生难忘。

110，时刻准备着

“您好！110 报警服务台……”一声声亲切甜美的声音响起，让电话另一端的报警人感受到了一种阳光般的温暖，紧张、慌乱、惊惧等不良情绪也有所缓解。

31 岁的姚秋芬是 110 指挥中心治安辅助中队指导员，在 110 接警员的岗位上已经工作了六年。工作中，姚秋芬和姐妹们像一颗颗坚强的螺丝钉，牢固地钉在 110、119、122 报警服务台上，不分昼夜地固守在那里，及时接听电话，迅速传达指令，冷静、机智、敏捷，科学合理地调度警力，让处警民警第一时间赶到现场，为人民群众救危解难。由于工作出色，业绩突出，姚秋芬所在的治安辅警中队多次被昆山市公安局评为先进集体，而这个由清一色女性组成的 110 接警班组，也多次被评为昆山市“巾帼文明示范岗”。

2010 年 8 月 18 日 11 时 32 分许，昆山市公安局 110 指挥中心接到报警，称有一名男子持刀和汽油劫持了昆山某公司会计余某，要求其公司支付十万元作为赎金，嫌疑人已驾驶一辆红色面包车逃离现场。

接到报警后，指挥中心当班人员立即指令新镇派出所与某公司联系沟通，进一步了解情况，并及时向值班领导汇报，在得到批准后立即启动关城门预案。与此同时，巡防大队、治安大队、刑警大队、打黑大队、交警大队、120 等部门在第一时间接到了指挥中心的指令，要求各部门派员迅速前往处置。

在随后的处置工作中，指挥中心跟踪现场情况，把现场情况及时报告给坐镇指挥的市局领导，并把领导的指示第一时间传达到第一线。

经过一个半小时的共同努力，警方终于在周市镇宋家港路古塘桥附近，将嫌疑人徐某抓获，并成功解救出人质余某。

在这场惊心动魄的战斗中，参战的治安辅警占到了整个参战警力的一半以上。无论是在指挥中心负责接警和传递信息的110接警员，还是在第一线负责跟踪、抓捕嫌疑人的处警队员，他（她）们与公安民警并肩作战，为了人民群众的生命财产安全，在自己的工作岗位上默默无闻地工作着。

昆山市公安局110指挥中心成立于1995年3月，十五年来，昆山110报警服务台从最初的一部电话到现在高集成、现代化、智能化的综合指挥调度平台体系，从最初的单一接受报警救助到目前110、119、122三台合一、与120并网运行的综合指挥调度平台，110在打击违法犯罪、维护社会治安、服务经济建设、为人民群众救危解难过程中的重要作用早已深入人民群众的心里。

110的背后有一支英勇顽强的公安队伍，他们用24小时在岗的誓言为全市人民筑起了一道有血有肉的坚固长城。在这支队伍中，有一半以上是治安辅警，他们就像那一块块坚固的砖石，坚守在长城的底层，与公安民警一起，时刻守护着人民群众的生命财产安全。

110，时刻准备着……

辅警之花，一道亮丽的风景

女人如花，她偏愿作一枝抗击风雪严寒的腊梅，站在冬天的路口，守护百花争艳的春天……

在昆山 6621 名治安辅警（含村级联防队员和协管员）中，有女性 1121 名，占全市辅助人员的 17%。她们与男性队员一起奋战在各个治安岗位上，出入境管理、外来人口管理、户政管理、交通协查、电子监控、110 接处警……都有她们忙碌的身影，都有她们青春的风采！

那一张年轻的笑脸

张玉芳是昆山市锦溪镇交警中队的一名普通辅警。由于锦溪镇无牌证二轮摩托车数量众多，交通事故频发，交通隐患严重，锦溪镇交警中队领导积极向上反映，争取将二轮摩托车上牌办证下放至中队办理。由于不出锦溪镇就能办理牌照，前来办证的群众很多。为了配合内勤民警做好这项工作，张玉芳承担着从车辆审核、查验，组织群众进行体检、考试，信息录入，送往车管所制证等一系列繁琐的工作。

这份工作不仅需要专业的技术水平，更需要耐心细致、和蔼可亲的服务热情。在工作过程中，有少数群众因为车辆手续不齐全不能办理牌证而迁怒于张玉芳。面对群众的埋怨和刁难，张玉芳这个八零后女孩总是笑脸相迎，耐心地告诉群众关于上牌办证的有关法律规定，并热情地介绍解决问题的正确途径。她热情周到的服务，亲切和气的笑脸，常使群众心头的乌云散尽，继而眉开眼笑，一个劲儿地向她道谢。

锦溪镇一位村民朱某买的一辆二轮摩托车，三年了，一直未办理上牌手续。有一次，朱某不小心出了交通事故，却因为无证驾驶拿不到保险赔偿金而加剧了家庭负担。张玉芳得知这一情况后，多次上门向朱某宣传交通安全知识，告诉朱某依法办理摩托车牌证及保险的重要性。在张玉芳动之以情、晓之以理的劝说下，朱某终于决定补办摩托车牌证。然而，由于购车时间较长，发票和合格证已不符合上牌要求。怎么办？面对困难，朱某又想放弃了。对此，张玉芳主动帮助朱某联系摩托车行及生产厂家，更换了购车发票及车辆合格证，最终使朱某如愿拿到了牌证。朱某捧着自选的摩托车号牌，激动地向张玉芳连声道谢，并表示今后将积极向身边群众宣传交通安全知识，让他们也认识到办理摩托车牌证的重要性。

锦溪交警中队作为昆山市公安局十三个中队中唯一一个方便服务群众办理二轮摩托车牌证的中队，在市局召开的践行科学发展观总结大会上，得到了市局主要领导的点名表扬。也许，没有人会想到这里也有张玉芳的一份小小功劳，但又有什么关系呢？那一张年轻的笑脸，在热情地为群众服务时，在那些办证群众发自内心的道谢声中，已经获得了快乐和满足。而人们也从她那张年轻的笑脸上，看到了昆山女辅警的美丽风采！

党员光辉在窗口闪耀

在昆山市公安局各区镇派出所办证窗口，七成以上都有治安女辅警的身影在忙碌，而她们中大部分又都是共产党员。她们的一言一行，让党员的光辉在窗口服务中不断闪耀。

年近五旬的李琳是陆家派出所的户口协管员，这名有着25年党龄的女辅警，在户籍窗口一干就是18年。

户籍管理工作是一项非常繁杂的脑力和体力相结合的工作。在户籍制度的不断变革中，许多新的业务知识都需要边学边做。从2002年开始，公安机关全面推行户籍管理全程通系统。当时四十多岁的李琳在参加了一个星期的业务培训之后，立即上岗工作。在工作实践中，她一边学习理论知识一边进行电脑操作，为了尽快掌握新的业务知识，她还利用晚上的时间加紧学习，不到一个月的时间，她就熟练掌握了全程通的全部操作技能。她还设计了许多简便明了的小卡片，既方便同事们掌握业务知识，又方便办事群众了解户口办理制度。由于李琳业务精通，工作细致，对户口变动和人口数量做到了日日清、月月清、年年清，每份业务报表都丝毫不差，在每年的户籍考核中都名列前茅。

户籍工作的繁重和辛苦，李琳体会得最深最切，但她没有丝毫怨言。户籍窗口每日接待群众约百余人次，本地人、外地人、男女老少各色人等；咨询的、办身份证的、迁户口的，什么事儿都有人问。面对这些群众，李琳始终捧着一颗真心，露着一张笑脸，耐心地为群众服务。户口材料批下来后，她一家一家打电话通知当事人前来领取。遇到年龄大的群众，李琳还会在下班后亲自送上门去。

有一天，一位老人来到户籍窗口对着李琳连声道谢。原来，这位老人十多年前在陆家镇上买了一套二手房，而产权证一直没有过户，原来的房主又早已失去了联系。老人抱着最后一丝希望来到派出所户籍窗口求助。面对老人那双求助的眼神，李琳顾不得吃午饭，花了整整一个小时，查找了许多资源，终于找到了早已迁出陆家镇的原来的房主。面对老人的千恩万谢，李琳只是微笑着说，这是我应该做的。

在中华园派出所户籍窗口工作的女辅警赵青青，每天除了完成一定量的暂住人口录入、出入境登记、入户通行证等办理和其他与户籍相关日常工作外，她还有一项特别的任务，就是对辖区旅馆业的前台接待工作人员进行培训。

2010 年上海世博会召开期间，毗邻上海的昆山肩负着“环沪护城河”的安保任务。大量外籍人士入住昆山，对于这些人员的个人证件的审核工作显得格外重要。为了不让任何一名不法分子蒙混过关，赵青青拖着怀孕的身体，一家一家上门进行操作示范，一遍一遍不厌其烦地讲解，指导辖区内旅馆业前台接待员认真核对顾客的身份，辨别证件的真伪，正确录入互联网信息，以便公安机关在第一时间掌握到各类有价值的线索和资料。

这里，没有豪言壮语，只有热情服务的笑脸；这里，没有轰轰烈烈的英雄事迹，只有默默无闻的奉献。然而正是在她们长年累月的一言一行中，让人们领略到了作为一名共产党员，一名女性治安辅警的人格魅力。

警犬队里“兄弟情”

“你的号叫是正义的呼喊/你的奔跑是勇猛的姿态/锐利的眼神像闪电刺破黑暗/锋利的牙齿似尖刀刺向敌人/你是我手中的一把枪/我是你胸中的一颗心/我们形影不离/亲如兄弟……”

冬日的阳光暖暖地照耀着万物，湖面上波光粼粼，岸边的大草坪早已泛黄，天气日渐寒冷，却依然有不知名的小飞虫在闲适地低飞。草坪上，有几个矫健的身影让这幅美丽的自然风景充满了生机和活力。

“卡特，上！”随着一声简短有力的命令，一个黑影犹如闪电般冲了出去，一眨眼的工夫，只见一条高大威猛的警犬嘴里叼着目标物兴奋地奔跑回来，在训导员朱磊的身旁停下。

朱磊是昆山市公安局陆家派出所警犬队的一名训导员，每天上午，他都要带着警犬卡特进行一小时的业务训练。在朱磊的命令下，警犬卡特熟练地进行扑咬、坐、立、卧、抛物衔取等规范动作。

2008 年 9 月，陆家派出所为了进一步提高全镇治安防控能力，在陆家镇党委、政府的大力支持下，从南京警犬培训基地引进了六条警犬。朱磊当时在陆家镇治安辅助中队从事治安巡逻工作。随后做事一向认真负责的他和另外五名治安辅警被择优选拔为警犬驯导员，到南京警犬培训基地进行了为期三个月的集中训练。陆家派出所引进的这六条警犬都是犬类的精英，其父母亲均是国内外公安战线上的专家能手，它们一出世后就不断经历着严格的培训和考验。

在培训基地，朱磊第一次见到了自己的战友，一条高大威猛的雄性警犬。和另外五名训导员一样，朱磊也为自己的战友取了一个好听的名字——卡特。可是，卡特刚开始并不领情，一点儿都不愿听从朱磊的命令，甚至还朝着他咆哮，第一次进行扑咬训练时还咬破了他的小腿。其实，在培训基地，朱磊和他的队友们无一人幸免，每个人都在训练时被自己的警犬咬伤过。

为了和卡特培养感情，朱磊每天都和卡特在一起，精心喂它食物，细心给它清洗，开心和它嬉戏，但在业务训练时却一丝不苟、严格要求。渐渐地，卡特成了朱磊的一个影子，朱磊的一个眼神、一个手势，卡特就能心领神会，令行禁止。

经过三个月的集中训练，警犬队里的六名训导员和六条警犬都建立了深厚的感情，每位训导员都把自己带的警犬当作是自己的兄弟，整天形影不离。

2008 年 12 月下旬，警犬队回到陆家派出所正式参加工作。朱磊和其他五名训导员一样，每天带着自己的警犬参加业务训练、治安巡逻及各类清查行动和安保任务。

“卡特就像是我手中的一把枪，我指到哪儿它就打到哪儿！”从南京警犬培训基地回来后，朱磊骄傲地跟中队里的其他辅警队员们说。有的队员不相信，认为朱磊是在吹牛。想不到第一次参加行动，卡特就立了一功，让大家刮目相看。

2009 年元旦的一次清查行动中，朱磊带着卡特跟着一组巡逻小分队在陆家镇合丰地区进行清查工作。当巡逻人员清查到一个摩托车维修店时，发现有一辆八成新的蓝色踏板车停在维修店门口。巡逻人员凭着职业的敏锐感和丰富的工作经验察觉到有问题，遂向维修店业主询问那辆踏板车是谁的？业主说是一个小伙子寄卖在这里的，那人刚走不久。说着，业主走到门外看了看，借着小巷里昏暗的路灯，指着不远处一个模糊的背影说就是那个人推来的。带队的民警立即向其喊话：“站住！”谁知，那个背影一听到声音后拔腿就跑。

这时，站在一旁的朱磊果断地拍了一下卡特的背，放开绳子，指着前面那个背影对卡特下命令："卡特，上！"一声令下，卡特如离弦之箭射向目标，嘴里发出"嗷嗷"的吼叫声，仿佛在说："站住！站住！"

与此同时，朱磊和巡逻人员一路紧追了过去。只见那背影跑了几步后一闪身突然消失了，而卡特也不见了踪影。朱磊和巡逻人员循着卡特的吼叫声一路追踪，终于在一户人家的院子里发现了卡特。大家跑进去后才看清楚，那个企图逃跑的家伙此刻正狼狈地蹲在院子的墙角边，双手抱头表示投降了。而卡特则在一旁冲着他不停地咆哮着，直到巡逻人员上前抓住了那名嫌疑人，卡特这才停止了吼叫。卡特第一次参加行动就表现得这么棒，朱磊激动地上前搂了一下它的脖子，轻轻地拍了拍它的背向它表示赞许。

后来，经过民警审查，那名嫌疑人交代了其盗窃一辆蓝色踏板车并销赃给摩托车维修店主的违法犯罪事实。卡特的出色表现让朱磊感到非常自豪，此后更是尽心尽力地带好卡特。

自从警犬队成立以来，先后多次参加各项清查、搜捕和安保工作，立下了不少汗马功劳。2009 年 8 月，昆山森林公园发生一起持枪抢劫案。警犬队接到指令后立即赶到现场，在市局领导的指挥下，在案发现场周围进行搜索工作，不久之后就寻觅到了嫌疑人的踪迹。

小龙、贝贝、黑豹、卡特、麦迪、小虎，这六条威武勇猛的警犬，每天在训导员的带领下，穿梭在陆家镇的大街小巷，在治安辅警的眼里，它们是自己并肩作战的好兄弟、好战友。

"我为警犬感到骄傲，也为自己是一名训导员感到自豪！"朱磊的话说出了警犬队的心声。为了维护陆家镇社会治安平稳，训导员和警犬们每天都在自己的岗位上认真地履行着职责。

每一颗星星都闪亮

在治安辅警这一片浩瀚的天空中，少数人如日月一般灿烂夺目，以其独特的光芒照亮了整个天空。然而，绝大多数人都是一颗颗无名的小星星，以其微弱的星光点缀着夜空。也许他们很不起眼，但是，每一颗星星都在闪亮……

忙碌并快乐着

在治安辅警队伍中，在外面巡逻伏击的队员通常被称为外勤人员，而每天待在办公室里用电脑整理材料的队员则被称为内勤人员。八零后盛利强就是一个做了两年内勤的治安辅警。

2008年12月，怀着弘扬正义之心的盛利强满怀壮志地加入了昆山市公安局科教园派出所治安辅助中队。本以为自己会在治安一线工作，谁知领导却把他安排到了内勤岗位上。都说内勤不知外勤的苦，外勤不知内勤的烦。尽管不需要日晒雨淋，然而面对繁琐的信息资料，刚参加工作的盛利强感到前所未有的压力。

在公安机关，治安辅警内勤的职责是协助民警内勤做好日常信息资料的收集、整理工作。内勤工作繁琐而又平凡，虽然无法像其他巡防队员那样直接抓获违法犯罪嫌疑人，但是信息资料的收集整理工作在打击违法犯罪中起着至关重要的作用。明白内勤岗位的重要性，盛利强感到肩上的责任重大，在工作中不敢有丝毫懈怠，时刻告诫自己要把工作放在首位，尽心尽力协助治安民警做好各项工作。

从事内勤工作以来，盛利强每天都对接处警系统和接处警单子进行检查，以做到对接处警系统中的各项警情都能及时反馈，同时对照接处警系统做好接处警登记卡的检查，以使接处警系统和接处警登记卡的接处警时间、简要案情、处警情况保持一致。发生刑事案件时协助治安民警做好现场保护和勘查工作，并把现场勘查情况及时输入全国公安机关现场勘验系统，同时在大平台中做好刑事案件的办理，及时生成接受刑事案件登记表和立案决定书，并做好刑事案件其他信息的输入，如受害人、嫌疑人、涉案物品等信息。如有嫌疑人员被带到所内做四留一建的，则检查各类台账是否填写规范，如入所、离所人员情况登记，随身物品情况登记，并检查大平台嫌疑人员登记系统中嫌疑人员信息采集情况，看有无漏输或无输入的信息，做到嫌疑人员信息的详细、规范填写。同时做好接处警登记卡、案件材料的归档整理、所内台账的建设、涉案物品台账的登记、涉案物品的存放和管理。

为了成为一名合格的治安内勤，盛利强刻苦钻研，勤奋学习，逐步提高自身的各项业务能力，在平凡的岗位上积极配合内勤民警开展各项工作，很快就成了民警的好帮手。

没有冲锋陷阵抓捕疑犯的英勇，却有默默收集线索的辛苦；没有巡逻设卡时风霜雨雪的“享受”，却有挑灯夜战苦战数海的“快乐”。不一样的岗位，却拥有一样的壮志情怀，每一种奉献，每一种坚守，都是为了走进这支队伍时立下的誓言：一切，为了社会的安宁！

用双腿书写“平安”

一

“没有豪言壮语/朴实得如同脚下的土地/如笔的双腿/在霞光和星光的交替中/尽心尽责地书写着小区的书名——平安……”这首诗用朴实简练的语言讴歌了社区民警的风采。而熟悉公安工作的人都知道，陪伴着社区民警一起走街串巷的，还有那一群默默无闻的治安辅警。

在2010年第六次人口普查中，有一支默默无闻的队伍承担着核对人口信息的重要工作，他们就是治安辅警队伍中的户口协管员。人口普查时间紧，任务重，涉及面广，对每一位户口协管员来说，都是一次严峻的挑战。

年过四旬的马卫红是陆家镇治安辅助中队市镇分队的分队长，在陆家社区从事外来人口协管员工作。在这个平凡的工作岗位上，马卫红以他那特有的爱岗敬业精神和默默奉献不求回报的工作态度，做出了一份出色的工作业绩，赢得了领导、同事和人民群众的一致赞扬，先后多次被评为“先进个人”。

作为一名外来人口协管员，马卫红深知这份工作的重要性。为了摸清社区内的外来人口数量，他每天穿梭在辖区的各个居民小区，一方面对租住在小区内的外来人口进行调查摸底，办理暂住登记，另一方面加强对居民防盗防火安全知识的宣传教育工作。2010年，马卫红共办理外来人口暂住登记2500份左右，最多时一天要办理200余份，发放《警方提示》等宣传资料300余份。由于大多数外来人员白天都在外面打工挣钱，马卫红就主动调节工作时间，坚持“一早一晚”原则，早上六七点钟开始上门办证，晚上六七点钟还要上门办证，有时候一个租住地要连续上门一个星期才能和外来人口碰上面。在办证途中，马卫红总不忘对外来人口进行法制思想教育，认真地向他们宣传法律法规，同时积极主动地了解外来人口的生活状况，发现有困难的及时予以热情帮助。2010 年 3 月 21 日下午 18 时许，马卫红在陆家镇龙溪新村一暂住地进行外来人口登记时，发现 3 号楼一位安徽籍老人刘某突发心脏病昏倒在地。马卫红见状后，立即背起老人赶往陆家镇人民医院进行救治。幸亏送治及时，否则后果不堪设想。马卫红守在老人的身边，一直等到老人的儿子从单位下班后匆匆赶到医院。面对老人一家的千恩万谢，马卫红不以为意地说，这是他应该做的。其实，在担任外口协管员的三年多时间里，救助煤气中毒者、寻找走失儿童、帮助孤寡老人这样的事情，马卫红哪样没经历过？陆家社区的居民尤其是外来租住人员，都知道有这样一个热心助人的“老马”。

在做好外来人口登记办证工作的同时，马卫红还不忘用一双锐利的眼睛，敏锐地捕捉着犯罪分子的蛛丝马迹。2009 年 11 月 11 日晚，马卫红和队友在陆家镇香花路打工楼对外来人员进行逐个登记清理时，发现一名男子神色可疑，通过网上比对，发现其正是在逃犯牛某，遂将其带回派出所。经查，2007 年 8 月 12 日 14 时 30 分，牛某驾驶无牌照两轮摩托车行驶至社旗县朱集乡田庄街北十字口时，与行人王某发生碰撞，造成王某重伤后外逃，后被当地警方上网通缉。

二

在户口协管工作中捕捉线索，这是每一位优秀户口协管员的必备素质。每天都有新的发现，每天都有战果收获。

2010 年 11 月的一天，昆山市城北派出所户口协管员陆伟等人在核查登记信息时，发现富贵花园 30 号楼 103 室暂住人员曾志武所登记的身份信息有问题。随后几次上门核实身份信息均未遇到其人。于是，户口协管员们将曾志武列入重点人员进行管控，增加上门频率，每天不定时上门查看。

11月16日上午9时，户口协管员沈小龙和张钰林终于叩开了103室的房门，一名年约二十五六岁的青年男子出现在协管员面前。当协管员要求眼前男子出示身份证件进行身份登记时，那名男子只提供了一张曾志武的身份证复印件。经过仔细辨认，沈小龙等人发现这张模糊的复印件上的照片跟眼前的“曾志武”从面相上看还是有细微的不同。正准备继续询问时，“曾志武”的态度突然来了180度大转变，哀求协管员放他一马，并许以重金酬谢。这是怎么回事？就算使用假身份证，公安机关也不会对其严惩。许以重金相谢这一反常举动，更增加了两名协管员对曾某的怀疑。感到其身上肯定另有重大隐情，把控现场后，两名协管员迅速通知派出所民警将曾某带回派出所。经过民警审查，曾志武系化名，那名男子真名叫钟某某，26岁，广东省茂名市电白县人。2008年6月5日晚，钟某某伙同他人，在广东电白县林头镇飞乐电池有限公司宿舍枪击因打牌与其发生纠纷的受害人李某，致李死亡，后钟某某潜逃来昆。

在档案中寻找快乐和骄傲

一

有那么一段日子对王玉红来说，简直是度日如年，再灿烂的阳光在她眼里，也是灰蒙蒙一片。

王玉红是昆山市公安局周市派出所治安辅助中队的一名女辅警。2010年3月，因为工作需要，所领导安排她到派出所档案室工作。从繁琐而又忙碌的内勤岗位调到档案室，知道消息的那一刻，王玉红的心里乐开了花。从此，远离了一天到晚响个不停的电话，远离了浩如烟海的信息材料，远离了加班加点熬夜写材料的辛苦和无奈。

而档案室呢，根本不需要绞尽脑汁冥思苦想地写材料，只需要整理资料，归归档案，烦事没有，清闲自在，这日子过得多轻松快乐啊！

这是王玉红“这山望着那山高”的想法。第一天到档案室工作，上班时她是带着笑脸去的，下班时她却是欲哭无泪了。真正接手档案工作之后，她才明白自己以前的想法是错误的，最起码对现在的档案工作来说，“档案工作很轻松”这种说法是太不切实际了。随着公安业务工作的不断发展，科学技术的进步和治安行政管理要求的不断提高，档案工作已是公安机关基础工作中不可分割的重要组成部分，无论是在打击违法犯罪还是在保护人民群众利益方面都发挥着越来越重要的作用。从2009年开始，昆山市公安机关在全市各派出所全面开展档案信息化建设。所领导之所以安排王玉红到档案室工作，是因为她有丰富的内勤工作经验，信息管理能力强，计算机操作熟练，对派出所库存档案的数字化录入和各项文件加载工作得心应手。

对于内勤出身的王玉红来说，把库存档案整理和录入电脑根本不算难事，然而当时的周市派出所档案工作恰巧面临三年一期的复查工作，而通过初步检查，王玉红懊恼地发现，三年的档案，把一个个小问题汇成了一个大麻烦，检查工作又迫在眉睫，如何才能在最短的时间内完成派出所文书档案、业务档案信息网上登录、管理和查询，建立规范的数字化档案室呢？

时间不够，经验不足，开头几天，王玉红是有苦说不出，压力特别大，心情也很低落。然而，在所领导的支持和同事们的帮助下，王玉红及时调整好工作心态，积极投入到档案工作中。

经过两个月的突击整改，档案工作已顺利进入数字化轨道，并通过了上级的复查验收，王玉红也能熟练地掌握公安档案信息管理系统。如今的王玉红，真切地感受到了作为一名公安档案管理员的快乐和骄傲，每一次翻阅档案，每一次复印资料，每一次记录内容，每一次送别来查档案的百姓，她都对自己作为一名辅警，能为百姓解决问题而提供力所能及的帮助而感到快乐。正如她在“辅警网站”上写的一段话：

“虽然我们作为辅警，没有警察的待遇高，但是只要我们在自己的工作岗位上尽职尽责，勤勤恳恳，那么过去的光阴就不是虚度的，是充满意义和快乐的。”

二

王玉红的这份快乐和骄傲，每一位公安档案管理员都能深刻地体会到。陆家派出所档案管理员陈叶香就是其中一位。在档案室工作了一年多的陈叶香，虽然不同于在街面巡逻一线的外勤人员，却也每天都与老百姓接触。她说：“他们来查档案，我尽全力给予他们帮助，这正是我实现人生价值的地方。”

2009 年 11 月 13 日上午，家住陆家镇录溪新村的黄某某来到陆家派出所档案室，希望能找到他们全家户口在一起的档案。经了解，黄某某家于 2008 年拆迁，其父母希望把拆迁的两套安置房过户给他，由于旧房产证上写的是黄某某父亲的名字，房产过户程序中必须要证明黄某某还有兄弟姐妹这一情况，即要找到当初他们全家五口人户口在一起的档案。陈叶香根据黄某某提供的情况，开始查阅 20 世纪 60 年代、70 年代的户口底册。因为时间久远，有些事情黄某某自己都记不清了，在时间问题上说法有一些出入，这给查找资料增加了一定难度。但陈叶香却不厌其烦地一本一本仔细查找，耐心细致的工作态度让黄某某深受感动。最后，陈叶香终于在户籍档 PH1－2 黄巷村 70 年代的户口底册中找到了黄某某一家五口人在一起的户籍资料。拿着这份重要的档案资料，黄某某对陈叶香充满了感激之情。

随着公安档案管理的规范化和数字化，派出所档案工作的服务功能日趋明显。以 2009 年为例，陈叶香共接待查档群众 300 余人次，提供档案近 500 余卷，提供破案线索 9 起，为群众解决困难 165 件，对辖区的经济发展和社会稳定起到了积极作用。

小小的一份档案也能打击违法犯罪？这对没有做过档案工作的人来说也许很难相信，但是每一位档案管理员却深知档案的重要性。

在公安机关办案过程中，办案民警通常都会积极运用派出所档案室保存的犯罪前科档案来完善现行打击卷宗材料，为更有力地打击犯罪提供充足的证据。2009 年 8 月中旬，陆家镇王家厍村沈某因涉嫌妨碍公务被公安机关查处。在案件调查过程中，办案民警了解到沈某似乎有前科劣迹。为证实这一情况，也为打击处理提供充分依据，办案民警来到派出所档案室查阅沈某的前科材料。陈叶香根据办案民警提供的线索，在库藏档案中查找到了沈某的一份案卷信息和前科材料。办案民警将沈某的前科材料复印件带回去补充了案卷，进行并案处理，使沈某受到了应有的法律制裁。

利用档案打击违法犯罪，让陈叶香这个年轻的女孩，从中体会到了身为一名治安辅警的骄傲和光荣。“为人民服务，保一方平安”，也有她一份小小的功劳！

第二辑　前世与今生

称呼变了
制服也换了一次又一次
可是一颗心没有变

热血还在奔涌
激情还在燃烧
青春还在一次又一次挥洒

时代变了
信念不变
我的前世与今生
一样忠诚
一样执着
……

上篇：前世之忆

这是一段坎坷曲折的道路，这是一段刻骨铭心的记忆，那些闪光的足迹，那些探索的脚步，从历史深处一步一步走来……

曾经的欢笑和泪水早已消散在岁月的风中，曾经的追求和梦想却还在心中热情地燃烧。

不曾忘记，那些美好的或不美好的事物；不曾忘记，那些渐渐离去的背影；不曾忘记，那些依然坚守的誓言。

翻开前世的记录，总有一份无言的情怀，让人深思，让人感动……

治安联防，中国群防群治的法宝

一

1983 年 8 月的一天下午，28 岁的孙洪林来到昆山市陆家派出所，又一次戴上了印有“治安联防”的红袖章，晚上他将要参加派出所的夜间巡逻活动。孙洪林当时是陆家镇炊具机械厂的人事保卫科长，几乎每个星期，他都要到派出所报到，和其他从企事业单位抽调的治安积极分子一起协助公安民警开展治安巡逻工作。当时的陆家派出所只有公安民警四人，有限的警力根本无法满足现实的需要。为了缓解警力不足的压力，当时的陆家镇（乡）党委、政府从全镇各企事业单位抽调了一批政治思想端正、身体素质过硬的保卫干事和治安积极分子，临时组织了一支地方性质的群防群治的治安力量，协助派出所开展日常治安巡逻等工作。

自新中国成立以来，警力不足是长期困扰中国社会治安的一个重要问题，按照警力和人口比，中国警力仅占总人口的万分之十左右，而国际平均数字是万分之三十左右。如此巨大的差异，怎样来弥补这个缺口，是中国在社会发展时期面临的严峻问题。于是，一种以群防群治为主的中国特色的群众性治安力量产生了。

在 20 世纪 60 年代，为了缓解社会治安压力，弥补警力不足的问题，在上海的街头最早出现了一批治安员。这些治安员分别来自于不同的企事业单位，大部分是单位里的安全保卫人员。这些治安员被分派到各个辖区派出所，在民警的带领下开展治安巡逻和安全防范教育工作。由于这些治安员的工资待遇都还由原来的企事业单位负责，因此财政负担并没有增加，而社会治安问题却得到了明显改善。

随着中国社会经济建设的逐步发展，处在长江三角洲的昆山，东靠上海，西邻苏州，因其优越的地理位置，在改革开放中经济发展迅速，外来务工、经商人员逐年增多，社会治安形势也日益复杂。根据现实需要，昆山市在全市各乡镇相继组建了治安联防队伍。80年代初，陆家派出所将一批抽调过来的治安员统一组织起来，又在社会上招收了一批退伍军人和治安积极分子，成立了一支十余人的治安联防队。因为工作能力强，表现突出，孙洪林被提拔为陆家镇治安联防队队长。他和治安联防队员们在民警的带领下，在全镇的各个重要路段开展治安巡逻。这是陆家镇最早的一批专职治安联防队员，由于大多数人员是保卫干事和退伍军人，无论是在思想品德还是业务能力方面都非常优秀，在协助公安机关维护社会治安方面确实做出了积极贡献，治安联防队员立功的案例也是举不胜举。

昆山市陆家镇地处上海、苏州之间，沪宁高速、312国道贯穿全镇，水陆交通十分方便，过往人员、船只接连不断。随着改革开放不断深入，陆家镇经济建设蓬勃发展，外来人口来镇务商、打工等现象不断增多，治安情况十分复杂。由于警力少，当时的陆家派出所从所长到民警总共只有5人，而陆家镇辖区面积35平方公里，本地常住人口3万余人，外来人口以每年近万人的数量逐年递增，治安压力可想而知。

20世纪80年代末，陆家镇在原有的专职联防队的基础上，通过“三个延伸”进一步完善了全镇的群防群治网络。根据当时治安形势的需要，陆家派出所把专业联防队由市镇向农村延伸，在全镇四个农村片区建立了联防分队，与镇联防队构成纵向二级体制，各联防分队在片段分管民警的直接领导下，开展各项治安巡逻工作。

同时，陆家派出所还在全镇各区域建立护村护楼哨400多个，建立重点单位护厂队9支。针对水上治安情况比较复杂这一特点，陆家派出所又从专职联防队伍中抽出一部分人员成立了水上联防分队。

自1992年开始，经过扩编组建的陆家镇治安联防大队人数不断增多，结构更趋合理，从陆路到水上，从市镇到农村，基本上形成了较为完整的网络化格局，扩大和严密了治安覆盖面，加强了社会治巡的控制能力，并收到了良好的效果。

二

联防队究竟有多大作用?

联防，联防，关键在一个“防”字。联防队员在公安民警的带领下，实行联防巡逻制度化、规范化，定点、定位，对重点地段进行伏击守候，对形迹可疑人员进行跟踪、检查、盘问，及时发现问题，抓获违法犯罪嫌疑人。尽管联防队员没有执法权，在现场抓获了小偷，也只能把人扭送到派出所交给民警处理。但是在治安巡逻、护村护哨、抗洪抢险等行动中，到处都有联防队员的身影。因为民警人数太少，和老百姓接触最多的还是联防队员。老百姓们经常会看到这样的情景，一名民警带领一支三五人组成的联防分队，白天在各重点路段值勤，夜晚在各小区附近巡逻。检查出租房的是联防队员，登记外来人口的是联防队员，救助困难群众的是联防队员。

以1993年为例，在陆家镇党委、政府及派出所的大力支持和领导下，陆家镇治安联防队伍得到了巩固和壮大，新组建了四个专职联防分队，进一步健全了治安防范体系。这一年专职联防队员有32名，平均年龄26岁，其中党员5名，团员6名，复员军人11名。在这一年中，治安联防队协助派出所共抓获各类违法犯罪嫌疑人478名，其中赌博387人，盗窃28人，抢劫8人，缴获可疑自行车60辆，调处各类纠纷64起，为群众做好事98起，缴获赃物赃款共计62500余元。年内，治安联防队协助派出所进行集中大清查，协助文广部门整顿治理公共娱乐服务场所，协助村治保主任整顿各村的治安工作及调解各类民事纠纷。

在这些枯燥的数字背后，是联防队员们辛勤的工作。他们深入基层一线，协助公安机关有效地打击了各类违法犯罪，确保了一方平安，使群众有了安全感，社会秩序也平稳有序。

联防队员究竟怎么样？可以说，在一段时期内，老百姓见了喜欢，犯罪分子见了害怕。

1998年夏天，陆家镇遭受历史罕见的洪涝灾害。陆家派出所全体公安民警和联防队员们全力以赴投入到抗洪抢险的第一线。二十多天的抗洪抢险过程，让老百姓看到了这支公安队伍一不怕苦二不怕累，全心全意为人民服务的精神风貌。家住泗桥村的村民刘大根还清楚地记得，由于地势低洼，暴雨下个不停，他的家里进水将近半米深，家具全部都浸泡在水里。派出所的抗洪抢险小分队赶到了他家，三名联防队员帮助他家转移家具物什，还用脸盆一盆一盆地往外倒水。三名联防队员从晚上一直干到第二天早上，经过一夜奋战，才帮他家清退了洪水。看着联防队员湿透的全身和满脸疲惫的神情，刘大根万分感动，事后专门请人写了一封表扬信送到陆家派出所。

1998年4月20日上午9时30分许，陆家派出所突然接到群众报警，称在陆家镇合丰村十一组有人持枪抢劫！时任陆家派出所所长的张建中和指导员吴建华立即组织民警和联防队员十余人前往案发现场，到达现场后迅速分工组织围追堵截。根据受害人提供的线索，犯罪嫌疑人是一个身高一米八以上的彪形大汉，山东口音，身上有一把截柄的小口径步枪，抢劫后朝东南方向逃跑。

联防队员胡光明和队员们在群众的指点下往沪宁高速公路方向追赶，越上高速公路时隐约发现有一人影在田间奔跑。胡光明一马当先地追赶在最前面，眼看就要追近时，嫌疑人突然调转枪口对准胡光明威胁道："你再靠近我就开枪了！"胡光明毫不畏惧，盯着嫌疑人的身影紧追不放。过村居，涉农田，越沟渠，不顾日前下雨路上湿滑，不顾汗水和泥水满身，也不管跌倒过多少次。从合丰村开始，追过新安、白杨、新民三个自然村，历时一个半小时，行程六公里之多。最后在新春村一组，犯罪嫌疑人被张所长和吴指导员带领的民警和联防队员以及主动投入到追缉队伍的群众所包围。

吴建华指导员面对疑犯展开心理攻势："你如果开枪只有罪加一等，没有好的结果，要想从宽处理就只有放下武器。"就在嫌疑人犹豫的一刹那，胡光明猛地扑上去夺下枪支并乘势将嫌疑人扑倒在地，其他同志也一起冲上去将嫌疑人擒获。经检查，缴下的小口径步枪内已有一颗上膛的子弹，在嫌疑人的口袋里又搜出了四颗子弹。

胡光明在追缉持枪歹徒过程中，克服种种困难，不惧歹徒威胁，勇往直前始终追赶在最前面，面对歹徒的枪口机智勇敢地扑上去缴获枪支擒获歹徒，这种英勇无畏的英雄气概感染了在场的每一个人。曾经亲身参与那次抓捕过程的孙洪林激动回忆道，当时看到民警和联防队员们因追赶歹徒而弄得满身汗水和污泥，附近的群众自发地从家里拿出崭新的毛巾，打来清凉的井水，让大家擦脸洗手，又送上一碗碗清凉的茶水让大家解渴解乏。

"联防队员真是好样的！"目睹了那一幕惊心动魄的场景，老百姓对联防队员更是赞不绝口。事后，胡光明先后被昆山市和苏州市见义勇为基金会授予见义勇为先进个人。

治安联防队伍是公安机关实行动态管理社会治安的主要依靠力量，充分发挥治安联防队在社会治安斗争中的积极作用，是提高社会防范能力，维护社会正常秩序的有效保障。随着治安联防队伍的作用日趋明显，联防队伍的管理工作也被列为公安机关的重点工作之一。在陆家派出所的直接领导下，陆家镇治安联防大队建立了一整套规范化的工作管理体系，包括纪律制度、工作制度和奖惩制度，并建立了相关工作台账，同时经常开展思想教育整顿，提高队伍的整体素质和战斗力。

正是这样一支来自民间的群防群治的治安联防队伍，在中国的社会治安工作中起到了不可磨灭的作用。如今，年过五旬的孙洪林每当回忆起那段峥嵘岁月，心里仍会涌起满腔豪情。

治安联防，是中国群防群治的法宝，在20世纪八九十年代，它是一个闪亮的标志，是一面迎风飘扬的旗帜。像孙洪林那一代人曾经为它奉献了青春和热血，那是一段令人激动和骄傲的记忆，对此他们倍感珍惜，终生难忘。

治安联防队，一个逐渐消失的名词

一

“联防队要取消了！”

2004年初秋，一个令人不安的消息在陆家镇治安联防队里传开了，原本还有丝丝暑气的空气里，有些人过早地感受到了本不属于秋天的阵阵寒意。

当时才28岁的陆周琪是陆家镇治安联防大队指导员，看到队员们心里的那些不安和担忧，原本擅长做思想政治工作的他，也不知道该如何平息联防队伍中的思想骚动。其实在他的内心同样存在着一丝疑惑，好好的，为什么要取消联防队伍？联防队员们不明白，陆周琪也不明白。可是他们都明白的是，如果真的取消联防队，那他们将失去这份工作。而往后，他们这些人又该何去何从？

虽然联防队员待遇低，工作辛苦，但是军人出身的陆周琪非常喜欢这份职业。往大里说，保家卫国，捍卫正义是他从小立下的志向，当不上警察，能和警察一起除恶扬善，守卫平安，也是一份光荣。往小里说，联防队伍毕竟是政府部门组建的一支相对规范的治安力量，虽有“杂牌军”“土八路”之戏称，但也是一份相对稳定的能养家糊口的工作，工资虽然不多，但比上不足比下有余。尤其是那些年过四旬的老联防队员们，平时工作十分认真，一听到上面要取消联防队伍，个个人心惶惶。如果在这种上有老下有小、不尴不尬的年纪没了工作，生活压力和精神压力可想而知。

为什么要取消联防队伍？联防队员们想不通，公安机关存在疑惑，上级政府机关也感到无奈和压力。2004 年 9 月 3 日，中国公安部向全国公安机关发出通知，要求各地公安机关对聘用的治安联防队伍进行专项清理，按照“只出不进，逐年减少，彻底消失”的原则，用三年时间全部清退治安联防队伍。2008 年 1 月 1 日以后，各级公安机关一律不得再以任何名义留用治安联防队员。

为什么要全部清退治安联防队员？对于这支“杂牌军”，一声令下，就让他们退出了历史的舞台。

这究竟是喜，还是忧？

有果必有因！

导致公安部作出全部清退治安联防队伍决定的导火索，是发生在深圳的治安员打死犯罪嫌疑人事件以及郑州公安局某派出所治安员系列抢劫杀人案。

2000 年 7 月至 2004 年 3 月，郑州公安局某派出所治安员王怀义连杀六名女青年，涉嫌犯系列故意杀人、抢劫、强奸、盗窃等重案。

2003 年 6 月 20 日，在深圳市宝安区，湖北籍打工者沈国洪及另外三人与治安员陈锦明发生摩托车追尾事故，陈锦明召集十余名治安员当街殴打沈国洪等人。沈国洪被打得口吐白沫、全身抽搐，于次日凌晨死亡。

这两桩轰动一时的案件发生后，胡锦涛、罗干、周永康等中央领导先后作出批示，要求公安部采取有力措施，切实加强治安员队伍的建设和管理。于是，在中国业已存在了四十余年的治安联防队伍，在公安部的一道指令下寿终正寝。

二

回首治安联防历程，可谓一路艰辛，一路曲折。

自20世纪90年代中后期，随着社会发展和治安压力的逐渐增大，各地公安机关为了解决警力不足的问题，开始在社会上招聘一些临时人员。为了解决人员经费问题，各地公安机关开始向辖区各企事业单位征收治安联防费，而在一些管理混乱的地区，各种背景复杂的人员也开始进入治安联防队伍，治安联防队伍的一些弊端开始日益显现。

从历年来的媒体报道中可以看出，治安联防队伍中的害群之马已经严重破坏了公安机关的形象。治安联防队员滥用治安处罚权已直接威胁到公民的人身安全。曾经轰动全国的陕西麻旦旦处女嫖娼案、孙志刚被殴致死案、延安夫妻看黄碟案，让人们看到了这支治安联防队伍中最危险最可恶的一面。

联防队员素质低、法制观念淡薄、乱收费、暴力打人、吃拿卡要、嫖娼、赌博，甚至知法犯法……说起联防队伍中的种种不良现象，有些人认为治安联防队员不但维护不了社会治安，反而成为了不稳定因素，必须坚决予以取消。

作为一名联防队指导员，陆周琪承认在联防队伍中有种种不良现象存在，比如赌博。曾经有两名年轻队员在下班后穿着联防队员制服在陆家镇上某茶楼打麻将，被群众看到后举报到派出所所长那里。虽然打的是五毛钱的小意思，但是在社会上影响的确不好。所长大发脾气，两名队员差点儿被开除。后来还是看在他们平时工作表现不错的份上将功补过。事后两名队员被记大过、写检查并扣罚两个月的奖金。联防队队长和指导员也因管理不力连带着挨了一顿批评。

关于吃拿卡要的现象，也有，但属于极个别现象。联防队员去行业场所检查，事主大多会讨好地递上香烟，不接，当然更好，接了，好像也算不上吃拿卡要。可是队员如果主动上去讨要，那性质可就不一样了。因为在公安机关工作，治安联防这份工作的特殊性使队员们时常面临着各种各样的诱惑，意志薄弱者往往会一不小心就掉入陷阱。陆周琪至今还清晰地记得，在陆家镇治安联防历史上最不光彩的一件事情。曾经有两名队员在治安卡口执勤时，拦住一辆货车进行检查，发现车上装有大量假烟。事主为了逃避责任，拿出两千块钱给了两名队员，请求他们放行。当时是1996年，联防队员的工资每月才三百多元，面对如此巨款，两名队员的心动摇了。不久之后，东窗事发。虽然两名队员被开除出了队伍，然而此事的社会反响十分恶劣，联防队伍的良好形象就这样被抹黑了！

至于嫖娼等违法犯罪现象，在陆周琪看来，放眼全国那也是极少数中的个别现象。三百六十行行行都有英雄涌现，当然每一个行业中也难免有少数害群之马。就是在公安机关内部，在人民警察身上也有类似违法犯罪现象发生。但是陆周琪敢打包票，在陆家治安联防队伍中，绝对没有出现过嫖娼、暴力打人等违法犯罪现象。尽管有个别队员工作懒散，法制观念淡薄，工作中难免有吃拿卡要现象，但是违法犯罪的事情队员们还是不会干的。毕竟身上穿着制服，干着捍卫正义的工作，知法犯法的事情，再混账的队员也不会去干。

陆家镇没有，昆山市没有，却保不了全国一个也没有。有人干坏事，却顶着联防队员的名号，真是“一粒老鼠屎坏了一锅汤”。陆周琪相信，联防队伍整体是好的。大部分治安联防队员协助公安机关维护社会稳定，在各自的岗位上踏踏实实、勤勤恳恳地工作着，默默奉献，无怨无悔。他们付出的努力，取得的成绩，绝不可能因为个别队员的不良行径而使广大人民群众改变对治安联防队伍的整体看法。

因此，针对公安部的“取消令”，有些人也持强烈的反对意见。他们（包括政府机关、公安机关、社会各界人士）认为治安联防队伍在缓解警力不足、维护社会治安方面做出了一定的贡献，如果彻底取消，在中国警力不足的情况下，必将给社会治安带来更大的压力。

据2004年初步统计，全国的治安联防队员在一百万至二百万人之间，当这些人全部退出公安机关之后，警力不足的压力如何缓解？是精简机关人员，推动警力下基层，还是提高警察队伍素质，适当增加警力？面对巨大的警力缺口，或许这些措施根本不能解决中国在经济快速增长时期日益严峻的社会治安问题。

原本好好的一锅汤，熬得时间长了，难免会掉进几粒脏东西。可现在却要连锅带汤一起扔了，这究竟是明智之举、无奈之举，还是错误之举？

摆在面前的难题是，"取消令"已经发布，全国数百万治安联防队员究竟该何去何从？

治安辅警，一支新生的治安辅助力量

一

“取消令”发布后，尽管内心有些不安和担忧，但是陆周琪和联防队员们依旧在民警的带领下参与巡逻、设卡、清查等治安辅助工作。大家一直在设想，如果联防队员们真的全部退出公安机关，单就陆家派出所来说，当时连所长在内的九名公安民警怎么开展日常工作？户籍窗口单就一名户籍民警接待群众能行吗？卡口只有一名巡逻民警怎么设卡盘查？清查场所行业单靠一名社区民警一晚上能查得了几家？还有数以万计的外来人口办证登记工作单靠两三个社区民警怎么行？

警力不足，严重不足！这历来是长期困扰中国社会治安的一个重要问题。社会发展中的中国的社会治安问题，归根结底，还是离不开群众性的治安力量。全国各地公安机关都在探讨怎样在没有治安联防队伍的情况下，继续依靠群众力量维护社会长治久安。当时处于改革开放前沿的昆山，走出了一条举世瞩目的“昆山之路”，敢为人先的举措之一就是根据社会稳定形势及平安建设工作要求，由市委政法委组织牵头，按照实际居住人口万分之十五的比例，率先向社会公开招聘治安辅助人员。

于是，2004年下半年，在昆山地区，一个全新的名词出现了，一个全新的职业诞生了。

治安辅警，另一种更为规范的称呼应该是“治安辅助人员”。截止到2011年1月，昆山市共有治安辅警4044人，其中市级财政负担1113人，镇级财政负担2931人，另有村级联防队员1073人，协管员659人，同时还建立了市公安局辅警大队并下辖48个中队的组织机构。

在现实生活中，许多老百姓还是习惯把治安辅警称为“联防队”或者“治安联防”。的确，尽管称谓不同，但两者之间的关系却是紧密相连的。在全市四千余名治安辅警中，有一半以上队员是从治安联防队整编过来的。

昆山市公安局陆家派出所治安辅助中队队长周建忠就是其中的一位。1999年周建忠加入到治安联防队伍中，2000年1月担任治安联防队大队长，2004年7月经过培训考核，担任陆家镇治安辅助中队队长。在治安战线上摸爬滚打了十多年，制服换了三套，称谓也变了，但周建忠感觉到工作的宗旨没有变，工作的性质也没有变，治安辅助队伍依然是一支在当地政府统一领导下，由公安机关直接管理和使用，协助公安机关预防、制止违法犯罪活动，维护社会治安的群众性专业队伍，只是比原先的治安联防队更加规范化和正规化。

在《昆山市治安辅助人员工作手册》的扉页印着一段昆山市治安辅助人员的宣誓词：

“我宣誓，自愿加入治安辅助队伍。我保证：忠于祖国，忠于人民，忠于法律；服从命令，听从指挥；团结同志，遵纪守法；诚实守信，尽职尽责；机智勇敢，见义勇为；打击犯罪，不怕牺牲。努力做一名合格的治安辅助队员，为维护社会稳定，保一方平安作出贡献。”

从法律上来讲，治安辅助队伍只是一支群众性的治安力量，没有执法权限，那么作为一名治安辅警，他又具有哪些职责权限呢？从《昆山市治安辅助人员工作手册》上可以看出，治安辅助人员在公安民警的组织带领下，可以履行的职责有：开展治安巡逻、伏击守候；开展防火、防盗、防爆炸、防破坏，安全检查、安全防范宣传教育；协助盘查、堵控有违法犯罪嫌疑的人员和可疑物品；保护案件和现场，并立即报告；参加抢险救灾，协助群众排忧解难。而作为一名治安辅警，他不能剥夺、限制公民人身自由，辱骂、殴打他人，搜查他人身体，或者扣押他人的合法证件、合法财物；也不能参与收粮要款、计划生育和城市管理等非职责范围内的活动；更不能单独接、处警，查办各类案件；不能给违法犯罪嫌疑人员通风报信；不能擅离职守或者酒后执勤。

二

对于这支治安辅警队伍，有人说是“换汤不换药”，因为人还是那么几个人，干的还是以前联防队员干的那些活。可是，随着时间的推移，“联防队员”这个称呼渐渐消失了，“治安辅警”这个词却越来越频繁地出现在人民群众的口中。

首先感到治安辅警与联防队员有着本质区别的是那些从联防队伍中被整编到治安辅警队伍中的辅警队员们。周建忠清楚地记得，从联防队员转变成治安辅警需要参加全市的统一考核，体检、笔试、面试、体能测试，合格录取后还要参加为期半个月的封闭式半军事化训练。那些综合素质差的联防队员就这样被淘汰出来了。

当时的昆山市委、市政府十分重视这支新组建的治安辅警队伍，队伍经费由市镇两级财政全额拨款，彻底结束了以前联防队伍经费没有保障，需要向社会征收“联防费”或者向企业拉赞助的尴尬被动局面。2004年治安辅警人均包干经费两万元，与当时昆山市城镇职工人均收入相差不多。此外，治安辅警的劳保福利待遇也有了根本保障。2004 年以前，由于全市各乡镇的经济水平不同，有些乡镇派出所的联防队员都没有办理医保和公积金等。通过整编辅警队伍，每位辅警的劳动权益得到了基本保障，每人都办理了基本养老、医疗、失业、生育、工伤、人身意外保险金、住房公积金等。

周建忠以前当陆家联防大队队长，现在是陆家治安辅助中队队长，手下的队员还是那些人，感觉却不一样了。当整编后的治安辅警队伍统一换上新设计的辅警制服，配备了专用摩托车、头盔、警棍、对讲机、武装带等新装备，出现在城乡的每个角落时，老百姓都感到眼前一亮。

“我们现在算不算也是吃皇粮的？”

“经费都是政府统一拨款，应该算的吧。”

“比以前当联防队员要好多了。好好干呀，弟兄们。”

“是啊，看我们多威风，跟警察差不了多少。”

全新的职业名称，让每一位从联防队员转变成治安辅警的队员对这份工作充满了自豪感和荣誉感，对未来也充满了希望和追求。每个人都积极调整心态，全身心地投入到工作中，在各自的工作岗位上全力协助公安民警做好各项治安工作。治安辅助队伍成立后，由当时的昆山市公安局治安警察大队指导派出所及其他各用人单位的日常管理，派出所及其他各用人单位则对所属的治安辅助人员进行日常性的工作指导和监督检查。

那么，这支新生的治安辅助力量，这群由以前的联防队员整编过来的治安辅警，在人民群众的眼里又是什么样的呢？

下篇：今日风采

这里，没有参天大树；这里，没有名贵花卉。他们都是一棵棵无名的小草，却把大地装扮得如此郁郁葱葱。

这里，没有豪言壮语；这里，没有铿锵誓言。他们的一言一行却深深地印在了人民群众的心坎里。

他们，是午夜里一束温暖的灯光；他们，是风雨中一只有力的臂膀；他们，是炎炎夏日里的一丝凉风；他们，是数九寒天中的一缕阳光……

迷路的老人，落水的小孩，寻死觅活的失意男女，贫困失学的少年，丢失钱物的少妇，身处困境的市民……是他们奋不顾身地救险，是他们耐心细致地劝导，是他们热情慷慨地帮扶，是他们，就是他们！

他们是谁？没有人知道他们的名字，没有人看清他们的身影，但是，他们有一个共同的名字——治安辅警！

治安辅警，今日的风采更加迷人！

联防队员在历史舞台上消失了，治安辅警出现在城乡的大街小巷。这群身着统一制服，时刻与人民警察如影随形的平安卫士，带给人民群众的究竟是什么感觉？有人说，他们身上穿的是“山寨”警服；也有人说，他们是一支“地方军”。有人赞赏有加，有人拭目以待，有人冷眼旁观。寒暑继往，治安辅警用他们的一言一行告诉了人们答案：全心全意为人民服务，是每一位治安辅警的宗旨……

你们是我的救星啊

赵小姐是上海一家外资企业的财务人员，2009 年 4 月 15 日上午，她前往昆山市国税局办理所属公司在昆山的纳税申报手续。事情办好后，赵小姐在昆山火车站附近的一家饭店用餐后，又乘上列车返回了上海。谁知刚一回到上海，赵小姐突然发现自己把办理的纳税凭证及相关资料遗忘在了中午吃饭的那家小饭店里。

怎么办？赵小姐急得像热锅上的蚂蚁。因为凭证和资料非常重要，如果找不到的话，她很有可能会失去这份工作。

怎么办？走投无路的赵小姐只能求助于昆山警方的帮助。几经辗转，赵小姐才查到了昆山火车站广场警务站的电话。电话中，赵小姐向接警人员述说了事情的大致经过，恳请警务站帮她找到那份遗失的材料，并哽咽着反复说如果找不到材料的话，那她的工作也就没有了。

警务站的接警人员一边安抚赵小姐激动的情绪，一边启发她是否能描述出那家饭店的特征。然而，赵小姐第一次到昆山来，一路上又行程匆忙，无法表述出那家饭店的具体位置，只能回想起是在火车站的附近。

根据这样一条简单的线索，接警人员立即通过电台联系在火车站广场巡逻的辅警队员，让他们帮助寻找一下。正在广场巡逻的辅警队员先从广场东西两侧的商铺开始逐一寻找，可是并未发现哪家饭店里有赵小姐遗落的那份材料。

怎么办？按照正常的程序，事情调查到这里也就基本可以结束了。可是强烈的为民服务的责任心促使辅警队员们并未草草了事。大家分析了一下，没有在广场上，那么是不是有可能在合兴路或者人民路上的某家饭店呢？随后巡逻队员们再次出发，一家家店铺挨个询问查找。经过一个多小时的查找，终于在火车站广场辖区以外，靠近朝阳新村南门的一家无名小吃店找到了赵小姐遗忘的材料。

4 月 18 日晚，赵小姐从上海匆匆赶到火车站广场警务站。当她拿到那份失而复得的材料时，激动的泪花在眼眶里打转。

“真是太谢谢你们了，你们是我的救星啊。这是我的手机号码，你们有空到上海的话，一定要打我电话，我请你们吃饭。”临走的时候，赵小姐既兴奋又感激地反复说着这些话。

听了这些话，辅警队员们的心里暖融融的，得到群众的赞扬和肯定，对他们来说是最大的安慰。

我们的名字叫辅警

2008年8月4日下午，老吴从北栅湾新村的家里出来，准备到开发区办点事情。这一天的天气格外炎热，空气中翻腾着滚滚热浪。老吴走了十来分钟后，突然感到胸口发闷，呼吸有点儿困难。他打算到前面的一个小区门口歇歇脚，休息一会儿。可是还没等他走过去，蓦地，老吴感到眼前一黑，就什么也不知道了……

热浪像刚揭开锅的蒸气，一阵一阵烘烤着路上行人的身体。长江派出所治安辅助中队队员杨华、黄建华顶着炎炎烈日，正在辖区长江路一带巡逻，二人制服的后背早已挂上了一层汗渍。当两人巡逻至夹浦新村附近时，突然发现前面有一位老人昏倒在地上，呼吸急促，脸色通红，看样子十有八九是中暑了。

杨华和黄建华两人立即上前将老人移至树荫下，并解开他的上衣扣子，找来凉水和硬纸板，一边给老人喂水，一边不停地扇着凉风。渐渐地，老人的呼吸开始平稳，脸色也渐渐趋于正常。

大约半小时过去了，老吴慢慢地睁开了眼睛，映入他眼帘的是两张微笑而又陌生的脸。

“大叔，你醒啦？怎么样，感觉好点儿了吗？”一个声音亲切地问道。

老吴使劲儿眨了眨眼睛，终于看清在他面前的是两个身穿辅警制服的年轻人。老吴又朝自己身上瞧了瞧，总算明白自己是怎么一回事了。

“谢谢你们。”老吴感激地道了谢，慢慢地站了起来，“我现在好多了，天气这么热，我也不去办事了，还是早点儿回家休息。”

望着老人离去的背影，杨华和黄建华两人觉得有点儿不放心。于是杨华打电话向派出所值班民警汇报并获得同意后，两人决定亲自护送老人回家。

“真是太谢谢你们了！你们真是好人啊！”被安全送回家的老吴感激得连声道谢，并一再追问两位辅警的名字，说是要给他们的单位写封表扬信。

“大叔，这是我们应该做的，不用表扬，只要记住我们的名字叫辅警就行了。”

“辅警，辅警……”老吴的嘴里喃喃地重复着这两个字，一股暖流从心底里缓缓地涌了上来。

人拦住了没有

2008 年 12 月 26 日晚 18 时 30 分许，在昆山市花桥镇花溪公园的一座假山上，坐着一位面容悲戚的年轻女子。冬夜的寒风吹冷了她的身体，也吹冷了她的心。望着漆黑的夜色，晚饭时的那一幕争吵仿佛又重现在眼前。贫贱夫妻百事哀，在外打工的生活艰苦而又忙碌，隔三差五的争吵早已磨灭了那颗曾经寻求真爱的心。

有本事你就给我滚出去！丈夫的那一声吼叫让她寒心，她毫不犹豫地跑出了租住的小屋。唉，这样的日子还有什么盼头？倒不如一了百了……

年轻女子孤零零地站在假山顶上，望着愈来愈暗沉的黑夜，眼泪模糊了双眼，仿佛再也看不到黎明的曙光。

“110 吗？花桥镇花溪公园的假山上有一名女子好像要轻生。”

人命关天！闪烁的红蓝警灯在夜色中急驰而去，尖锐的警笛声划破了夜空的宁静。

沉浸在悲痛中的年轻女子被一阵嘈杂的声音拉回了现实。

“走开，你们不要管我！”年轻女子突然情绪激动地哭喊起来。

“这位女士，请不要激动，你这样站在上面很危险，请下来好吗？”

花桥派出所处警组辅警队长周宏松和队员杨锡根在接处警民警的带领下，来到了假山脚下，耐心地与女子攀谈起来。从生活谈到工作，从婚姻谈到家庭，从孩子谈到亲人，每句话都说得入情入理。

经过再三开导，年轻女子原本冲动的情绪慢慢缓和下来，在辅警队员们的帮助下，终于从假山顶上爬了下来。

此时，年轻女子的丈夫闻讯赶了过来，看见妻子因为几句争吵竟然要闹自杀，甚至还惊动了110，周围又围了一群看热闹的群众，觉得自己很没面子，不免又数落了妻子几句。年轻女子扬言又要自杀，丈夫一听，也激动地说要跳河，随即飞快地朝公园旁边的小河奔去。

见此情景，辅警杨锡根和几名队员立即追赶了过去。由于天黑路滑，公园内地形又很复杂，冲在前面的杨锡根不慎摔了一跤，顿时疼痛难忍地坐在了地上，嘴里却还在不停地喊着：“人拦住了没有？拦住了没有？”

在民警和其他辅警的劝说下，那位冲动的丈夫终于也冷静了下来，表示不会再有轻生的念头，回去后一定会和妻子好好沟通，改善夫妻之间的关系。

年轻女子走到受伤的杨锡根面前，鞠了一个躬：“大哥，谢谢你！”

“唉，没事！”杨锡根忍着脚上钻心的疼痛，咧着嘴笑了笑，“以后小两口拌嘴，再怎么样也不能做傻事，记住了吗？”

事后，经过医生检查后确诊杨锡根的左脚小趾掌骨骨折。

风雨中的守护

2008年6月21日，瓢泼大雨从傍晚开始就一直下个不停。晚10时许路上的行人和车辆渐渐稀少，家住通山新村的季先生心急火燎地开着一辆桑塔纳飞驰在雨夜的街道。把车停在自来水厂门口的路边后，季先生急匆匆地下了车，三步并作两步地跑回了家去。

第二天早上，季先生醒了过来，窗外天空一片清爽怡人，昨夜的暴雨变成了淅淅沥沥的小雨。吃早饭的时候，季先生朝门厅的柜子上瞅了一眼，顿时浑身一激灵，往常一直放在那里的皮包不见了，车钥匙也不见了！季先生呆了一下，突然飞似的奔出了家门。

糟糕！怎么会这么大意！原来，昨天夜里因归家心切，季先生连发动机都没熄火就匆匆忙忙地下了车，不仅把皮包等物忘在了车上，连车门也忘了锁。回到家后，只急着把湿衣服换掉去冲了个澡，最后因身体疲倦一到床上就睡着了。

那包里还有三千多块钱呢，会不会连汽车都被人偷去了？季先生越想越心焦，一口气跑出小区门口。远远地就看见那辆桑塔纳轿车还好好地停在路边，车旁站着两个身穿制服的年轻人。

季先生那颗高度紧张的心一下子从嗓子眼儿退回到了胸口。等他走到车旁，其中一名辅警笑着问道："你是季先生吧？"

季先生点了一下头。

"我们是城中派出所的，昨晚夜间巡逻时发现你的车门没锁，也忘了熄火，而且车内还有东西。我们从车牌上查到你的姓名，给你打电话却又打不通，所以只能守在这儿。你来检查一下，看有没有少了什么?”

季先生听了心头一热，忙打开车门看了一下，发现一样东西都没少。“真是太感谢你们了，害得你们为此守了一夜的车。”

两名辅警虽然穿着雨衣，但是身上的衣服早已被雨水淋湿了，显然在雨中已经站了很久。

“为什么不坐在车里等呢? 至少不会淋着雨。”季先生疑惑地问道。

“这不是怕弄脏了你的车嘛!”两名辅警笑了笑。

季先生一听，激动得不知该说什么好了，当即从口袋里掏出了二百元钱，说是给两名辅警买烟抽，却被两人拒绝了。

“不用谢我们，你以后记着别忘了锁车门，还有贵重物品千万不要放在车上过夜。”说完，两位辅警就离开了。

细细密密的小雨丝洒落在季先生的身上，他感到眼眶湿湿的。在这一整天里，季先生左思右想总觉得过意不去，于是第二天定制了一面“不是亲人，胜似亲人”的锦旗，送到了城中派出所，他要再次真诚地感谢在风雨中为他守护财产的那两名普通的治安辅警。

午夜里，那一张张散落的钞票

2008年5月17日凌晨，在昆山市石浦镇通往新泾村的一条公路上，金先生一边驾驶着摩托车，一边心情愉快地哼着小曲。

当天吃过晚饭后，金先生到石浦镇上的一位朋友家借钱用于生意周转，朋友借给他五千元钱，还热情地邀请他一起吃夜宵。金先生和朋友两个人一边吃喝一边聊天，不知不觉就到了凌晨时分。想着第二天一早还要赶到上海，归家心切的金先生开着摩托车急急忙忙地往家赶去。

谁知到了家后，金先生一摸裤子后面的口袋，顿时大惊失色，口袋里空空如也。金先生仔细回想了一下，一定是刚才急着赶路，摩托车一路颠簸，不小心把裤子后面口袋里的一叠钱掉落了。

怎么办？好不容易借到的钱转眼间就没了，明天到上海进货拿什么来付款呢？金先生心急如焚，望着外面漆黑的夜色，心情沮丧到了极点。

有困难找警察！金先生的脑海里突然闪现出这句话。可是，这种事情警察会管吗？就算愿意管，但这黑灯瞎火的半夜，谁知道钱掉落在哪个地方，哪能那么容易就找着？

金先生思虑再三，最终还是抱着试试看的态度来到了昆山市公安局石浦派出所，希望派出所能帮他找找看。值班的民警了解了事情的大概后，立即通知正在路上巡逻的队员们注意搜查。

当时正在路面上巡逻的辅警队队长徐兵兵接到金先生的求助后，

立即带上两名队员，沿着金先生回家时所走的机场路两侧，逐个路段、逐个桥梁处进行仔细寻找。然而，半个小时过去了，大家还是没有发现掉落的钞票。

此时，金先生的心情非常沉重，认为这些钱肯定是找不到了，但是队员们却没有灰心，大家继续往前一步一步仔细地搜寻着。不久，在町洋机电公司以南的一段路上发现了已经到处飘散了的百元钞票。这些钱有的被风吹起又飘落在树底下的，有的卡在草丛里，一路上飘散约有五百多米长。经过队员半个多小时的全力搜寻，终于把散落的钱一张一张地捡了起来。最后经过清点共有四千九百元，另外一张实在不知飘落到了哪里。

当辅警把搜寻后收集起来的钱款交到金先生的手里时，金先生紧皱的眉头终于舒展开来。望着手中这一沓失而复得的钞票，他的心情非常激动，为了感谢辅警队员们为帮他找钱而忙了大半夜，金先生当场拿出三百元钱让大家头点儿夜宵吃。队长徐兵兵当即婉言谢绝："你不用客气，这是我们辅警应该做的！"

雨夜水中大营救

2009年8月17日凌晨，大雨还在下个不停，狂风夹杂着雨点儿疯狂地洒落在行人的身上。其实，在这样恶劣的天气里，午夜的路上哪还有什么行人？那几个模糊的身影是周庄镇治安辅助中队的辅警干治幸和队员们正在辖区大桥路巡逻着。越是这样的天气，越不能掉以轻心，犯罪分子总喜欢挑这种日子干些偷鸡摸狗的勾当。

救命啊，救命啊……前方隐隐约约传来一阵阵呼救声。

不好，有情况！

干治幸和队员们循着声音一路走过去，发现声音是从江面上传过来的。大家立即赶到江边仔细查看，在离岸边约百米左右的江水里，隐约发现有一个人影在湍急的江面上挣扎。事不宜迟，队员们立即做了分工，辅警朱丽根打电话向值班民警汇报情况，干治幸迅速联系辖区水警中队、海事所快艇到场协助，另一名队员冯磊则密切观察落水人员的情况。

十分钟后，水警和海事所的快艇迅速赶到现场并开始营救。然而，由于江面视线不清，风浪又大，两艘快艇几次都无法靠近落水者。而此时，落水者在水中已经苦苦挣扎了大半个小时，体力已消耗殆尽，全靠随身携带的一把雨伞支撑着，如果不尽快救她上来，后果不堪设想。

怎么办？

人命关天！干治幸丝毫没有犹豫，连衣服都没脱，背上救生圈纵身跃入江中，奋力向落水者游去。风急浪高，干治幸每靠近一步，都要付出极大的努力，艇上的民警和辅警们都紧张地看着他的一举一动，同时做好了救援准备。

一米，两米，短短的十几米距离，此时却显得那么遥远。终于，干治幸靠近了落水者并抓住了她的手臂，将救生圈套在了她的身上。此时早已陷入半昏迷状态的落水者，本能地死死抓住救生圈，并在干治幸的推动下，逐渐向救援快艇靠近。艇上的人员迅速将二人拉了上来，并立即将已经昏迷的落水者送到医院急救。后来经过医生抢救，落水者最终脱离了生命危险。

而此时的干治幸浑身虚脱地坐在地上直喘气，心里隐隐地有一丝后怕。只有他自己知道，刚才在水中救援的情况是多么危险，如果稍有差池，他不但救不了别人，可能连自己都有生命危险。可是在纵身跃入江中的那一刻，他一心只想着救人，根本没有考虑那么多。

面对大家的赞扬，干治幸只是淡淡地笑了笑。也许下一次再遇到这种情况，他还是会不顾自己的安危去救助别人，谁叫他身上穿着这一身制服呢？虽然自己不是一名真正的警察，可是辅警的职责与警察没什么大的区别，为了百姓的安宁，他们一样责无旁贷。

我迷路了，警车送我回来

2009 年 11 月 11 日，初冬的夜晚来得似乎特别早，21 岁小伙子小郭从网吧里走出来的时候，发现天色已经完全黑了下来。小郭朝街道两旁看了看，霓虹闪烁的街市里，那人来车往的景象，似乎与白天看到的完全不一样了。他抬手看了一下表，快到八点了，不知道还能不能坐到通往厂区的公交车?

小郭沿着街道往前走了几步，心里突然着急起来。对于来自山东的小郭来说，昆山还是一个完全陌生的城市，一个星期前才随朋友一起来昆打工，平时都是吃住在厂区里面，很少外出。这一天是星期日，小郭和朋友一起来到市区玩儿，后来朋友有事先走了，小郭难得出门，决定到一家网吧上网玩儿一会儿。可现在他却发现自己认不得回厂区的路了。

我好像迷路了，小郭心里忐忑不安地想。怎么办呢? 因为是和朋友一起出门的，小郭身上也没有带钱。望着迷离的夜色，万般无奈的小郭想起了一句话："有困难，找警察!"

可是，这种小事情警察会管吗? 小郭犹豫着。唉，要不试试看吧，实在不行，再打电话让朋友来接。

"110 吗? 我在珠江路震川路口的磐庆网吧门口迷路了，我想回到厂里，却不知道路怎么走。"

电话里，一个亲切的女声让他站在原地别动，说警车马上就到。

果然，不到五分钟，一辆闪烁着红蓝警灯的桑塔纳警车开了过来，一名治安辅警下了车，看到站在那里的小郭，上来询问是否是他报警求助。

小郭激动地点了点头，告诉辅警自己上班的工厂的名称。

辅警让小郭跟他上了车，一路上，那名辅警一边安慰小郭，一边为他介绍昆山的有关情况。小郭坐在辅警的身边，心里感到暖暖的。此时，小郭的朋友打电话来询问他在哪里，怎么还不回来？小郭略带自豪地告诉朋友，警车将会送他回去。电话那头，朋友将信将疑，怎么可能？真有这样的好事？

不一会儿，警车把小郭送到了昆山市三一重工的厂区。当警车缓缓停下，厂门口早已等候着小郭的许多打工朋友，他们都是等着看小郭是不是真的让警车护送回厂的。

“真是太谢谢你们了。”小郭下了车后，还一个劲儿地朝警车里的两名治安辅警点头致谢。连小郭的工友们看到刚才的一幕也非常感动。

从那时起，小郭爱上了昆山这座美丽的城市。

谢谢你们照顾好我的妈妈

2009年6月15日下午15时30分许，陆家派出所治安辅助中队辅警戴阮和马力等队员在陆家镇录溪公园附近巡逻时，听到周围群众反映，说是有一位老太太在路边一直来来回回地兜圈子，并且发现那位老太太可能患有老年痴呆症。

巡逻辅警根据群众的指引，果然在录溪公园西侧发现了那名神志不清的老太太。辅警队员立即将这一情况向值班民警汇报，并在接到指示后将老太太带回到派出所。

由于这位老太太患有老年痴呆症，说话颠三倒四，面对民警的询问，她根本说不清自己的家在哪里。但从老太太不时冒出的“阿拉，阿拉”等沪语中，民警断定老太太一定是从上海方向过来的。于是，派出所决定暂时先把老太太安排在所里，由一名女辅警专门负责照看。同时，通过失踪人口信息网查询信息，并安排民警和辅警向周边地区打听有无人员走失情况。

老太太就这样吃住在了派出所里。年轻的女辅警小陈像照顾自己的奶奶一样，每天给老太太洗头洗澡，换洗衣服，一日三餐都从派出所食堂里端到老太太临时住的宿舍里。老太太虽然神志有些不清，可是一看到小陈就高兴得咧开嘴直笑。

在小陈的悉心照料下，一个多星期过去了，原本蓬头垢面瘦弱不堪的老太太变得干净精神了许多。经过派出所民警多方调查，终于和老太太的女儿陈女士取得了联系。得知母亲的下落后，陈女士夫妇从上海风尘仆仆地赶到昆山陆家。看到失踪了将近一个月的母亲在派出所里被照顾得好好的，陈女士感动得直落泪。她百感交集地说："母亲走失以后，我们一直在到处寻找她的下落，担心她会遭遇到什么不测。没想到派出所帮我把母亲找到了，还把她照顾得很好，我们全家真不知道该怎样感谢你们。"

临走时，陈女士拉着女辅警小陈的手，不停地向她道谢，感谢她这些天来对母亲无微不至的照顾。小陈笑着说："别谢我，这都是领导的安排，我只是做了一名辅警应该做的事情。"

2009年7月13日下午，陈女士夫妇又从上海赶到陆家，把一面写有"人民警察为人民"的锦旗和一副写有"感谢信"字样的海报送到了派出所，再一次表达了他们对陆家派出所民警和辅警队员们的深厚谢意。

青春闪电在行动

一

“不要过来，谁敢过来我就杀了他，然后自杀!”一个恶狠狠的声音响起，只见一个手臂受伤的年轻男子狂乱地挥舞着手里那把滴血的尖刀。

2010 年 7 月 19 日上午，昆山市公安局治安大队防暴中队接到市局 110 指令，称在青阳辖区有一名嫌疑人将一名辅警划伤，且嫌疑人手持凶器拒捕。接报后，防暴中队领导立即带领杨惠华等八名突击队员迅速赶到现场。

杨惠华到达现场后看到的就是上面那幅惊心动魄的画面。经初步了解，该嫌疑男子在行窃时被巡逻辅警发现，为逃避抓捕，其用随身携带的尖刀将一名辅警捅伤，自己也在拒捕挣扎过程中被划伤了手臂。在与警方对峙中，该男子一度歇斯底里，狂躁不安。警方派出的谈判专家在与其进行了两个多小时的谈话后，他终于同意由医生上前为其包扎伤口。

究竟派谁上去?

杨惠华挺身而出。

现场的气氛十分紧张，但对于杨惠华来说，身经百战的他早已是司空见惯，他的沉着、冷静、勇敢，就是在与穷凶极恶的歹徒们一次又一次的近距离交锋中磨炼出来的。此刻，杨惠华以一名医生的身份慢慢地接近嫌疑人，一边安抚嫌疑人的情绪，一边为他包扎伤口。就在嫌疑人放松警惕的那一瞬间，杨惠华找准有利时机，猛地将嫌疑人持刀的右手腕狠狠地抓住，带血的尖刀当即落地。嫌疑人拼命挣扎，因为距离河岸太近，扭抱在一起的两个人一同摔倒在河里。杨惠华在水中奋力将嫌疑人制伏，上岸后才发现自己的脸在搏斗中被嫌疑人抓伤了。

28 岁的杨惠华是昆山市公安局治安大队防暴中队指导员，又是突击组成员之一。自 2006 年参加辅警工作以来，杨惠华充分发挥其在部队服役时所学技能，带领全组队员成功处置各类群体性事件上百起，抓获各类违法犯罪嫌疑人上千名。特别是在处置一些突发性、暴力性案件时，这位年轻的共产党员总是不惧危险，冲锋在前，每一次都成功制伏了犯罪嫌疑人，多次受到领导和同事们的好评，且多次被评选为昆山市公安局十佳治安辅助人员。

二

特勤，这是一个闪电般的称谓。

如果说特警是警察队伍中的精英，那么特勤就是治安辅助队伍中的闪电先锋。无论是在业务技能、体能素养，还是思想素质、精神面貌方面，特勤队员个个都是治安辅助队伍中的佼佼者。他们是一支青春蓬勃的治安力量，更是一支具备顽强战斗力的武装队伍。在群体性事件、上访事件、安全保卫、抓赌、扫黄、打黑及其他治安事件中，每一次都能看到一个个全副武装、威武勇猛的身影。

随着昆山经济建设的迅猛发展，各类房产、建设、物业、劳资纠纷引发的群体性事件时有发生。为了确保全市社会政治稳定、治安秩序平稳，昆山市公安局在市委、市政府的大力支持下，于 2005

年7月在治安大队的基础上成立了一支防暴中队。截止到2011年6月，防暴中队有公安民警6名，防暴队员84名，主要负责全市突发事件和群体性事件的处置工作。

2008年10月，昆山市公安局下属25个派出所又根据市局要求，争取地方政府支持，在各区镇派出所内组建成立了20人的特勤分队，使全市保持500人的应急处突力量。这支队伍平时由派出所管理和使用，统一行动时由指挥中心调度，防暴中队现场指挥。

无论是在市级防暴中队，还是各派出所特勤分队，九成以上的队员是治安辅警，平均年龄不超过三十岁，而且八成以上队员是复员军人，其中又有五成以上是武警出身。从这里可以看出，这是一支年轻力壮、朝气蓬勃的辅警队伍，他们时刻准备着，像闪电一样出现在每一个需要他们的地方。自2005年防暴中队成立以来，治安特勤共协助公安机关成功处置各类群体性事件760余起，有效地维护了昆山的社会稳定。

烈日高照，地表温度超过了四十度，空气里翻滚着阵阵热浪。“向右看齐，向前看，稍息，立正……”此刻，在一片空旷的训练场上，一群身着黑色作训服的特勤队员，正挥舞着手中的盾牌和警棍，进行防暴特勤训练。整齐有力的步伐震落了阵阵汗雨，嘹亮的格斗呐喊声却随着热浪响彻四周。

冬练三九，夏练三伏，一支勇猛顽强的特勤队伍不是一蹴而就的，需要的是日积月累地磨炼。从跑步到队列，从警棍盾牌术到擒敌拳，每一招每一式都要认真规范。任寒风凛冽，任烈日炙烤，在加强技能训练的同时，纪律作风也明显提高。被汗水渗透的作训服和作训服下挺直的脊梁告诉人们，一支精英队伍不仅需要精湛的业务技能，更需要顽强拼搏、无私奉献的精神风貌！一支充满活力、充满激情、充满战斗力的特勤队伍才能为维护社会和谐稳定保驾护航！

三

2010年7月18日至8月1日，江苏省苏州市通安镇、浒关镇、东渚镇等地因拆迁补偿问题引发数万群众围堵镇政府、堵马路事件。昆山市局防暴中队根据苏州市局指令，先后出动警力500人次，另外组织各派出所特勤分队500人，参与了“通安事件”的处置工作。

当时正值盛夏时节，天气炎热，而涉事群众多、暴力性强、处置难度大，对于参战的特勤队员来说，是一次前所未有的严峻挑战。在将近半个月的时间里，特勤队员们通常早上5点钟就起床奔赴苏州执勤点，半夜12点才回昆山单位，期间克服了种种困难，始终保持高昂的斗志坚守岗位。

由于参战人员中有一半是昆山市局从下属各派出所特勤分队中抽调的特勤队员，针对他们处置此类事件经验少，针对性训练不多，又没有防暴中队队员合练的特点，防暴中队领导组织昆山参战人员利用待命的间隙进行警戒队形、防护队形、驱散队形、强制带离等科目的合练，使参战队伍迅速形成战斗力，促使昆山的参战民警、特勤队员无一人在执勤中受伤，最终圆满完成了执勤任务。因为表现突出，防暴中队被苏州市局授予集体嘉奖。其中，有7名公安民警荣立三等功，有7名特勤队员立功，1名特勤队员立大功。

“通安事件”处置工作中，昆山特勤的不俗表现令人刮目相看。其实，早在2010年初，昆山防暴中队就根据苏州市局特警支队制订的《苏州市公安特勤队训练计划》，结合自身实际条件和任务需要，制订了贴近实战的训练方案。2010年9月，昆山市公安局根据公安工作转型升级需要，在防暴中队强化突击组、排爆组和狙击组的建设。前面讲到的杨惠华就是突击队员之一。突击队员在专业民警的带领下进行强化训练，每周一至周五每天下午进行不少于两个课时的训练，训练内容包括：体能、散打、擒拿、格斗、一招制敌；使用器械抓捕涉暴嫌疑人、模拟处置涉暴嫌疑人等。这些高强度的训练对于武警出身的杨惠华来说，也并不是一件轻松的事。然而，杨惠华明白“平时多流汗，战时少流血”的道理，再艰苦的训练他都能接受，因为他更明白，没有强健的体魄，没有精湛的技能，就没有资格成为一名优秀的特勤队员，尤其是号称“精英中的精英”的突击队员。

四

用公安机关的对外宣传词来说，特勤队伍是一支特别能吃苦，特别能战斗的治安力量。虽然同是治安辅助队伍中的一员，但是特勤的身份让这群年轻的小伙子们肩负着更大的职责，付出了更多的汗水。

在每一名特勤队员的身上，都有一个个惊心动魄、可歌可泣的动人事迹。虽然每一个故事的时间、地点、人物不同，结局只有一个，那就是稳定！就是平安！社会稳定，百姓平安，是他们身为特勤队员的神圣使命和光荣职责。

在“通安事件”中表现突出荣立大功的张俊强是一名年轻的共产党员，在防暴中队，他既是战斗员又是密摄取证人员。自加入防暴中队以来，他先后参与处置各类群体性上访事件上百起。在处置工作中，根据领导安排，张俊强不顾个人安危，深入闹事人群，近距离地对挑头、闹事人员及其行为进行秘密摄像取证，并及时汇报事态发展，多次为领导的下一步决策起到了决定性作用，其摄像取证内容也为日后的处理、打击取得了证据。尤其是在“通安事件”中，张俊强连续十多天驾驶密摄车辆赶赴通安镇、浒关镇、东渚镇等地，长时间奔波劳累，他却从未叫过一声苦。

32 岁的殷仁明在年轻的防暴队伍中算得上是一名老队员了，在防暴中队，他既是战斗员，又是仓库、车辆管理员。在“通安事件”中，队伍每天五点钟起床，而作为仓库保管员的殷仁明就要提前半小时起床，准备好各种装备和器材。连续十多天驾驶运兵车赶赴苏州通安等涉事乡镇处置群体性事件，晚上通常在十一二点回昆山单位，其他队员都休息了，他却还要对运兵车辆进行检查。因为路程较远，几乎每天晚上回单位后，殷仁明还要再开车到加油站对车辆进行加油。而等他终于能够踏踏实实地躺在床上时，时间早已是次日凌晨了。

28 岁的俞建伟是防暴中队队长，这个从北京武警总队特战大队退伍的年轻人，身材魁梧，拥有一身超强的本领。在“通安事件”中，他带领队员们坚守岗位，形成强大的阻击队形，面对如雨而下的石块、砖块，面对超过数倍的人群的冲击，面对个别群众的辱骂和嘲讽，他带领队员们忍辱负重，毫不畏惧，始终未后退半步，也未放过一人。

队员孙大荣既是中队里的驾驶员，也是一名战斗员，和普通队员一样直接参与一线处置。在“通安事件”中，孙大荣和队员们奉命组成阻击队形，阻止闹事人群冲击。因闹事人员无法通过，便将矛头对准了执勤的防暴队员。其中有两名妇女不停地用手中的雨伞击打孙大荣，一边击打一边辱骂，队员们听见了，心里都很难过，却依然一个个坚守岗位。手中的盾牌被打裂了，孙大荣没有后退半步。特勤的思想素质教育让他深信，群众的不理解只是暂时的，特勤付出的每一份艰辛，总有一天会被群众认可和尊重。后来，因为人群冲击，其中一名妇女跌倒在地，为了避免她被人群踩伤，孙大荣看到后迅速将她扶了起来。孙大荣这种不计前嫌的行为让那名妇女自惭行愧，起身后拉着另一名妇女离开了现场。

在防暴中队，驾驶员比普通队员还要辛苦和劳累。在处置群体性事件中，特勤队员常常一站就是两三个小时，结束任务后，其他队员可以在车上稍事休息，而驾驶员还必须坚守岗位。有一次从通安执勤完任务回昆山，已经是夜里 11 点多钟，驾驶员郝荣祥实在是太劳累了，为了避免驾车过程中打瞌睡，他一路上隔一段时间就打自己一个耳光，始终让自己保持着清醒状态，将车辆安全开回了单位。一下车，郝荣祥就直奔宿舍倒头就睡。虽然时值盛夏，身上的执勤服早已被汗水熏臭了，可是他却实在是没有力气换洗了。

谁离不开他们

自2004年成立以来，昆山这支治安辅助队伍在维护社会稳定、服务经济发展中发挥了重要作用。仅以2009年为例，全市治安辅警在110接处警、治安巡逻、交通协查、户政管理、出入境管理、治安防暴、档案管理等各个岗位上，尽心尽责，发挥出色，为公安机关提供违法犯罪线索6784条，协破刑事案件1237起，协查治安案件7103起，抓获各类违法犯罪嫌疑人10343人，缴获赃款赃物365万余元，协助调解各类纠纷12987起，为民排忧解难8824起。

也许一串串数字是枯燥无味的，但在这些数字背后的工作却是真实而又艰辛的，其中浸透了全体治安辅警的鲜血和汗水。正如分管治安辅助工作的昆山市公安局副局长张峻同志在2010年3月16日全市治安辅助工作会议上讲的一段话，“我市治安辅助队伍是一支具有较强凝聚力和战斗力，能经得起考验、挑得起重任、做得出成绩的坚强集体，是公安事业不可或缺的重要力量。”

这就是对昆山治安辅警的真实评价！

“2009年4月，全市治安辅助队伍协助公安机关抓获各类违法犯罪嫌疑人787名（其中刑事拘留107人、治安拘留389人、其他处理291人），协破刑事案件40起，重特大案件1起，协查治安案件478起，为公安机关提供线索464条，制止违法犯罪活动628起，调处各类纠纷1311起，为民排忧解难做好事600件，缴获赃款赃物折合人民币319778元。协助公安机关会同城管、文广等部门，开展扫黄打非专项整治行动，收缴非法音像制品4800余盘、非法书刊800余册，取缔非法出版物摊位10家、非法经营店1家。会同工商、税务等部门，组织全市美容美发场所集中清查整治，取缔无证美容店116家，停业整顿56家，当场收缴按摩沙发、床等286只。协助开展全市赌博游戏机专项检查，查获赌博游戏机414台，其中大型赌博机19组116台。协助开展“迅雷2号”专项行动，破获贩毒案件2起，摧毁贩毒团伙3个，查破群体性吸毒案件3起，抓获吸贩毒嫌疑人员94名，缴获毒品2300余克。”

“2009年5月，全市各治安辅助中队协助公安机关相继完成了罗志军省长来昆调研；省委书记梁保华实地视察纬创资通、仁宝资讯等公司；市科博中心广场举行的由中宣部、中央电视台联合制作的大型文献纪录片《辉煌60年》开机仪式；娄江河震川路、东新街两岸举行的2009中国昆山国际文化旅游节开幕式；周庄举行的第十四届中国周庄国际旅游节；千灯镇延福寺举行开光活动；台湾海基会董事长、国民党副主席江丙坤率海基会协商代表团参观南亚电子有限公司、捷安特（昆山）有限公司；“906”“908”专列由东向西途经我市境内等安保任务。全市辅警按照市局要求，严守岗位，确保了领导视察及大型活动安全顺利进行。”

以上这两段文字，是在昆山市公安局治安辅助大队的《工作简报》上摘录的。这些在读者看来或许并不生动有趣的文字间，折射出的一个现象是，在全市公安工作中，无论是打击违法犯罪，还是维护社会秩序，治安辅警几乎全程参与，与人民警察紧密地联系在一起，而两者的人数比例往往在8:1以上。在昆山这座经济迅猛发展，城市建设日益加快的城市中，城市人口与警力的配置存在严重的缺口，相对薄弱的公安警力迫切需要这样一支来自于民间力量，又相对规范化的治安辅助力量来一同并肩作战。从某种角度来说，昆山市公安机关在公安战线上取得的一切成绩，都离不开治安辅助队伍的全力奉献。

数字的表达也许是枯燥的，而情感的体验却是真实的。每一位治安辅警或许是微不足道的，但由五千余人组成的一支庞大的治安辅助队伍，却像大海一样流淌在全市人民群众的心里。

谁？离不开，他们！

无论是数字，还是情感，都在诉说着一个不争的事实，昆山这座城市离不开他们，广大人民群众离不开他们！

这里，笔者只能在浩瀚的大海里摘取几朵浪花，而每一朵微小的浪花都能折射出大海宽广的情怀！

时间：2011 年 2 月 2 日除夕夜

地点：昆山市华藏寺

人物：李文智，昆山市公安局城西派出所治安辅助中队队长

随着新年钟声的来临，数以万计的人民群众涌入了华藏寺，祈福的香火映红了寒冷的夜空。香烟缭绕，祈福声声，在这天寒地冻的深夜，李文智和他的队员们在长达七个多小时的执勤过程中，克服天气寒冷的不利条件，恪尽职守，文明执勤，顾不得声音嘶哑双腿发酸，也来不及为自己的新年许愿，协助公安民警对人群进行疏导，引导群众有序敬香。一年一度盛况空前的华藏寺人头攒动，香火旺盛，李文智和他的队员们是一道别具一格的亮丽风景，他们向人民群众充分展示了昆山治安辅警的良好形象，同时也顺利地协助公安机关圆满完成了华藏寺安保执勤工作。

时间：2010 年 6 月

地点：昆山市柏庐实验小学

人物：孙中球，昆山市公安局交警大队玉山治安辅助中队队长

一声清脆的哨音响起，刚才还显得拥堵的校门口，在一双指挥有力的大手下开始变得秩序井然。

柏庐实验小学校门口是孙中球的工作岗位。由于近两年来学校规范扩大，接送学生的私家车辆急剧增加，校门口的拥堵现象日益

严重。为此，孙中球每天早上六点半不到就第一个来到岗位执勤，迎接上学高峰的到来，认真负责地维护校门口的交通秩序。六月中旬的一天，天空下着蒙蒙细雨，一辆轿车停在校门口堵住了其他车辆，孙中球连忙上前查看，发现坐在车后座的学生腿上打着石膏。孙中球连忙背起这名学生，让家长开车离去，自己送学生到教室去。在此后的一个星期里，孙中球天天背着这名王姓学生把他送到教室的座位上。事后，学校领导和学生家长给孙中球的工作单位专门写了一封感谢信，玉山中队的领导和同事们才知道孙中球的事迹。

时间：2009 年 12 月 8 日

地点：昆山市公安局城中派出所

人物：舒军、朱国庆，城中派出所治安辅助中队队员

这一天，城中派出所的领导接到了一封来自江苏邳州的感谢信。来信人惠学清在信中讲述了城中所治安辅警舒军和朱国庆热心帮助他们家的事迹，并在信中表达了他们全家的感激之情。

这是怎么一回事呢？原来，身为治安辅警的舒军一直热心于公益事业，是昆山周火生老师希望工程的志愿者。2008 年 12 月，《扬子晚报》刊登了一篇《一根扁担挑出 50 名大学生》的文章，文中报道了周火生及其志愿者的先进事迹，其中也讲到了舒军。当时，远在江苏邳州的惠学清无意间看到了这篇报道，想到自己才 22 岁的儿子已患有 14 年乙型糖尿病，又患有肾衰竭（尿毒症前期），因为治病已是家徒四壁负债累累。抱着一丝希望，惠学清给舒军写了一封求助信。接到惠学清的求助信后，舒军立即打电话前去询问详情，并与另一位热心公益事业的辅警朱国庆一起千里迢迢赶到邳州。惠学清贫寒的家境让舒军和朱国庆唏嘘不已，两人当即捐助了几百元钱，又带惠学清父子俩上县城吃了一顿饭，为他们购置了御冬的棉衣，并承诺尽快通过周火生老师为他们募捐。在随后的一年里，舒军和朱国庆为了惠学清父子多次奔走募捐，筹得救助款五千余元，并为惠学清所作的书画组织义卖活动，以便更大程度地帮助惠家。

事后，有人问惠学清，在志愿者中为什么单单挑中了舒军？惠

学清是这样回答的："因为我知道他是在派出所工作的，他的职业让我充满了信任！"

时间：2010 年 8 月 21 日下午 13 时 53 分

地点：昆山市正仪嘉馨花园 51 号楼

人物：陈健晨，5 岁，儿童

墙上的闹钟在滴答滴答地响着，屋子里很安静。小晨晨醒来后，四下里张望了一下，发现妈妈不在家。楼下传来一阵热闹的歌声。小晨晨爬到窗户前探出大半个身子往下瞧。天气真热啊，小晨晨感到眼前一片亮晃晃的。突然，小晨晨一不小心跌出了窗外，小小的身体落在窗台下的空调外机上。"哇！"小晨晨吓得大哭起来，也引来了楼下居民一片惊呼声！

正仪派出所治安辅助中队队员俞国刚随处警民警赶到报警现场时，看到的就是这样一幅令人心惊肉跳的画面：一个小男孩蜷缩在四楼西墙面的空调外机上，随时都有坠楼的危险。处警民警一边稳定小孩的情绪，一边安排人员尽快找到小孩家长。武警出身的俞国刚自告奋勇，从防盗架二三楼南面的窗户攀至四楼，打开防盗门后，把急救绳拴在自己的腰上钻出窗外，其他队员在屋子里拉住绳子，慢慢地把俞国刚放下至空调外机处。

小晨晨看见一个满头是汗的叔叔一点一点靠近自己。突然，叔叔猛地抱住了他，紧紧地把他搂在了怀里。小晨晨不感到害怕了，反而觉得很有趣，他觉得自己在叔叔的怀里一点一点往上升，终于又回到家里啦！小晨晨想笑，突然看到妈妈泪流满面地从外面冲了进来，一把抱住了自己。小晨晨被妈妈的模样吓坏了，眼泪也不争气地掉了下来。

时间：2010 年 11 月 3 日下午

地点：昆山市中原佳苑 5 号楼 302 室

人物：宋云林，同心派出所治安辅助中队队员

在第六次全国人口普查工作中，宋云林和队员们在社区民警的

带领下挨家挨户地统计人口翔实数据。为了方便群众，民警和辅警先与居民电话预约，之后再登门拜访，这项爱民措施方便了群众，却也延长了民警和辅警的工作时间，为此他们常常要放弃个人休息时间。

这天下午，宋云林和队员们来到辖区内中原佳苑5号楼进行人口普查，来到三楼时发现302室的防盗门上插着钥匙，房屋主人却不在家。职业的敏感让宋云林提高了警惕，他立即与小区物业保安联系。在拨打该户屋主电话无人接听的情况下，宋云林将门打开，进屋检查后发现屋内无人，物品摆放齐整，在客厅的茶几上有现金和手机等物，沙发扶手上还有一个棕色皮包，屋内并无翻动痕迹。随后宋云林对屋内进行拍照取证，并将钥匙带回了派出所。回到派出所后，宋云林继续与该户房主电话联系，两个小时以后，终于联络到了房主。粗心的房主根本不知道自己将防盗门钥匙遗忘在了门上。当宋云林将钥匙交还到房主手中时，房主激动地连声道谢，说幸亏是被辅警发现后帮其保管，若是被心图不轨的陌生人发现，后果将会不堪设想。

时间：2010年11月7日下午

地点：昆山市美华园38号楼204室

人物：毛小妹，98岁，居民

“阿婆，来，看着镜头，笑一笑！”

随着一声“咔嚓”，一张老妇的笑脸定格在镜头里。

今年98岁高龄的毛小妹咧着一张没有牙齿的嘴，乐呵呵地拍了一张第二代身份证照片。她拉着一位年轻姑娘的手一个劲儿地道谢：“谢谢妹妹噢，谢谢妹妹！”

原来，眼前这位身穿辅警制服的漂亮姑娘就是青阳派出所治安辅助中队队员邱俊英。小邱在派出所户籍窗口工作，为居民办理身份证是她的工作任务之一。不久前，小邱在工作中了解到，家住美华园38号楼204室的毛小妹已有98岁高龄了，因为年老体衰双腿不便于行，一直没能来派出所办理第二代身份证。与毛小妹同住一处的儿子儿媳也都是年近七旬的老人，也没有办法把高龄老母带到派出所办证。得知这一情况后，小邱立即向所领导请示，准备上门为老人拍摄身份证照片。11月7日下午，小邱利用周末休息时间主动上门来到毛小妹家中，为老人精心梳洗了一番之后，拿着从所里带来的照相机为老人现场采集了二代证相片。临走时，小邱还给老人留下了一张警民联系卡，告诉老人今后有什么需要帮助的地方，可以随时拨打联系电话。

对于小邱热情周到又细致入微的服务，毛小妹像个小孩一样高兴得合不拢嘴。左邻右舍知道派出所上门为她拍照的事情，都夸老人好福气，同时也充分赞扬了小邱的热心之举。

第三辑　伤痛与迷茫

谁
把关注的目光投向他们
谁
把真诚的理解送给他们

谁
注意到了那些疲惫的身影
谁
触摸到了那些热切的心跳

奉献
一个神圣的名词
无欲无求

然而，生命和尊严
也需要一定的滋养

不奢求大海的浩瀚
却也渴望溪水一样的润泽
……

上篇：爱在风雨中

他们是社会治安防线上最特殊的一道风景，像蚂蚁一样渺小，又像泰山一样高大。他们的一举一动，一言一行，时刻牵动着社会治安的脉搏。

他们是一群平凡的小人物，因为一句誓言，把自己的生命和情感交给了那一个个普通的治安岗位……

春夏秋冬记得他们忙碌的身影，风霜雨雪知道他们工作的艰辛。他们流血流汗却不流泪，因为那一份深深的制服情结，因为那一份人民卫士的荣耀。

他们心中也有爱，大爱与小爱，在艰难的抉择中，他们纠结过，徘徊过，却从不曾放弃过。

因为爱，他们甘愿默默地行走在风雨中……

流血流汗不流泪

他们心中有一个共同的信念，那就是“不后悔”！他们可以流汗、流血，但是拒绝流泪，拒绝流下哪怕一滴后悔的眼泪。

别紧张，我成不了烈士

“伤口还疼不疼啊?”母亲含着眼泪轻声地问躺在病床上的李烨。

“不要紧的，休息几天就好了。”李烨努力绽开笑容来安慰愁眉不展的母亲。因为腰部受伤，李烨只能侧身躺着。刚才市局领导、防暴中队及辅管办的相关领导都来医院看望慰问了他，尽管伤口部位很疼，但他尽量忍着痛用微笑迎接他们。

领导们走后不久，周仓举着被包扎成粽子样的左手从隔壁病房走过来看他。

“你的手怎么样？手指头没断吧?”李烨关心地问。

“那三根手指头还在，不过医生说以后手指功能会有所退化。说来还得感谢你，要不是你用盾牌挡着，恐怕我这里会伤得更厉害。”周仓指着自己的胸部，那里也有个伤口，被厚厚的一层纱布包着。

两人对视了一会儿，忽然都轻声笑了起来，在对方的眼睛里，他们都看到了自己的影子。

李烨和周仓都是昆山市公安局治安大队防暴中队的队员，是一起并肩作战的同事。在前几天的一次执勤过程中两人同时受了伤。

回想起两天前那个惊心动魄的上午，当时的场面仍历历在目，但此刻李烨的心情却显得十分平静。

2009年9月24日9时30分许，昆山市公安局治安大队防暴中队接到指令称：一名男子在昆山市玉山镇茗景苑A区附近手持菜刀企图行凶。接报后，防暴中队领导立即带领民警和特勤队员赶赴现场。

李烨随处警队赶到现场后，看见在小区北侧荒地内有一名青年男子手持两把菜刀，情绪十分激动，只要有人靠近就疯狂地挥舞菜刀。根据现场情况，防暴中队领导一边组织民警上前对这名男子进行劝导，随时观察情况，一边制订抓捕方案，把处警人员分成三组，一组从正面接近嫌疑人，吸引他的注意力，一组绕到嫌疑人身后进行抓捕，另一组则潜伏到嫌疑人东侧，伺机进行抓捕。

在防暴中队副中队长民警朱首元的再三劝导下，嫌疑男子仍然执迷不悟，叫嚣着要与人拼个鱼死网破。就在劝说过程中，三组负责抓捕的人员已各自就位。

在对嫌疑人劝说无效后，为防止嫌疑人持刀冲向围观群众造成伤害，现场决定强行抓捕。副中队长朱首元再次上前对嫌疑人进行劝说，在劝说过程中突然用网枪对嫌疑人开枪，嫌疑人被射出的网罩住，紧接着朱首元又射出了第二张网，嫌疑人被围困在网内并摔倒在地上。就在抓捕人员准备冲上去时，嫌疑人挥动菜刀将网割破并站了起来，眼露凶光，挥舞着菜刀冲向正面抓捕人员。当时位于后方抓捕组的特勤队员周仓见此情况后，为防止嫌疑人伤害到正面队友，立即冲上去用警棍猛敲嫌疑人的后背。嫌疑人被击中后，神情更加狂怒，转过身来双手持刀对着周仓一阵疯狂猛砍。当时的周仓一心想将嫌疑人制伏，忍着剧痛与其搏斗，致使左手三根手指被砍成开放性骨折，胸部也挨了一刀。

与周仓同一组的李烨见嫌疑人对着战友周仓一阵猛砍，立即冲上去用盾牌保护战友，不料自己的腰部被嫌疑人重重地砍了一刀，顿时一阵剧痛传来。就在这惊心动魄的一瞬间，其他队员趁机冲了上来，合力将已处于疯狂状态的嫌疑人制伏。

鲜血渐渐地染红了身上的特勤制服，李烨和周仓被迅速送到了医院救治。面对领导和同事们惊慌、担忧的神色，李烨一边忍着剧痛，一边笑着与同事们开玩笑："别紧张，没那么严重，我当不了烈士！"

在平凡中创造不平凡

都说人民警察是和平年代最危险的职业，那么与警察奋战在同一治安战线上的治安辅警们，他们面临的危险并不比警察少一分。

20 世纪 70 年代出生的顾红剑从小就有个警察梦。2006 年 8 月，他怀着满腔豪情加入到昆山市治安辅助队伍中，成为青阳派出所治安辅助中队一名普通的巡逻队员。

"几度风雨几度春秋，风霜雪雨搏激流。历经苦难痴心不改，少年壮志不言愁！"哼着这首《便衣警察》的主题歌，顾红剑在治安巡逻战线上走过了一个又一个春秋。辅警的苦，辅警的累，辅警的无奈和迷茫，就像午夜巡逻时的清冷，夏日伏击时的燥热，顾红剑体会得真真切切，甚至刻骨铭心。顾红剑知道，在政府和百姓的眼中，他并不是警察，只是一名小小的治安辅警，但是他觉得他为之流血流汗的工作岗位是神圣的，他为之奋斗一生的目标是神圣的。正是这样一种信念，支撑着顾红剑一直坚定地向前走，向前走！

2010 年 7 月 19 日上午 9 时许，顾红剑和队友杜卫星、邱伟伟三人身着便衣，巡逻至辖区青阳南路如家旅馆东侧的一家无名废旧收购站时，发现有两名可疑男子携带着钢球在收购站内进行交易。职业的敏感让顾红剑等人立即走上前去亮明身份进行盘查，谁知两名男子见有辅警过来，神色顿时惊慌，放弃钢球就要离开。种种迹象表现，这些钢球肯定是两名男子通过非法手段盗窃得来的。顾红剑和队友们准备将两名嫌疑人控制住并扭送到派出所，谁知却遭到了两名嫌疑人的奋力反抗，其中一名男子拔出随身携带的匕首向冲在最前面的顾红剑狂挥乱舞。顾红剑猝不及防被划了一刀，左手臂顿时鲜血直流。队员杜卫星和邱伟伟见状后立即冲上前与这名男子进行搏斗，在搏斗中两名队员的手上和脸上也不同程度被划伤。

面对锋利的匕首，忍着伤口的疼痛，顾红剑和队友们没有畏惧，没有退缩，奋勇搏斗，步步紧逼，最终将两名嫌疑人逼至路旁的小树林内，将其中一名嫌疑男子控制住。而另外一名嫌疑人见逃跑无望，手执带血的匕首躲在小树林内以自残威胁抗拒抓捕，并划伤了一名前来增援的防暴突击队员的脸，然而穷凶极恶的歹徒最终还是被防暴突击队员们当场生擒。

在这次抓捕过程中，三名巡逻辅警和一名防暴特勤受伤，其中顾红剑伤得最重，他的左手臂被划了一道长长的伤口，血肉模糊，共缝了十几针。医生建议他休息半个月，可是顾红剑哪里肯听，不到一个星期，他就吊着缠满纱布的胳膊出现在工作岗位上。

平凡的岗位，平凡的辅警，创造的是不平凡的事迹。像顾红剑这样的治安辅警，在整个昆山辅警队伍中不是个例。在昆山的城市乡镇，每一位治安辅警都会面临着各种各样的危险和考验。

处理一个简单的矛盾纠纷也会受伤？这可是周军以前从未想到过的，但是有一天却真实地发生在了他的身上。

八零后的周军是2006年5月加入治安辅助队伍的，算起来也是个“老辅警”了。在五年的辅警岗位上，他一直以饱满的热情和强烈的责任感投入到工作中，协助民警处理各类警情。

2010年11月11日下午，昆山市公安局同心派出所接到一名女子的电话报警，称其前夫打她。接警后，周军和队友汪晓华一起随同处警民警迅速赶到现场了解情况。警车刚一停下，突然从紫竹公寓10号楼车库内奔出来一个光着脚的中年妇女，面部青肿似有被打的痕迹，神形惊慌恐惧。原来，该女子就是报案人，她告诉民警自己姓陈，与前夫已经离婚多年，但是前夫一直不停地骚扰她，今天下午又来到其住处索要财物，陈某不答应就遭到了前夫的毒打。正当民警想进屋进行劝说时，报案人的儿子也神情慌张地从屋内跑了出来，并躲在其母亲身后。这时，只见一名神色阴郁的瘦高个男子从屋内走了出来，看见前妻把警察都招来了，马上恶语相向，怒骂不止。周军协助民警对这名男子进行劝说工作，该男子起初一声不吭，后来虚心接受批评，向民警承诺不再骚扰前妻。就在大家以为事情基本解决了，正准备回到警车上时，走在后面的周军回头一瞥，惊讶地发现那名男子不知何时拿出了一把菜刀，正对着前妻陈某又喊又骂。周军迅速上前想制止，不料那名男子突然发疯般地举起菜刀直朝周军砍来。不顾下颌传来的剧痛，周军紧紧抓住了男子拿刀的手。此时，民警和辅警队员也迅速赶过来合力将男子制伏。

受伤的周军立即被同事们送往附近医院救治。经过医生检查，周军的下颌被划了一道很深的伤口，缝了两针，差一点儿就破了相。

他们就是英雄

在协助公安民警进行巡逻、伏击、抓捕的过程中，治安辅警总是冲锋在前，与犯罪嫌疑人零距离接触，每时每刻都面临着危险和考验……

2010年12月初，昆山市公安局吴淞江派出所辖区某网吧内连续发生上网人员的手机、钱物被盗案件，派出所勤务指挥室通过监控分析和信息研判，最后锁定了两名盗窃嫌疑对象。吴淞江派出所治安辅助中队便衣分队队长周建明根据民警的安排，带领辅警队员连续几天在该网吧内伏击。

2010年12月8日凌晨5时10分左右，周建明带领凌建刚、徐佳等辅警队员在网吧伏击时，发现有两名可疑男子进入了网吧，两人的体貌特征与派出所勤务指挥室提供的两名盗窃嫌疑对象的体貌特征基本一致。周建明在民警的指挥下，立即展开了抓捕行动。然而在抓捕过程中遭到了两名嫌疑人的顽固抵抗，其中一名嫌疑人拔出一把约十厘米长的水果刀朝着上前抓捕的队员们疯狂猛刺，队员凌建刚的左腹部被刺出一道宽三厘米的伤口，队员徐佳的右手大拇指被刺穿。两名队员受伤后强忍着疼痛，顾不上自己身上鲜血的喷溅，仍然坚持与其他队员一起奋力将两名嫌疑人擒获。

许多在与罪犯搏斗中英勇受伤的治安辅警，经过媒体的宣传，被人们称为英雄。浴血奋战，对于工作在治安一线的辅警队员来说，早已是司空见惯的事情。每一位治安辅警都是平凡人。而面对穷凶极恶的罪犯，他们不畏惧，不退缩，哪怕流血受伤。这是一份职责，一份使命。如果英雄都是出自平凡，也许，他们就是英雄。

2011 年 1 月 16 日下午，在昆山市第一人民医院一个普通病房内，经过医院及时抢救和精心护理，锦溪派出所治安辅警陆明华已经能开口说话。半个月前，这个身中五刀、勇斗滋扰企业女工犯罪嫌疑人的治安辅警，用他的壮举再次向人们展现了一个治安辅警可歌可泣的英雄形象。

事情回溯到 1 月 1 日元旦佳节，人们都沉浸在节日的欢乐气氛中。

锦溪派出所辖区惠峰公寓治安岗亭内，陆明华和队友赵连生两人在值夜班。惠峰公寓是锦溪镇外来务工人员集居地，由于节日休假的缘故，公寓内人来人往，灯火通明。陆明华和队友赵连生不敢疏忽大意，时刻警惕地注视着周围的一切。

凌晨时分，一名企业女工突然急匆匆地走进治安岗亭求助，说是其所住的女生宿舍里有两名男同事不肯离开，影响了她们休息。经了解，其中一名男子于某在追求这位女工的舍友，但是遭到拒绝，于是他乘着酒劲儿，带着自己的朋友施某赖在“追求对象”的宿舍里不肯离开。

两个大男人深更半夜还待在女生宿舍里确实有些不妥。听到女工的求助，陆明华和赵连生立即跟随这名女工前往她的宿舍。陆明华走进宿舍一看，果然有两名男子坐在高低床上，屋内的空气里充满了刺鼻的酒味。陆明华和赵连生劝说这两名男子离开，两名男子极不情愿地走到门外。那位女工看到他们已到门外，急切地将房门“砰”的一声关上。也许是这巨大的关门声刺激了两名男子的神经，两名男子站在门外就是不愿意离开。见此，陆明华上前再次劝说，恼羞成怒的于某突然掏出一把弹簧刀，朝陆明华的脖子、胸部和肩膀一阵乱刺。陆明华猝不及防，一时间鲜血四溅，很快就成了一个血人。看到要出人命，两名男子随即分头逃走。

赵连生赶紧来搀扶陆明华，并用对讲机通知警力增援。陆明华强忍剧痛，双手捂着胸口，不顾鲜血流淌，奋力追赶嫌疑人，最终在厂区保安的协助下一起将帮凶施某擒获。闻讯赶来的派出所民警立即在各个路口进行封堵，在五分钟内形成了对于某的包围圈。最后，跳入河中走投无路的于某被擒获。

因失血过多而导致昏迷的陆明华被紧急送往昆山市第一人民医院抢救。经医生诊断，他的颈部被刺两刀，胸部被刺两刀，手上被刺一刀，其中胸部一刀已经刺穿心脏膜。医生及时给他做了胸腔手术，终于挽救了他的生命。

血染的风采

2006 年 12 月 7 日晚上 8 时许，天空下着蒙蒙细雨。

时年 27 岁的周晓聪在巡逻班长的带领下，两人分别驾驶着警用摩托车在辖区晨丰路一带进行治安巡逻。

当时的晨丰路两旁还没有安装路灯，周围光线十分黑暗，周晓聪在驾驶警用摩托车沿晨丰路由西向东行驶经过台虹路时，与一辆沿台虹路由南向北行驶的黑色普桑轿车相撞，周晓聪被当场撞倒在地。

闻讯而来的 120 救护车立即将周晓聪送往昆山市第一人民医院救治。然而，由于伤势过重，周晓聪在医院抢救了近五小时之后，不幸离开了人世。

2008年12月23日凌晨4时许，浓浓的雾气笼罩着寒冷的冬夜。

王金龙驾驶着警用二轮摩托车，后面搭载着队员朱振华，两人在陆夏路一带进行治安巡逻。由于已巡逻了将近一夜，两人的神情都有些疲惫，而或许是天气寒冷的缘故，王金龙感觉掌握摩托车车把的两只胳膊有点儿僵硬。

厄运在一刹那间降临!

当王金龙驾驶摩托车沿陆夏路由南向北行驶至沪宁高速桥洞下时，摩托车车头前部突然失控撞上了桥洞西侧墙壁，王金龙和朱振华两人在巨大的冲击力下摔倒在地，顿时失去了知觉……

这一路段较为偏僻，直到凌晨5时05分许，一位赶早市的农民路过此地时才发现了昏迷不醒的两名治安辅警，大惊之下连忙拨打了110电话。然而为时已晚，当救护车赶到时，两个年轻的生命早已消逝了。

时年30岁的王金龙有一个4岁的女儿，而24岁的朱振华刚刚当上父亲，一对双胞胎儿子还尚未满月。

他们走了，留给两个家庭的是无尽的哀伤!

根据昆山市治安辅警大队的相关数据统计，自2004年治安辅警队伍成立以来，截止到2010年12月底，全市4044名治安辅警中有368人因公受伤，20人因公伤残，12人因公死亡，伤残率近10%。而在因公死亡中，有90%以上是治安辅警在驾驶摩托车进行治安巡逻时遭遇车祸所致。

一个户口协管员的临终宣言

“如果让我活下去，我还能做第一！”

一

2010年7月20日，躺在病床上的季永华面对前来看望他的中华园派出所的领导和同事们，满脸含笑地用虚弱的声音说，“如果让我活下去，我还能做第一！”

听到这句话，在场的每一个人都忍不住眼含热泪，用一种毫不怀疑的态度，坚定地点头认可。是的，我们相信，老季是最优秀的协管员！

季永华，一个生命数字停止在47的户口协管员，一个从业年龄只有26个月的治安辅警，却在他生命的最后一段时光里，爆发出了惊人的能量，用一颗不平凡的坚毅之心，在治安辅警的天空里，化作了一道绚丽的彩虹。

2008年5月，45岁的季永华走进了中华园派出所治安辅助中队，成了一名户口协管员。户口协管员的职责主要是协助公安机关办理外来人口暂住证、采集人口信息等。翻开季永华在户口协管员工作岗位上的辉煌纪录，从事户口协管工作26个月，共采集有效人口信息20000余条，登门办证5000余张，帮助群众解决困难20余件。一串串令人惊叹的数字，真实而强烈地告诉人们，这是一个多么优秀的治安辅警，这是一个多么出色的户口协管员！

有人说，当治安辅警待遇低工作又辛苦，而当一名户口协管员更是苦上加累，因为这份工作就是不停地跑腿，不停地动嘴，不停地收集信息。而年过四旬的季永华却对这份新工作充满了激情和热爱，他说协管员是苦行僧也好廉价劳工也罢，只要有乐趣这就不是一份坏职业。

在别人眼里的苦和累，在季永华眼里却是一种快乐。到居民小区采集人口信息时，季永华礼貌待人，用心揣摩如何让群众配合做好登记工作。

从开始户口协管员工作的第一个月开始，季永华连续二十多个月保持着中华园辖区“办证第一”的佳绩，2009 年季永华全年办证 1900 余张，当之无愧地被评为该年度优秀协管员。然而，到了 2010 年上半年数据统计时，当同事们得知季永华仅在半年时间内就办证 1700 余张时，人人都惊讶地张大了嘴巴，真厉害啊，就算每一次上门登记都有居民在家，那一天之内最起码也要跑十多户，有效无错漏登记还必须 8 人次以上！

有的人干了四五年户口协管员都没有做到那份业绩，工作才一两个月的季永华为什么会有那么骄人的业绩？

同事们都围着季永华打听秘诀。

哪有什么秘诀，季永华的工作能力不是天生的，而是靠着“腿勤、嘴勤、脑勤”一点儿一点儿磨炼出来的。“每天给自己定一个目标，把每一个目标当成是对自己的一次挑战，这样就会有一次一次地超越了。”季永华是这么说的，也是这么做的。每个星期，季永华都会给自己定下一个办证目标，不达到一定数额决不罢休。

季永华在工作中的执着和韧劲儿是出了名的。一次与季永华同去办证，同事小张真正领略到了这个“办证冠军”的厉害。二人来到辖区中华园东村，该居民区是拆迁小区，部分居民人户不一致，户籍地在东村，居住地却在另一头的西村。要把这些人口信息快速及时地更正过来，要靠居民们的主动配合和支持，可偏偏有些居民不太好讲话，找了各种理由来推托办理，于是更改信息便成为了一件十分棘手的事情。

季永华来到一幢居民楼五楼，礼貌地敲了敲防盗门，可是敲了半天也没有人来开门。小张想也许这户没有人在家吧，便想转身下楼。可是季永华还在耐心地敲门。过了好一会儿，紧闭的防盗门终于打开了，一位白发苍苍的老人满脸不耐烦地问什么事，季永华立刻微笑着说是来登记人口信息的。谁知老人一句话也没说，“砰”的一声把门关上了。小张看着有些生气了，对老季说：“算了算了，这样固执难缠的老人还是让社区民警来办吧。”季永华笑着说：“既然来了，就争取做好。”于是，礼貌的敲门声又响了起来，季永华隔着防盗门大声地跟屋内的老人拉起了家常。将近一个小时过去了，老人终于打开了防盗门，面带笑容地请季永华进屋来喝杯水。在闲聊中，季永华得知老人家里有两个子女，因为平时忙于上班常常忽略老人。老人白天经常独居在家，心生寂寞，想找人聊天又没有人陪，便干脆来个谁都不理。这次辅警上门查人口信息，老人原本也懒得理睬，没想到这个季永华不厌其烦有礼有节地敲门，并在门外苦口婆心地劝说，让老人的心一下子暖了起来。

从那以后，季永华便特别关注独居在家的老人，在办证过程中经常陪着他们唠嗑、说笑，甚至帮忙干家务。季永华所在工作辖区内的老人们都喜欢他，遇到他来办证或采集信息，总是尽可能地提供帮助。有些居民在家时间不固定，热心的老人们还会帮着季永华多留个心，遇到邻居有人在家时就给他打电话。因此季永华每跑一户几乎都不落空，工作效率明显提高，“办证冠军”也自然非他莫属。

自从跟季永华去办了一次证，同事小张受益匪浅，从中学到了许多东西。事后，他在派出所里逢人便说，这个老季实在厉害，难怪他总能拿第一！

二

2010年，全国开展第六次人口普查，身为户口协管员的季永华比平时更忙碌了。每天一大早就出现在小区里，一户一户上门登记、核对人口信息。傍晚时分，别人都回家休息了，季永华又趁着这段时间上门采集人口信息。

有一次，同事看见季永华在小区里普查人口信息时，手里正拿着一块干面包在啃。同事开玩笑地说："在这个钟点上吃东西，到底是早餐还是午餐啊？"季永华听了，笑了笑没说话。后来，大家才知道原来季永华身患糖尿病，糖尿病患者容易饥饿，一饿就会两眼发花腿脚酸软。人口普查工作任务重，每天需要跑多栋居民楼，为了补充体力，季永华每天都带着干粮，好随时随地充饥。工作强度高，身体又虚弱，那一段时间季永华的气色很差。所领导知道后，建议让季永华回家休息几天，调理好身体再来上班。可是季永华却坚持每天上班，他说："人口普查工作时间紧，任务重，所里正是需要人手的时候，这段区域我最熟悉，还是让我来干吧。"

尽管从事户口协管工作时间不长，但季永华有着丰富的工作经验。他每天奔波在包管办证区域，以细心、耐心和诚心快乐地工作着，在全所始终保持一个最高和一个最好：信息采集准确率高，上门办证居民口碑好。

看着季永华整日里忙进忙出的样子，大家很难把他和身患重病的人联系起来。然而，有一天，一直干劲儿十足的季永华终于累倒在了办证的途中。送到医院一检查，医生诊断为末期肝癌！这简直就是晴天霹雳！得知这一不幸的消息后，所领导和同事们都很难过。2010年7月26日上午，中华园派出所专门召开了一次向季永华学习的座谈会。在座谈会上，大家把自己与季永华对照，深刻对比，自我剖析，查找不足，那种虚心与认真的样子是前所未有的。比来比去，大家才知道季永华真的很了不起，看似平凡简单的工作，却让他干得风生水起，相当出色。

“如果让我活下去，我还能做第一！”躺在病床上的季永华说了这样一句话。在他心里，他是多么热爱这份工作啊！那份爱是热烈的，执着的，无怨无悔的。他是把生命糅进了这份在外人看来微不足道的职业中。这样一位优秀的户口协管员是昆山治安辅警的骄傲。命运虽然让季永华过早地离开了他心爱的工作岗位，但是他的敬业精神却在治安辅助队伍里不断地发扬光大。

三

不得不写的一段文字。

在通常情况下，媒体宣传到这里也算圆满完成了任务，人们通过媒体宣传知道了季永华这样一名优秀的治安辅警，他是值得人们尊敬和怀念的。然而，生活还在继续，季永华的家人，他年迈的父亲，他相濡以沫的妻子，他正在学习成长的孩子，他们的生活因为季永华的离世发生了巨大的变化。季永华的病几乎花去了家里所有的积蓄。尽管在患病期间，中华园派出所组织了捐款活动，然而这些只是杯水车薪。治安辅警的收入低、待遇差，像季永华这样的情况根本就不能算工伤。公安民警是国家公务员，工资收入高，各项福利待遇好，还有抚恤基金等。而治安辅警“约等于”是公安机关的“临时工”，除了那点儿微薄的收入，还能有什么？

在现实生活中，“民警”和“辅警”，同样有一个“警”字，一字之差却有着天壤之别！

在治安辅警队伍中，有些辅警对前途感到一片灰暗。他们在现实与理想中纠结、迷惘和痛苦着。他们在心里曾一遍一遍地问自己，治安辅警这份工作，到底能给他们带来什么？给他们的家人带来什么？是受人尊重的荣誉感？还是收入稳定的幸福感？许多事实真相是经不起深刻剖析的。季永华是昆山治安辅警的骄傲，是辅警队员学习的榜样，可是在季永华的身上，大家也或多或少体会到了治安辅警这份工作带来的那一份心酸和隐痛！

这是另外一个沉甸甸的话题。

几度风雨几度春秋

“几度风雨几度春秋，风霜雪雨搏激流……”

舍得之间

当了治安辅警，才知道什么叫作奉献，这几乎是每一位治安辅警刻骨铭心的感受。

陆家派出所治安辅助中队队长周建忠已经是个抱孙子的人了，可他整天还是像年轻人一样“干劲儿十足”。一个年过半百的人哪里真的有那么多充沛的精神和体力？还不是让工作给“逼”出来的。做过联防队队长，又做治安辅警队长，一份小小的职务让周建忠身先士卒作表率，比普通队员付出更多的汗水和心血。

周建忠的手机24小时开着，上至所领导下至一线队员，上传信息下达任务，值勤、备勤，每时每刻都要保持信息畅通。从事了二十多年的治安工作，周建忠几乎没有一个完整的休息日，每一天都在值班、加班、待命和备勤。

周建忠每天总是提早到派出所，把一天的工作安排得井井有条。白天，他经常到辖区内的重点路段检查、督导巡逻队员的工作。晚上，他又时常带领队员巡逻在辖区的每一条大街小巷。严寒酷暑，日晒雨淋，一线队员的辛苦和劳累他都一一领受过，而协助所领导策谋方案，他也没少费心思动脑筋。每逢遇到重大节日、特殊时期、社会较大影响案件高发阶段，周建忠都要全方位地思考，精心组织，周密安排，协助派出所切切实实做好每一项工作。公安机关对辖区内的校园周边环境开展清理整顿行动时，周建忠总是与各分片队员一起不定期地走访了解情况，对精神病患者、治安危险分子、高危人群等情况一一排查摸底，做到心中有数，时刻防患于未然。

周建忠出色的工作能力和领导才能是大家有目共睹的，陆家镇党委、政府曾多次将他列入村（居）委后备干部名单。然而，陆家派出所需要一个能帮着出谋划策，有指挥才能的治安辅警带头人，陆家治安辅助中队需要一个身先士卒，有凝聚力和号召力的“带头大哥”。于是，每一年都有消息说周建忠要调走了，去哪个居委哪个村委担任居委主任或者村委书记，但是每一年大家都能看到周建忠仍然穿着那一身辅警制服忙碌地奔波在工作岗位上。陆家派出所领导不想让他走，辅警中队的弟兄们舍不得他走。于是，周建忠就把这样的机会让给了年轻的骨干队员，良好的机遇就这样一次一次与他擦肩而过。有人替他感到惋惜，可是周建忠却这样安慰自己，如果换一份工作，不外乎是收入高一点儿，待遇好一点儿，工作轻松一点儿，但是再高再好也发不了大财，当不了大官。而治安辅警这份工作，虽然苦点儿累点儿收入低点儿，却是自己喜欢的工作。就冲着这个喜欢，周建忠无怨无悔地扎根在陆家派出所治安辅助中队，兢兢业业地干好每一天，一直干到退休为止。

千锤百炼

沈冬妮是新镇派出所治安辅助中队的一名治安辅警，也是一个有着十多年党龄的共产党员。现任户籍内勤小组长的沈冬妮在户籍管理岗位上深刻地体会到了作为一名治安辅警的酸甜苦辣。

户籍管理工作在公安行政管理中占据着举足轻重的重要地位，

因为警力有限，昆山市各乡镇派出所的户籍管理岗位上95%以上都是女性治安辅警，她们协助公安机关从事户口信息管理、外来人口信息管理、出入境人员信息管理及其他相关工作。

沈冬妮在小小的户籍室一干就是十来年，虽然风吹不着，雨淋不着，但是户籍窗口工作的烦琐、忙碌与劳累是旁人无法体会的。户籍窗口整天接触的是广大人民群众，户籍工作人员的一言一行直接影响到公安机关在人民群众心中的形象。都说“人民警察为人民”，沈冬妮虽然只是一名治安辅警，但是她始终以人民警察的高标准来严格要求自己。每天早上，她总是提前一刻钟来到派出所户籍室，把户籍室打扫得干净整洁，精神抖擞地迎接一天工作的到来。小小的户籍窗口，每天前来咨询、办事的群众络绎不绝，沈冬妮笑脸相迎，笑语相送，平均一天下来要接待一百人次左右，有时忙得连上厕所的时间都没有。2009年8月的一天，辖区内一批准大学生前来办理户口迁移手续，为了在一天内帮他们全部办完，沈冬妮从早上一直忙到晚上七点左右才把最后一名学生的户口迁移手续办完，中午饭还是让同事帮她从食堂里打来带到户籍室的，匆匆忙忙扒完几口饭，又紧张地投入到工作中。为了节省时间，整整一天沈冬妮都没顾得上喝一口水。2010年4月，上海召开世博会前夕，正值昆山市公安局办理“车辆进沪通行证”的高峰期，每天一大早，户籍室门口就排着长长的办证队伍。沈冬妮和户籍室的同事们在那段时间忙得团团转，别说中午没时间休息，晚上还得加班到九十点钟。繁忙的工作使得沈冬妮没有多余的时间来照顾家庭，那段时间她只好把四岁的儿子寄养在自己的姐姐家里。

看着前来办事的群众一个个满意而归，沈冬妮觉得自己的工作很有意义，就算再苦再累也值得。然而，仍然有个别群众对她的工作不理解和不尊重。由于户籍政策问题，有些群众的个人条件不符合要求，因而户籍问题不能解决。这时候沈冬妮就会耐心地向群众做好解释工作。有的群众态度好，也能够理解，然而有的群众则非但不能理解，反而因办不成事情而迁怒于沈冬妮，发牢骚、谩骂、拍桌子……这样的委屈，沈冬妮受过不止一次。纵然怀着满腹委屈，沈冬妮还是笑脸相待，好脾气地向群众再三解释，直到对方自己都感到不好意思了。做窗口工作的人，什么委屈没有受过？沈冬妮是大家公认的态度最好的户籍工作人员。究其原因，用沈冬妮的一句玩笑话来说，她早就练成了一套“百毒不侵”的“真功夫”了。

苦乐自知

“电话铃声一响，在五秒内就要接听电话。接警员一边接听，一边还要录入警情。”姚秋芬说。作为110指挥中心治安辅助中队指导员，姚秋芬更深刻地体会到了作为一名女性接警员的酸甜苦辣。

根据2010年12月的数据统计，昆山市公安局110指挥中心现有治安辅警41人，其中女性辅警30人（含3名孕妇，1名哺乳妇女）。110指挥中心是24小时工作制，实行四班二运转的工作模式。白班从上午9时至晚上18时，夜班从晚上18时至次日上午9时，上一个白班，再上一个夜班，然后休息两天，周而复始，没有星期天，没有节假日。除了孕妇和哺乳妇女因为照顾其身体而可以暂时不上夜班外，其他队员无论男女都是一人一个工作台面。报警电话一个接一个，大家都忙得没有时间喝水，没有时间上厕所，更没有时间休息。嗓子喊哑了，吃片药再说；眼睛酸涩了，擦把脸再干。除非是病倒了，否则就要投入百倍的精神来接听警情，记录信息，传达指令。

110接警员真忙！昆山市公安局110指挥中心平均每天的呼入量在2600起左右，有效报警在1100起左右，其中包括110、122、119三大报警。而每位110接警员一天的接警量基本维持在250至300起左右，形成接警单的在70至100起左右，如遇到恶劣天气的情况下报警量还会增加。

110接警员的工作强度高，精神压力大。他们的工作纪律规定，接警时必须态度热情，规范文明，主动报工号，杜绝与报警人争吵。

而在现实生活中，拨打110的人不是被偷被抢被伤害，就是遇到困难麻烦寻求帮助，哪一个会是心情愉快和颜悦色的？几乎人人都是憋着一股怨气，因此报警时的语气态度可想而知。110接警员首当其冲成为他们发泄愤怒和怨气的对象。更有一些市民因为醉酒或者其他原因，会拨打110提一些无礼的要求，甚至骚扰和辱骂接警员。

有一次，接警员小王接通了一个报警电话，打电话的男子明显是酒喝多了，胡言乱语一番后，要求110安排一辆警车送他回家。小王语气委婉地提示他可以打出租车。谁知那名男子遭到拒绝后，顿时在电话里破口大骂，污言秽语不堪入耳。小王这个未出嫁的小姑娘竟被那名男子骂哭了。

对于在接警岗位上度过了几个春秋的辅警队员来说，在接警中受到这点儿委屈算不了什么。报警电话千奇百怪，愤怒谩骂早已司空见惯，工作时间一长，大家早就练就了一套“真功夫”。任对方在电话里如何惊惶失措，如何胡搅蛮缠，如何污言秽语，接警员们自始至终做到态度热情，文明规范。

可是有一样大家都很怕，尤其是那些未结婚或者刚结婚准备生孩子的女接警员。110指挥中心大厅内摆放着上百台电脑，一天到晚辐射量很大，长期待在里面对身体或多或少都有影响。怀孕了的女接警员心里总有一丝担忧，怕电脑辐射影响了胎儿的健康成长。想请假吧，指挥中心本来就人手不够，大家都忙得四脚朝天，自己怎么好意思休息呢？思来想去，还是硬着头皮上班吧。虽说孕妇可以不上夜班，可是一个白天做下来，也是腰酸背疼，疲惫不堪。

110接警员的辛苦，旁人是无法体会的。

默默奉献

“没有许多的荣耀和光彩/没有太多的豪言壮语和宣誓/只有昂扬的斗志和执着的追求/只有守护百姓安宁的淳朴和善良/没有更多

的要求和回报/没有太多的祈求和奢望/那是奉献/是责任和对人民的忠诚……”

这是在昆山市公安局治安辅警网页“文化园地”上发表的蓬朗派出所治安辅助中队一名叫王青的辅警创作的一首小诗。也许从文学角度来讲，这首诗算不上是一首好诗，语言文字太直白，结构不够精练，意境不够深远，但这是一名治安辅警发自内心的声音。这首诗读起来朗朗上口，句句饱含深情，字字朴实无华，是一首能够打动人心的好诗，因为它歌颂了治安辅警不畏艰苦默默奉献的精神！

几度风雨几度春秋，每个治安辅警都在各自的岗位上深刻地体会着这份工作带来的酸甜苦辣。辅警工资待遇那么低，工作那么辛苦，无论是内勤岗位还是外勤岗位，公安工作的特殊性使他们随时随地都有可能加班、值班。可是，为什么还有那么多治安辅警在坚持着，在默默地工作着？

邱琴是兵希镇派出所治安辅助中队的一名普通的治安辅警，负责派出所档案管理工作。在别人眼里，这是一份毫不起眼的工作。可是在邱琴看来，档案管理可以说是派出所的一个整体工程，要负责掌握、收集全所工作，敌、社情和治安情况，并进行综合分析，及时上报给所领导；负责接待外调人员、群众来访工作；妥善保管各类档案，方便使用；对外勤提供的材料、资料及时记载，分类入卷，处理日常的工作等。身为女子，邱琴也有捍卫正义、惩恶扬善的豪情壮志，虽然不能像男同志一样在治安一线冲锋陷阵，但是通过档案信息管理工作，认真管理好每一份档案资料，为打击违法犯罪提供有力证据，邱琴就觉得自己也很了不起。她忘不了为民警苦苦查寻到犯罪嫌疑人资料时的那种喜悦心情，也忘不了群众拿着查阅好的资料满心欢喜的表情。

这究竟是一种什么样的心态？

正如另一位女辅警张晓丽在一篇小散文《一名辅警的心里话》中写的：

“是的，辅警工资不高，工作辛苦，别人还不一定理解。但是，每当我们顺利地为老百姓办好一个户口、出具一份证明的时候；每当我们协助民警成功调解一个纠纷、平息一场群体性事件的时候；每当我们在深夜巡逻执勤、保卫一方平安的时候，我深深地为自己的付出感到欣慰。这份工作，就像一次洗礼，让我经历了很多其他职业无法经历的事情。也让我明白，在辅警的这个岗位上的五年，我没有虚度。”

在现实生活中，有许许多多像邱琴、张晓丽这样的年轻辅警，他们在高风险与低收入中艰难地坚持着，在高付出与低回报中默默地承受着。不是没有委屈，不是没有牢骚，但是内心更多的是充满了一种令人敬佩的责任感和自豪感。这与金钱的多少无关，与职位的高低无关，这是人性中无法抹灭的最闪光的一部分。

“金色盾牌，热血铸就，危难之初显身手，显身手。为了母亲的微笑，为了大地的丰收，峥嵘岁月何惧风流！”几乎每一位治安辅警都从心底里喜欢这首《便衣警察》主题曲，那一句句滚烫的歌词分明就是发自他们内心的拳拳衷情。治安辅警，是一群不穿正式警服的“便衣人员”，是一群与正式警察同战斗、共付出的人民卫士。我们的国家和人民应该看到治安辅警这个群体的奉献和价值，应该给予他们相应的回报、理解和尊重！不要让他们在现实与理想中受伤，在尴尬与迷惘中叹息。

那份深深的制服情结

也许，在每一位治安辅警的心里，或多或少都有这样一份制服情结……

一

2010年5月，34岁的陆平站在人生的十字路口，徘徊又徘徊。

一年多以前，随着“送军旗”口令的响起，在部队服役了十二年的陆平依依不舍地脱下了一身绿军装，他的军旅生涯终于画上了句号。带着一点点的忧伤和不舍，陆平在领导和战友们的惜别和祝福声中离开了部队，带着对未来美好的憧憬踏上了社会。

虽然不能再穿军装，但是制服情结却深深地扎根在陆平的心底。军旅生涯十二载，陆平用青春和汗水把军装漂洗得更绿，用忠诚和热血捍卫着军装的威武和尊严。在陆平看来，那是他人生最美好的时光，是他人生最宝贵的财富。

因为家庭关系，陆平退伍后就来到了江苏省昆山市这个全国闻名的魅力城市。凭着既是共产党员又是退伍军人的优势及一身过硬的本领，陆平在一家物业公司做了一名保安。工作中，陆平兢兢业业，勤奋努力，深得公司领导的赏识，很快就从普通保安员提升为保安主管，薪水也逐步提高。2010年5月，因为陆平出色的工作业绩，公司拟将其提拔升任为客户经理，月薪升至三千多元。

与此同时，昆山市公安局向社会公开招聘治安辅警的一则公告却一下子打乱了陆平原本平静的心境。因为内心深处那份深深的制服情结，陆平多么渴望能穿上辅警制服啊，仿佛这样就能重温曾经一身戎装的神圣和光荣。

治安辅警工作辛苦收入又低，经常要值夜班，月薪也只有一千多元，难道真的要放弃客户经理的职位，放弃每月三千多元的高薪？

站在“十字路口”，陆平只能选择一个方向，是为虚无缥缈的信念，还是为看得见摸得着的实惠？经过一个多星期激烈地思想斗争，陆平最后决定追求自己的理想，毅然辞去了公司的工作，全力以赴复习准备，报名应聘治安辅警。经过层层筛选，严格考核，陆平如愿以偿地成为了辅警队伍里的一名新兵。当陆平在威严庄重的宣誓声中穿上那身辅警制服时，他那激动的心情是无法用语言来表达的。

后来，陆平写了一篇《脱下军装做辅警》的小散文，他在文章中这样写道：

“我知道选择了这份工作，不只是荣耀，更多的是责任。因为我们要让每个生活在这座城市的人，在每个角落都不会孤立无助。在他们需要的时候，我们随时都会出现在他们的身边；随时都会为他们解决困难，维护其合法权益；随时都可以让他们感受在社会主义的天空下，法治社会给他们带来的安全感。

辅警虽然没有执法权，福利待遇也没有人民警察好，但我们有着与人民警察相同的目标，因此丝毫不能有任何懈怠。我深深地感觉到这份工作是那么的神圣，那么的光荣。因为我们和人民警察在同一条战壕里，承担着与人民警察同样的使命和责任。我会脚踏实地，认真努力工作，发扬部队艰苦奋斗的精神，冲锋在第一线，用实际行动来证明我自己，实现我的理想，我无悔的选择！”

二

那份深深的制服情结让陆平十分珍惜这份在别人看来既辛苦又低收入的职业。在长江派出所治安辅助中队工作的陆平，发扬部队里一不怕苦二不怕累的精神，发扬军人身上任劳任怨无私奉献的品格，兢兢业业，勤奋刻苦，不断提高自己的业务技能，在治安巡逻岗位上认真履行着自己的神圣职责。

2010年7月2日上午，天气异常闷热，陆平负责在昆山市大润发超市一带执勤。面对着川流不息的人群，陆平的一双眼睛时刻注意着周围的动静。

忽然，一阵小孩的哭声引起了陆平的注意。循声望去，他发现在服务台边角处站着一个不足三岁的小男孩，穿着米黄色的短袖和淡绿色的短裤。只见小男孩一只手抱着矿泉水，另一只手在拍打着女客服伸过来的手，不让女客服靠近自己，一边拍打一边用力地哭喊着。

看着小男孩满脸的泪水和孤助无力的哭喊声，陆平的内心有一种疼惜的感觉。初为人父的他知道这是小孩子的一种本能反应，对抗着外界陌生环境及陌生人给他幼小心灵带来的恐惧。抗拒女客服伸过来的手，或许是小孩子在这种环境下所能做到的最好的自我保护吧。

陆平被小男孩那种幼稚可爱又可怜的样子打动了。他走上前去示意还在努力哄劝小男孩的女客服停下来。“让我来！”陆平笑着对女客服说，却遭到了女客服怀疑的眼神。是啊，哄小孩子通常是女性占优势，一个大男人比女人更会哄小孩？

陆平微笑着蹲下身子，暖声暖气地对小男孩说：“宝宝是不是和妈妈走散啦？叔叔是辅警，叔叔可以帮你找妈妈……”小男孩停止了哭泣和拍打，用一双充满泪水的小眼睛好奇地打量着陆平，并试着用一只小手去触摸陆平头上戴的警帽和胸前的辅警标志，眼神里流露出无助和渴望。

陆平轻轻地伸出双手，试着把小男孩抱在怀里，“宝宝乖，宝宝不哭，叔叔帮你找妈妈好不好?”

“警察叔叔……”小男孩满含委屈地叫了一声，紧张的神情终于放松下来，顺从地靠在了陆平的怀里。

陆平抱起小男孩坐在服务台内的凳子上，迅速与长江派出所取得联系，告知走失小孩的大概年龄、穿着等体貌特征，若有人报警迅速与他联系。同时利用商场的广播，寻找小孩父母的消息。

在等待的时间里，小男孩一直坐在陆平的腿上，头靠在陆平的胸前，一只胖乎乎的小手不时地把玩着陆平身上的辅警标志。也许是刚才闹腾得太累了，小男孩在陆平的怀里开始打盹了。

时间一分一秒过去，陆平的心里有些焦急，不知道小孩的家人有没有联系到。十多分钟后，派出所终于传来了小孩家人的消息。等到小男孩的母亲哭红着眼睛赶来的时候，小男孩正在陆平怀里睡得香甜呢!

陆平轻轻地把小男孩唤醒，小男孩一见到自己的母亲立即扑过去大声哭了起来。

陆平谢绝了孩子母亲给他的报酬，准备返回巡逻岗位继续工作。临别时，小男孩用崇拜的眼神看了看陆平头上的警帽，又用小手轻轻地摸了一下陆平胸前的辅警标志，“警察叔叔，再见!”小男孩开心地笑着，挥手向陆平告别。

那一刻，陆平的心里突然涌起了一股暖流。他终于明白了小男孩为什么信任他。从小男孩的表情和动作中可以看出，是陆平身上的那身辅警制服给了小男孩信任他的理由。也许是小孩有限的认知水平，让他感觉到穿着这种制服的人能给他带来安全感，就像妈妈一样是完全可以信任的。

认识到这一点，一股极强的自豪感和荣誉感在陆平心中油然而生，幸福和愉悦的心情充满了全身。在接下来的巡逻工作中，陆平更是干劲儿十足。那一天他深刻地感受到作为一名治安辅警的光荣，也为身上的辅警制服感到骄傲。

那份深深的制服情结，或许不仅只有陆平一个人拥有，那些长年累月坚持奋斗在治安辅助第一线的治安辅警们，每个人的内心或多或少都有这样一份情结。这是一份荣耀，是一份自豪，是用金钱难以买到的神圣感和责任感。也正因如此，我们才能理解为什么辅警工作那么辛苦，工资收入那么低，还是有许多人心甘情愿地投入热情投入精力去从事这份职业。这是一种精神，一种值得别人尊重和敬佩的精神。

这种精神，也许就是治安辅警的魂！

下篇：尴尬中的痛与惘

这是一个特殊的“弱势群体”，这是一群尴尬人正在经历着的尴尬事，他们的心中都有一道无形的暗伤。

他们无处诉说，无法申辩，他们可以对家人说声对不起，却无法用语言来安慰自己。

他们在风雨中坚守着，当讥讽和嘲笑像冬夜的寒风一样刺骨，当误解和责难像夏天的烈日一样灼人，他们只能默默地承受着，用执着和信念抚慰来自内心深处的伤痛。

他们也想站在太阳底下大声地呐喊……

他们的生命、青春、尊严！

宝贝对不起

“宝贝对不起，不是不爱你……”

一

“宝宝对不起，妈妈晚上还要加班，宝宝听爷爷奶奶的话，乖乖吃药，好好睡觉，妈妈下了班就回来陪宝宝。”

挂了电话，小陈的眼泪再也控制不住流了下来。三岁的儿子正在发高烧，可是她却不能请假来陪儿子。小陈在派出所协助民警做材料内勤工作。这几天市局要来所里检查工作，内勤室里一个民警和两个辅警在山一样高的材料堆里忙得天昏地暗。现在早已过了下班时间，可是小陈的手头上还有许多工作没做完，看来今天不加班到晚上九十点钟是完不成任务的。刚刚小陈给在家里照顾孙子的婆婆打了个电话，告诉她晚上要加班，可能很晚才回来。婆婆听了有些不高兴，只说孩子的烧还没完全退，下午挂盐水的时候一直哭闹着要妈妈。小陈听了心里很难过，只好在电话里安慰儿子。儿子委屈的抽泣声扯痛了小陈的心，可是她只能狠下心来投入到工作中。谁让自己在公安机关工作呢，公安工作的特殊性是不可能像其他单位一样拥有朝九晚五的正常作息时间的。人们都知道公安民警很忙碌很辛苦，可是时刻跟随在民警左右的治安辅警，那份忙碌和辛苦一点儿也不比警察少。

晚上十点半，小陈终于拖着疲惫的身体踏进了家门。望着孩子睡梦中那张带着泪痕的小脸，一阵阵疼惜和歉疚袭上了心头。宝贝对不起……

那天晚上，跟自己的孩子说对不起的，不只小陈一个。女辅警小刘也是一个跟自己的孩子说对不起的妈妈。

吃完晚饭后，小刘正在给上小学五年级的女儿默写英语单词，突然接到所里的电话，要求她来单位加班。原来，派出所抓了一对卖淫嫖娼嫌疑人，男民警在审查女嫌疑人时需要有女辅警陪审。派出所里女同志凤毛麟角，于是所领导就安排小刘过来加班。女儿看见母亲晚上也要出去上班，小嘴巴早已撅了起来，满脸不高兴。爸爸出差，妈妈加班，晚上家里就她一个小孩，说一点儿都不害怕那是假的。

“对不起，妈妈真的有事。”小刘把女儿委屈的眼神关在了门内，转身走进了冬日寒冷的夜色中。审讯工作一直到凌晨两点才结束，办案民警累得直接躺在办公室的沙发上睡觉了。小刘心里还牵挂着独自在家的女儿，骑着电动车急匆匆地往家赶。天空不知什么时候下起了小雨，夹着初冬的阵阵寒风，在午夜显得格外阴冷。回到家时，小刘早已是浑身透着寒气。大概是因为害怕，女儿是开着灯睡觉的。小刘轻手轻脚地替女儿关了灯，心里安慰自己，孩子一定会理解妈妈的。因为有一次，小刘看到女儿在一篇作文《我的妈妈》里面这样写道：“我的妈妈是一名治安辅警，虽然她不是一名真正的人民警察，但她和警察一样也是维护正义、守护平安的人民卫士。虽然妈妈的工作很忙，不能经常在家陪我，可我还是为有这样一个辅警妈妈感到骄傲。”

通常来说，女人总是比男人要更多地照顾家庭，照顾老人和孩子。可是作为一名女性治安辅警，她们因为工作的关系而拿不出更多的时间来做家务、接送孩子上学、照顾生病的老人。她们只能怀着歉疚的心情投入到工作中，心中只愿家人们能多理解她们，多支持她们。

二

接到值班民警要求一起去看现场的电话后，小王的第一个念头就是，完了，晚上的约会又泡汤了，眼下这个女朋友十有八九又要吹了。

28 岁的小王是治安辅警队伍中有名的业务能手，尤其掌握了一手指纹比对的好技术。作为派出所的小技术员，小王聪明能干、勤奋好学、吃苦耐劳，跟随民警对每一起案发现场进行认真、细致、全面地实地勘验，提取现场嫌疑痕迹，并通过痕迹比对分析，从中发现破案线索，进而查找犯罪嫌疑人的踪迹。每当破获一起案件，小王就感到很有成就感。因此，不论是午夜酣睡时被紧急叫醒，还是节假日休闲时被叫去看现场，小王都没有任何怨言，一接到电话就赶紧冲往现场。

小王没有怨言，可是小王的父母开始埋怨他了。为什么？还不是小王一天到晚忙得看不到人影。小王退伍回来后，凭着一身过硬的本领和优秀的素质被招入昆山公安局市治安辅助队伍。在派出所干了三年，小王年年都能拿回荣誉证书。可是小王的父母却不高兴，荣誉证书又不能招来一个儿媳妇。眼看着和小王同龄的人都结婚成家有了孩子，小王却连女朋友都没有，做父母的能不着急吗？托人介绍了好几个姑娘，没一个能谈成，别的不说，连一次完整的约会都没有过。为什么？忙啊！头一回见面，双方感觉还不错，等着下一次约会。可是小王的工作时间没个固定的，说好这个周末见面，临了派出所要加班，约会取消了。再约，见面还没谈上两句，派出所一个电话，小王又不见了人影。如此三番五次，你说哪个姑娘受得了？更别说辅警的收入又不高。那几个姑娘可不想找个又没钱又没时间的男朋友。

小王当然也知道那些姑娘们的想法，可是要说让他放弃辅警这份工作，他心里又舍不得，他是真心喜欢干这份工作。虽然待遇低，工作忙，可是在这份工作中能找到自己的人生价值。面对父母的叹息，小王也只能笑着安慰他们了。

可是有一天，一个女人的哭诉让小王迷惘了。静下心来的时候，小王也曾问过自己，是不是真的打算在辅警队里干一辈子？

那天一大早，同事小吴的妻子突然找到派出所里，一看见小吴就冲上去又哭又骂。原来，那段时间派出所正在开展专项行动，身为巡逻队分队长的小吴日班连着夜班忙得团团转，竟然一个星期也没有回家。家里小孩生病住院了，他也没时间去医院看看。妻子好几次打电话来催，他都说在忙走不开。

“你忙，就你忙，离了你这派出所要关门了？一个月就那点儿工资，你干得那么起劲儿有啥用？还不如在家陪我和孩子呢！”听着女人的哭诉，辅警队里的兄弟们心里也不好受。这能怪家属不通情达理吗？

队长老许也不知道该说什么。因为他那八十多岁的老父亲生活不能自理，白天黑夜都要有人照顾。可是为了不影响自己的工作，他让自己的姐姐过来和妻子轮换着照顾老人，时间一长，又忙工作又忙家务又要照顾老人的姐姐和妻子。两人的心里都积压了不少埋怨。而老许也只能冲她们歉疚地笑笑。

“舍小家，顾大家”，并非每位治安辅警所愿意的，可是工作的特殊性注定了他们必须舍弃。这是辅警这份工作带来的无奈，他们只能尽量争取家人的理解和支持。

纠结过，徘徊过，可是今天的小王还在辅警岗位上坚持着。也许有一天，一位真正理解他的姑娘会来到他身边。那时，小王或许也同小吴和老许一样忙得顾不上家庭，可是正如有一首歌词唱得那样："宝贝对不起，不是不爱你……"

因为爱，所以爱。前者是小爱，后者是大爱。为了家人的平安幸福，也为了更多家庭的平安幸福，他们放弃了小爱，选择了大爱。

相信总会有人理解和支持他们的。

等你等到我心痛

“等你等到我心痛，等你等到没有梦……”

一

这句时髦的歌词，对于治安辅警们来说，不是唱给恋人的，而是唱给那份微薄的薪水。每月一次，等到心痛，等到无奈……

小季是2005年下半年加入治安辅助队伍的。从一个快乐的单身汉一直成长为一个两岁孩子的年轻父亲，五六年的时间里，小季最关注的日子就是每月的10号。10号，是发月薪的日子。

2004年昆山成立治安辅助队伍后，辅警队员的工资收入基本上由市、镇两级财政全额拨款，从某种角度来说，这份工作也是个吃皇粮的差使。小季是乡镇派出所的治安辅警，工资收入也就全部由当地镇政府拨付。

治安辅警的工资收入实行定额拨付，2004年的人头经费是22000元。那时候小季每月领取860元工资，这是当时昆山的最低工资标准。在这22000元经费里面，还要包括由单位承担的养老、医疗、失业、工伤、生育、大病基金、公积金及人身意外伤害保险等，再扣除个人承担部分，每位治安辅警实际到手的工资收入人均大约在16000元。

每月860元工资的时候，小季正在谈恋爱。每次和女朋友出去玩儿，他的心里总不踏实。陪女朋友逛商场时，他总在心里暗暗祈祷，希望女朋友别盯着那些价格昂贵的商品看，他口袋里的钱，还不够给女朋友买一件有牌子的衣服。

“昆山商厦的每一样东西都很贵，我只能陪着她看看今年流行的款式，然后再陪她到步行街等地方买衣服，那里的东西款式新颖，价格也便宜。”说起当年的情景，小季颇有些无奈。

至于吃饭，那些高档酒楼是小季想都不敢想的地方，随便点一两个菜就能把半个月的工资吃了。小季通常只能请女朋友到一些小餐馆里吃饭。好在女朋友也是工薪阶层，收入跟小季的差不多，知道赚钱不易，也能体谅小季的苦衷。

2008年春节，小季结婚了。工作了两年半，小季就是不吃不喝工资收入全部存起来也不满四万元。结婚的房子是父母亲给买的，小季省吃俭用也只存了八千块钱，拍了一套婚纱照，买了一对结婚戒指，就所剩无几了。小季想，要是不靠父母，自己连个婚都结不起。

2009年秋天，小季当爸爸了。现在的年轻父母在孩子身上都是高消费，奶粉要外国进口的，尿不湿要品牌的。儿子出生后，就奶粉和尿不湿这两样，小季每个月的那点儿薪水都不够支付的。

每月10号发工资，可是每每还不到月底，小季的那点儿钱就用得差不多了。于是只能眼巴巴地数日子，等着下个月的10号快点儿到来。小季在心里哀叹，单凭他和老婆每月加起来两千多元的收入，连孩子都养不起。幸亏夫妻俩都是独生子女，有四位老人一起补贴着帮忙养孙子，否则这一家三口的日子可怎么过？

二

从2004年到2011年，全国的房价像火箭一样直线上升，工资收入的涨势却似蜗牛爬行。相对于物价的飞速上涨，治安辅警的收入待遇却是毫无长进。许多辅警队员对此怨声载道，陆家镇、花桥镇还曾发生过治安辅警到当地镇政府集体上访事件，强烈要求增加工资收入，提高福利待遇。

辅警为工资问题集体上访，这不是一件光彩的事情。虽然在镇党委、政府的调解下，事件很快得到了平息，但是治安辅警收入过低的问题也引起了当地镇党委、政府的重视，辅警的工资开始有所上调。

2011 年，昆山市治安辅助人员的工资结构有了新的调整，人均经费标准提高到了 33000 元一年。可是小季觉得现在的 33000 元还不如以前的 22000 元，原因是他觉得自己的购买力正在逐步下降。

小季现在的工资是每月 1140 元，仍是 2011 年昆山市最低工资标准，对此小季苦笑着说，治安辅警就是刚刚解决温饱的一个贫困群体。

每年 33000 元的人头经费看似不低，可是令许多治安辅警不满的地方就是，本应由单位承担的养老、医疗、失业、工伤、生育、大病基金、公积金及人身意外伤害保险共 5953. 26 元钱也是从这 33000 元经费里扣除，再加上个人承担部分，总共要扣除保险费及公积金 8684. 34 元，每位治安辅警实际到手的收入也只有 24000 余元。

2004 年，小季所在乡镇的房价是每平方米 2000 元左右。2011 年，乡镇上的房价已经飙升到每平方米 6000 元以上。小季给自己算了一笔账，在镇上买一套百平米之内的普通商品房大约需要 60 万元，自己不吃不喝起码也得 26 年才能凑足买房的钱，前提是房价还不能再上涨一分钱。但现实问题是生活离不开钱，按照小季现在的工资收入，买房的事情这辈子想都别想了。

也许有人会说，这是生活在中国的大多数工薪阶层都在承受的压力，疯涨的房价，不断上涨的物价，老百姓的钱袋子都在贬值。可是在现实生活中，在昆山这座经济建设高速发展的城市，昆山治安辅警的工资收入，无论是从纵向比还是从横向比，都处于较低的水平。同样在公安系统工作，警察与辅警的收入比是5:1。同样是政府部门的编外工作人员，政府部门打扫卫生的人员工资要比辅警高出1万多，而两者之间的工作量却是相差甚多。即使是与企业里的保安相比，辅警的工资也是低得可怜。

小季的老婆在外资企业工作，是流水线上一名最普通的操作工人。工资从最初每月800元，随着工龄的增长，每年都在增加，到了2011年已是2500多元一个月，如果算上加班工资，最多的一个月能拿3000多元。每年3万元的收入虽然不是很高，但是比起小季来说也算高了。

这就是最让小季纠结的地方。治安辅警的工资是定额经费，一旦确定基本上雷打不动。什么加班费、工龄工资、节日福利、年终奖金，其实就是在33000元这块蛋糕上切，任你怎么变着花样切，能拿到手的还是24000元左右。而新进来的队员和干了十多年的老队员工资收入基本上差不多。

"你们怎么就不涨工资呢，每年涨个十几块钱那也是涨啊，年年原地踏步，实际上是在下降啊!"每当老婆在小季面前这样抱怨时，小季的心里总是堵得难受。有时想想真觉得这份工作没意思，干了一年又一年，一分钱没涨，这日子还真没个盼头。可是牢骚归牢骚，小季还是眼巴巴地盼着每月的10号，每月的吃用开销都等着那份微薄的工资呢。

"等你等到我心痛，等你等到没有梦……"有些辅警队员最喜欢在发工资的前一两天哼唱这两句歌词，看似调侃、玩笑的哼唱背后，掩不住的是那一丝隐藏在心底的无奈和悲哀……

人人心里有一道暗伤

一只杯子引发的争议

“……我觉得民警同志总是把我们当下人一样看待。平时工作时和我们说话的那种语气让人听着心里很难受。他们经常说，某某某帮我拿个杯子拿个什么的。我们不是小气鬼，拿个东西算什么，但是希望他们能够尊重我们。我们是为人民打工的，不是为了警察打工！说真的许多事情我们辅警是不能做的，都是只有民警才能做的。但是民警却总让我们帮他们做，尤其是做了之后，如果质量有问题就要骂人。不知道民警同志都拿我们当什么？欺负我们？自己是国家公务员了不起了？我们不是保姆也不是下人。我们是为人民为老百姓工作的……”

2009年8月4日，在昆山公安网页“局长信箱”栏目里，一封属名“一个陌生人”的来信《民警把辅警当人看吗?》，犹如一石激起千层浪，使原本炎热的气候变得更加燥热烦闷。很快，在昆山治安辅警网“辅警心声信箱”里，迅速引发了一场由“一个杯子引发的争议”这个看似微不足道的小小话题，却如一根导火索瞬间点燃了隐藏在治安辅警队伍中的那一根敏感而又脆弱的神经。

一个属名为“小楼”的来信人在信箱中这样说道：“其实民警

让你拿杯子你可以不拿，民警骂你你也可以骂他呀！没有人会当你是下人的，除非是你自己。发牢骚只能证明你软弱！不要说为老百姓打工，没几个人有这样的情操，都是为了自己打工。反之，打是亲，骂是爱，对你百利而无一害。看重自己，保护自己，我们是在为自己打工，为家人打工。放好自己的心态，做好自己的事情，让别人说去吧！”

公安民警和治安辅警同在公安机关工作，从某种程度上可以说是亲密的战友关系。同事之间帮忙拿个杯子，竟然会引发这么多的言论！这在外人看来也许会觉得不可思议，可是为什么在治安辅警队伍中，会引起这么多人的共鸣呢？

属名“一名悲哀的辅警”的网友在信箱中回复了这样一段话，“在检讨民警行为的同时，我们辅警是否也要从自身作一番深刻的剖析：为什么这位辅警会把端茶之类的事上升为地位低下这么严重的境地呢？为什么这位辅警工作受到批评就会产生如此强烈的反应呢？在当今的社会上，端端茶杯、工作上受到批评在哪个单位没有？为什么这位辅警就会无限夸大自己的愤怒呢？我个人认为这就是一直存在于少数辅警心中的一个通病：对自己工作的不自信、不认可，总认为自己的工作低人一等。就是有了这块心病，所以很小的事情也马上就会触动其敏感而又脆弱的神经，从而产生强烈的对立情绪。讲得透彻点儿就是心态问题。所以心态的调整是解决这些问题唯一的途径。如何调整自己的心态？就是要建立一个强大而又坚固的内心。内心强大绝不是靠权力、金钱、地位形成的，而是由自己对工作的热爱、自己丰富的阅历、自己渊博的知识和宽广的胸怀筑成的。构成一个强大的内心结构，才能抵御任何风风雨雨。所以说，要别人尊重你，你首先要尊重自己，要有所作为，一味愤愤不平、唉声叹气得不到任何结果。”

这场“由一只杯子引发的争议”随着时间的流逝慢慢地淡出了人们的视线。生活还在继续，工作还在继续，然而，总有一道看不见摸不着的暗伤潜伏在每一位治安辅警的心中。有人以积极的态度去抚慰伤口，有人以鸵鸟的心态装作看不见伤口，有人则时刻被这道伤口折磨得浑身难受……

这道暗伤究竟来自何处？

只能默默地承受

一

辅警工作辛苦，待遇也差，或许这些也不算什么，三百六十行，哪一行没有一把辛酸泪？可是，治安辅警的那一把辛酸泪里，是一种“人家打你左脸，你还得把右脸也送上去”的隐痛，是“有理无错也得赔礼道歉”的委屈，是“面对误解责骂也得笑脸相待”的容忍，是“遭遇讥讽嘲笑照样心静如水”的大度……

治安辅警不是圣人，却因为一身制服，一份职责，只能默默地承受着普通人不能承受的一些伤痛。

真心实意地帮助别人，人家却不分青红皂白地骂你一顿，这样的委屈谁能受得了？可是这样的委屈，治安辅警却不得不默默承受着，甚至还得笑脸相迎，一路善心到底。

新镇派出所治安辅助中队队长秦雪根就“有幸”碰到过这样的事情。有一天晚上，秦雪根带领辅警队员在辖区白塘路附近巡逻时，发现在一家院落门口停放着一辆崭新的电动车，上前仔细一瞧，发现这辆车竟然还没有上锁，触碰车子时也没有防盗报警声。怎么能这样大意呢？秦雪根赶紧上去敲车主家的墙院人门。不一会儿，院门终于打开了，一个小伙子满脸怒气地骂道：“敲什么敲，半夜三更的，吵死了，还让不让人休息？”秦雪根心里有些不快，但还是无奈地笑了笑，告诉小伙子电动车放在门口很不安全，并耐心地向他谈起一些防盗知识，一边说还一边帮他把电动车推进院子里。小伙子看在眼里记在心里，终于不好意思地说，因为下班后感到很劳累，进了房间躺在床上就睡着了，电动车的事情早忘记了，多亏了辅警的提醒，要不被人偷走就完了。临走时，小伙子一个劲儿地道谢，那一声声感谢也把秦雪根刚才心里的那一丝不快抹去了。

有些事情可以云淡风轻地一笑而过，可是有些事情却如同在心上压了一块石头，一时半会儿怎么也搬不掉。小刘最终还是向那名群众道了歉，可是口服心不服，一连几天都没精打采的。

那一天下午，城中派出所治安辅助中队便衣队员小刘和队友小张在辖区一家菜市场值勤巡逻时，发现一名男子正在偷窃一个正在买菜的老太太的钱包。就在那名男子窃得钱包的那一瞬间，小刘眼明手快，一个箭步冲上去紧紧抓住那名男子拿钱包的手，一个漂亮的擒拿动作一下子就把那名男子按倒在地上，并迅速给他上了手铐，准备与队友一起将那名涉嫌盗窃的嫌疑男子带回派出所交由民警处理。这时，旁边一名围观群众上前拍了一下小刘的肩膀，提示他说抓捕前应该先说服嫌疑人自动放弃抵抗，如果他动手反抗了才可将其按倒在地上，否则的话就是不尊重人权。小刘心想要是照你这么做的话，那嫌疑人早就趁机溜了。因此小刘口气有点儿冷硬地说他是瞎掺和。谁知那位自诩精通法律的群众说小刘只是一名辅警，又不是人民警察，没有抓人的权力，还以小刘的态度蛮横为由要投诉他。结果，那名“热心”的群众真的跟着小刘他们一起来到城中派出所。也许是为了避免产生不良社会影响吧，所领导让小刘心胸放宽些，不要和老百姓计较。无奈之下，满腹委屈的小刘还是给那名群众道了歉，道歉的原因是他不应该对待群众态度粗暴。

二

从小就怀有警察梦的小林在高考落榜之后，眼看着当警察的梦想破灭了，就觉得去当一名治安辅警也不错。每天与公安民警在一起，穿的也是一身威武帅气的辅警制服，干的工作也与公安民警差不多，什么设卡、盘查、巡逻、蹲守、伏击、抓捕……光是看着就觉得够威风，够神气！

于是，小林踌躇满志地踏进了治安辅助队伍。头一个月，小林感受到了当辅警的荣耀，第二个月，小林觉得当辅警真辛苦，第三个月，第四个月，第五个月……半年还没到，小林就基本上品尝到了身为治安辅警的酸甜苦辣，而其中甜的成分少，酸的感觉多，苦的还能承受，辣的那滋味，真是无法言说。

有一天，小林乘坐的巡逻警车在辖区的一条小道上被堵住了，从周围的一大堆埋怨和牢骚里，小林粗略得知原来是前面有一辆汽车违章停在马路中间，致使后面同方向的车辆根本无法向前行驶。一时间焦躁的汽车喇叭声此起彼伏，时间一分一秒过去，后面被堵的汽车排起了长队。眼看半个小时快过去了，拥堵的情况还在加重。这时候人们发现了坐在警车上的小林和另一名辅警，被堵车辆的驾驶员们开始纷纷埋怨起小林和他的队友，责问他们为何不叫拖车将那辆违章汽车拖走。因为小林是派出所的巡逻辅警，路上的交通归交警管理，因此小林当时也没有想到这事。既然群众提出来了，小林觉得自己也不能无动于衷，于是下了警车往违章汽车停的地方走去。恰巧，当小林走近时，从路边的一家商店内走出来一名男子，只见他不紧不慢地走到那辆违章汽车旁，打开车门准备上车。被堵的汽车驾驶员们一见到那名男子便纷纷责骂他缺德。这时，小林也上前对那名男子说了一句："你刚才停车时应该把车停放好。"也许是因为众怒难犯，也许是被那么多人骂了面子上过不去，那名男子突然冲着小林发飚，说是小林骂他，以态度不好为由要投诉小林，非要小林向他赔礼道歉不可，否则他就不走了。已经被堵了近半个小时的驾驶员们早就不耐烦了，于是纷纷要求小林赶快给那名男子道歉，好让他快点儿把汽车开走。

望着后面被堵的长龙一样的汽车队伍，小林面红耳赤地站在那里愣了两秒钟，最后还是咬了咬牙，对着那张不怀好意的脸说："对不起，刚才是我态度不好，我向你道歉，请你赶快把汽车开走吧。"

"一个小小的辅警有啥了不起的，想教训老子，没门!"那名男子趾高气扬地打了一个呼哨钻进了汽车。

小林不知道自己是怎么回到警车上的，坐在驾驶座上的队友看见小林的脸色很差，忽然狠狠地拍了一下汽车方向盘，说了一句粗话，“妈的，太猖狂了！”

滚烫的泪水就在眼眶里打着转，不能掉下来，小林在心里说，我不能丢脸。

小林不知道，在同一天，在同一座城市，在另一条马路上，一名交通辅警也在众人面前“丢”脸了。

一个违章司机当着众人的面，将一张暂扣单扔到交通辅警老徐的脸上，“牛啥牛？不过是一条草狗嘛，你又不是警察，根本就没有执法权，你凭什么给老子开罚单?”

同样在那一天，两名便衣辅警在某公交站台上抓获一名扒手，在将其扭送回派出所的途中，因为怕扒手趁机逃跑，两名辅警一左一右将扒手的两条胳膊抓得紧紧的。那名扒手一边扭动身体一边气焰嚣张地公开威胁道：“动作轻点儿，小心我到检察院告你们!”

尴尬人的尴尬事

一

小顾是在派出所里专门负责开 110 接处警车的一名治安辅警。这天早上刚一上班，小顾就接到派出所通知，说是省厅领导要下来检查，市局下通知要求警车必须由公安民警驾驶，治安辅警一律不得驾驶警车。

上班不用开车，七八名辅警驾驶员闲着没事就躲在一起侃大山，虽说不开车也不会扣一分钱工资，可是驾驶员们表面上说说笑笑，心里却都不是滋味。

这算什么，歧视？这或许说得过于严重了，可是为什么不让辅警开警车？一句话，没资格！公安民警有执法权，治安辅警没有；公安民警能开警车，治安辅警不可以。这是法律规定的，可是在现实生活中，警察资源稀少，怎么会专职去开警车？在昆山市公安系统，开警车的十有八九都是治安辅警。110 警车 24 小时连轴转，辅警驾驶员白天接着黑夜三班倒不停息，这些情况上面的领导知道，下面的群众也知道。可是，检查组要来了，辅警驾驶员就得避一避，让警察亲自驾驶警车。

好在检查组来也是暂时的，一个星期过去，一切还是恢复原来的样子。可是在这段时间里警察们一个个都累得够呛。个别上了年纪的警察不会开车，只能急得直跳脚。年轻的警察又要开车又要办案子，只恨自己分身乏术。

而辅警驾驶员们闲是闲着，心里也不好受。既然实际工作需要我们开警车，那就让我们正大光明地开嘛，干吗一到检查时间就把我们藏着掖着，好像我们上不了台面，见不得人似的。

"一到这种时候，我就觉得很丢面子，一点儿职业的自豪感都没有。"小顾说，每当这种情况出现，他就觉得自尊心受到了伤害，让他觉得治安辅警这份工作根本就不是个正儿八经的职业，只能算是个临时工，有时候连扫大街的环卫工人都不如。

二

在工作中感到心堵和委屈的不仅是辅警驾驶员，作为派出所里的一名电脑操作员，小陈也时常会遇到这份工作带来的尴尬与不快。

公安机关因其特殊性，公安信息资料是需要保密的。相关法律规定，非警务人员是不可以接触公安信息资料的。然而在现实生活中，在市公安局及各区镇派出所里，有相当一部分治安辅警每天都在接触公安信息资料。作为协助内勤民警收集整理各类公安信息资料的一名内勤辅警，小陈每天的工作就是打开电脑进入公安信息网，查看每日警情，整理数据资料。而按照有关规定，这是绝不允许的。

起初，小陈并未意识到这一点。直到有一天，当她看到省厅

《关于加强全省公安机关非警务人员使用公安信息网管理工作的暂行规定》的文件通知时，才知道自己按照规定是没有资格使用公安信息网的。可是，现实的公安工作需要小陈这样的治安辅警，为此派出所专门为每位上公安网的辅警队员办理了一张“江苏省公安信息网使用许可证”，上面贴上辅警队员的照片，写上姓名、岗位名称。

不是小陈过于敏感，对于这张许可证，小陈心里是五味杂陈。从中她看出了公安民警与治安辅警的区别。尤其是每逢上级检查，所领导就通知小陈他们尽量回避，不要让上级领导看见辅警队员在使用公安信息网。

“这是一份不被认可的工作。”小陈有时感到很沮丧。她觉得治安辅警就像是公安民警的影子，只能躲在他们的身后。虽然做的工作是一样的，可一个是正大光明地干，一个是偷偷摸摸地干。小陈心里有一种被人看不起的感觉。

因此，小陈对于身上的这身辅警制服也很敏感，虽然它的款式近似于警察制服，可是穿上它，小陈一点儿骄傲的感觉也没有，总觉得自己是个假冒伪劣产品。所以无论多么麻烦，小陈总是穿着便服上下班，到了单位才换上辅警制服。

既然让我们干这份工作，为什么又不承认我们的工作？这不仅仅是小顾和小陈的尴尬与无奈，也是许多治安辅警的隐痛。

三百六十行里，究竟有没有治安辅警这一行？尴尬人的尴尬事，其实并不是一个人的尴尬，一个群体的尴尬，也是公安机关的尴尬，甚至是整个国家的尴尬……

特殊的“弱势群体”

在现实生活，治安辅警们最需要的究竟是什么？公平的待遇？合理的回报？是的，这些物质化的东西是他们需要的，但是他们更需要的，是来自社会各界的尊重和理解，这是一种精神上的反馈，是他们追求理想坚持信念所需要得到的回报！

最后给大家讲个故事吧。

有一个大户人家只生了一个儿子，可是有很多家业需要打理，一个儿子忙不过来怎么办？于是就招了很多干儿子过来帮忙。这家户主告诉这些干儿子们，进了这个家门，你们也算是这家的人了，你们要拿出主人翁的精神来帮助家里干活。于是，这些干儿子在这户人家的亲儿子的带领下，白天连着黑夜忙个不停，汗水没少流，心血没少花，把这份大家业打理得井井有条。可是，每到吃饭的时候，只有亲儿子可以坐在堂屋的饭桌上吃鱼吃肉，那些干儿子们只能躲在一旁啃着窝窝头喝着薄米汤。而且，每逢有亲戚上门来做客，迎接客人的只有亲儿子，那些干儿子们是不能出来见客的，只能待在哪个旮旯里躲着。因为他们的身份很尴尬，还不如看门的仆人和打扫卫生的佣人来得名正言顺。这些干儿子们感到很尴尬很痛苦，可是又舍不得离开。有的人想，这好歹也是大户人家，有身份有地位，虽说吃不上山珍海味，但毕竟也顶着一个干儿子的名号。有的人想，自己就是这个命，待在这里总比在外面风餐露宿当乞丐强，好歹窝窝头和米汤是从不断缺的。于是，干儿子们虽有满腹牢骚，但还是一年一年坚持了下来，当然，其中的酸甜苦辣也只有他们自己能体会。

这个故事说明了什么呢？值得我们深思一番。

如果有一天，当我老去

“如果有一天，我老无所依……”

一

2011年，汪峰的一首《春天里》火遍了大江南北，老莫一听到这首歌曲就喜欢上了，尤其是其中的两句歌词：“如果有一天，我老无所依，请把我留在，留在春天里……”歌词里透着一股沧桑的味道，老莫觉得这里面也有他的心声。

“我是1993年参加派出所联防队的，到现在已经干了18年了，我生命中最宝贵的一段青春都奉献给了治安工作。”

现年53岁的老莫早已不是当年那个精力充沛的精壮小伙，有个6岁孙女的老莫也可以算是个名副其实的老头子了。回首往事，老莫真是感慨万千。

1993年，时年34岁的老莫是村里一个小有名气的建筑工头，经常带着手下的一批建筑工人到各乡镇村干活，一年的收入也相当可观。有一天，老莫在镇上干活时听人说起派出所要招收治安联防队员，于是他干完手里的活后就赶紧去报名。一个星期后，首批由镇政府拨款的18名治安联防队员出现在了全镇的各治安巡逻岗位上，老莫就是其中的一员。

那时候工作条件差，可是老莫却干得非常起劲儿。拿着每月300多元的工资，老莫整个人都扑在了工作上，巡逻时一丝不苟，连瞌睡都不打一个；抓捕嫌疑人时奋勇向前，河道、臭水沟甚至连粪水池都敢跳；办理暂住人口登记时，起早贪黑跑遍了管辖区域，脚底下起泡了照样一颠一颠地走……

十多本鲜红的荣誉证书点缀着老莫平凡的人生，镇级联防队员先进个人、市级见义勇为先进个人，这在别人看来都是些小奖励小荣誉，可是老莫却感到非常自豪。

1996年，老莫在派出所做110接警员工作，上一个班就是一天一夜24小时。“那时候年轻，身体扎实，到底是能扛啊。”现在回想起那段日子，老莫早已淡忘了苦涩，留下的都是一些值得骄傲的回忆。

2000年，老莫被借调到辖区某所学校担任门卫，同时协助社区民警做好校园安保工作。2007年老莫再次回到派出所，被安排到留置室工作。

留置室是派出所临时关押违法犯罪嫌疑人的地方，老莫的工作是对嫌疑人员进行搜身，对嫌疑人员及其随身物品进行登记，同时严防看守，防止嫌疑人逃跑或自残等事件发生。

转眼之间，老莫已经是个两鬓斑白的老头了。应该说，无论在哪个工作岗位上，老莫都是兢兢业业，认真负责。留置室工作实行三班两运转，12小时为一班，白班是从早上8时到晚上8时，夜班是从晚上8时到次日凌晨8时。白班还好过，夜班是最难熬的，可是老莫丝毫不敢懈怠，尤其是下半夜最不敢掉以轻心，就怕一时疏忽打了瞌睡，给嫌疑人可乘之机。一旦发生嫌疑人逃跑或自残事件，那后果是非常严重的。在这个岗位上工作了三年，老莫从来没有在夜班时打过一次瞌睡，实在困得不行了，就狠狠地掐自己的大腿，不停地喝浓茶。

随着年龄的增长，老莫越来越感到精神体力都不如以往。高血压、颈椎骨刺、胃病正在慢慢地折磨着老莫。而更让老莫忧心的是，留置室进出人员频繁，嫌疑人包括男女老少各色人等，吸毒者、卖淫女、小偷、精神病患者等，他们其中有不少人的身上都携带着乙肝、艾滋病、肺结核等传染性病菌，留置室的空气质量非常差。老莫天天和这些人在一起，真担心有一天自己也会被不小心传染到。

然而这还不是老莫最担心的，老莫最大的愿望就是希望不再上夜班。还有八年才能退休的老莫，对夜班的工作渐渐感到心有余而力不足了。

“我一直在想，能不能请领导考虑一下，不再给我们这些老同志安排夜班，毕竟岁数大了，工作强度又大，身体也有许多毛病。”

二

有些治安岗位，是真正吃青春饭的。

今年29岁的小何在2007年从武警部队退伍后加入了治安辅助队伍，在城区一所派出所从事治安巡逻工作。小何身材魁梧，又是武警出身，各项业务技能都是出类拔萃的。2008年，小何因为工作表现出色被调入市局防暴中队做了一名特勤。特勤队员无论是在业务技能、体能素养，还是思想素质、精神面貌方面都是治安辅助队伍中的佼佼者。刚开始，小何为自己能成为一名特勤感到非常自豪，特勤不仅是辅警队伍中的精英，而且工资收入也比普通辅警要高出万元左右。物质与精神两方面的优越性，让小何十分珍惜特勤这个工作岗位，每一次行动中，他总是冲锋在前，努力发挥着自己的作用。

特勤的日常作息基本上是半军事化运作，随着年龄的增长，小何对这份工作已没有了最初那种强烈的热情和自豪感。特勤工作单调而又枯燥，如果没有执勤任务，特勤队员在上班的时间里就是进行各种业务技能训练。尤其是2010年，防暴中队根据公安工作转型升级需要，在防暴中队建立了突击组、排爆组和狙击组三个强化小组。小何被分配到了突击组，作为一名突击队员，小何在专业民警的带领下进行强化训练，体能、散打、擒拿、格斗等高强度的训练对于武警出身的小何来说也不是一件轻松的事情。周一至周五每天下午不少于两个课时的高强度训练，让小何渐渐感到自己的体力有点儿吃不消了。尤其是2010年小何动了一次手术之后，感到体力大不如从前，年近三十的他不可能像那些二十出头的毛头小伙子一样精力充沛、生龙活虎的。疲倦、乏味、焦虑、迷惘……小何对特勤这份工作越来越感到力不从心了。

对于特勤这份特殊的工作，感到焦虑和迷惘的不单单是小何一人，防暴中队中大多数特勤队员都经历了一个从激情自豪到平淡无味再到焦虑迷惘的阶段。尤其是随着年龄的增长，许多特勤队员越来越感到前景渺茫。特勤岗位是一份吃青春饭的工作，没有超强的技能和体能，早晚要被淘汰出局。每年都有一批充满活力的武警退伍军人充实到防暴中队，九零后已经粉墨登场，八五后是中坚力量，八五前就已经属于“老一辈”了。在防暴中队，年龄最大的特勤队员不超过35岁。

2011年3月31日，在“局长信箱”里出现了这样一段文字，来信人是一名普通的防暴队员，他在信中写出了每一位防暴队员的心声，那就是——防暴队员的出路在哪里？

“我是一名治安大队的防暴队员，在防暴队工作已有多年。防暴队是一支靠体能靠力量吃饭的队伍，随着年龄的增长，我们一部分老队员不可能再有二十出头小伙子一样的体能。等到有一天体能力量跟不上了，那么我们这些队员该何去何从呢？我们的待遇又该是什么样的呢？队员们最为关心的是出路的问题，这个问题是我们所有队员们都会遇上的。在过去的日子里，政府领导和市局领导对我们的工作都做出过肯定，也指出过队伍存在的重要性。我们心中感到欣慰，但是有一天我们队员的体能跟不上了，那么我们的出路在哪里？”

昆山市公安局何苏华局长在信箱中这样回复道：“你提的问题确实是需要面对的，也是我们对辅警队员（防暴队员）规范化建设和管理需要着重研究的课题。但是，目前我只能说，我们一起来努

力，大家出谋划策来寻找解决的办法。”

的确，在目前的情况下，辅警队员尤其是防暴队员的出路问题仍然是困扰公安机关的最大难题之一。

自2005年成立防暴中队以来，第一批特勤队员中已有一部分人选择了辞职。如果继续留在治安辅助队伍里，摆在他们面前的似乎只有两条路，一是因为年龄偏大而被分配到各区镇派出所，虽然对技能和体能的要求下降了，但是工资收入也会下降。二是继续在防暴中队承受着日复一日的高强度训练，等待公安机关找到一个合理解决问题的方案。然而，青春不再，有些人不愿意这样茫然地等待，只能选择另谋出路。

再过一年，小何就满三十岁了，面对特勤这份工作，小何的心里充满了矛盾。或许，小何应该听从家人的劝说，趁着年轻到外面去找一份更合适的工作。特勤这份高风险低收入的工作，对他来说，真的是爱不起，也等不起……

想说爱你并不是很容易的事

"想说爱你并不是很容易的事，那需要太多的勇气……"

其实我不想走

2011年2月10日，小吴最后一次来到派出所看了看，顺便跟同事们告别，从明天开始，他就要到一家民营企业上班了。

小吴是2005年参加治安辅助工作的，先是在治安巡逻队干了两年，风里来雨里去，工作很辛苦，但是年轻力壮的小吴干得很高兴。那时候小吴每个月的工资才800多元，仅够自己日常开销。但他无所谓，总觉得自己年轻，来日方长，更何况这是自己喜欢的工作。虽然当不了警察，做一名治安辅警也一样维护正义，守护平安。在当时的小吴看来，做辅警也能实现自己的人生理想和价值。因此，小吴在平时的工作中非常敬业，巡逻、设卡、伏击、清查，样样都干得出色，每个季度都被评为见义勇为先进个人，每年都被派出所评为治安辅助先进个人。后来，小吴被调到内勤岗位，专门协助内勤民警做好信息收集、整理及报送工作。内勤工作不需要风吹日晒，更不需要三班倒，但是内容繁杂琐碎，费精神，需要经常动脑筋，好在小吴头脑灵活，内勤工作也干得十分出色。

在派出所领导和民警的眼里，小吴是一个能干的得力助手，在辅警队员们的眼里，小吴是一个踏实勤奋的战友。然而，在小吴的心中却觉得越来越看不起自己了。五年多的工作经历，让他渐渐失去了对这份工作的自豪感和使命感。

自从调到内勤岗位后，小吴便不能再像以前一样参与治安巡逻，亲自抓获违法嫌疑人的机会也就微乎其微了，因此获得见义勇为的表彰奖励也基本上轮不到小吴了。虽说每次见义勇为的奖金只有500元，但却抵得上小吴半个月的工资，更何况这还是一份实实在在的荣誉。

让小吴感到郁闷的是，他的工作是协助内勤民警，因此无论他干得多么出色，在上级领导的眼里，这份成绩也只能算在内勤民警的头上。小吴常常有一种错觉，觉得自己好像是内勤民警的一个私人秘书，他的工作就是围绕内勤民警做的，成绩算不到他的头上，工作上有任何差错却免不了被批评。

时间一长，小吴越来越觉得工作提不起劲儿来。更为重要的一点就是，工资虽然从原先的每月860元涨到了现在的1140元，可是小吴却觉得手里的钱越来越少了。小吴的父母都是农民，妻子自从生了孩子以后一直在家照顾小孩，全家五口人只有小吴一个人在挣钱。现在物价不断上涨，生存压力越来越大，光靠当辅警挣的两万多块钱仅够全家人解决温饱，将来孩子上学了怎么办？父母年纪大了怎么办？一想到这些，小吴就感到头疼。

2011年春节放假期间，小吴在一位远房亲戚的帮助下，准备到一家民营企业上班。这是一家机械锻造企业，小吴要做的那份工作并不轻松，是锻压车间的操作工，一个星期白班一个星期夜班轮换，从上班一直到下班都是站着操作机器。上班前脸上干干净净的，下班后鼻子里全是黑尘，还要忍受五十度以上的高温、震耳欲聋的噪音、机械单调的操作程序……许多年轻人都望而却步，可是小吴却愿意干，这是为什么呢？

“人虽然累了点儿，可是想想每个月能挣4000多块钱，心里也就平衡了。”小吴是这样说的。每年四五万元的收入，是当辅警收入的两倍，冲着这一点，小吴决定脱下身上那套穿了五六年的辅警制服。

其实在内心深处，小吴还是舍不得治安辅警这份工作，“这点儿工资实在太少了，如果能有个三万元，我也真是舍不得走。”小吴伤感地对同事们说。对于小吴的无奈，许多辅警队员深有体会，他们理解小吴，也尊重小吴的选择。

现实就像一句歌词唱的：“想说爱你并不是很容易的事，那需要太多的勇气……”

只是，有的人选择了坚守，而有的人选择了离开！

水往低处流，人往高处走

治安辅警这份高风险低收入的职业，在很多人眼里是“鸡肋”，食之无味，弃之可惜。有些人把它当作一份临时工作，随便做做，先挣点儿生活费再说，等有机会找到更好的工作，立马辞职不干。有些人则是把它当作一块跳板，毕竟是在政府部门工作，先混个人头熟，等有机会再找关系转到其他待遇好一点儿的政府部门。

小杨一开始进入辅警队伍，就已经做好了随时离开的准备。

“我是来打酱油的！”同事之间开玩笑时，小杨总会这样说。

2009 年 7 月，小杨从苏州大学毕业后，通过应聘加入到治安辅警队伍中。他的很多同学对此感到不解，一个本科大学生竟然去当辅警？而看着同时毕业的许多同学，有的还在拿着简历四处求职，有的在外资企业拿着高薪干着超时加班的工作，有的在民营小厂拿着低薪干活轻松却无前途，除了有背景有实力的，有几个人的工作是令人满意的？

辅警收入低，可是在小杨看来，至少自己的生活费解决了。当辅警只是权宜之计，小杨真正的目标是考上公务员，当一名人民警察。而在治安辅警队伍里，也能学到许多有关警察工作的知识和技能。小杨穿上辅警制服的第一天，就在心里暗暗发誓，两年之内一定要把辅警制服换成真正的警察制服。

因为小杨是本科学历，学的又是计算机专业，一到派出所就被分配到内勤岗位上。凭着勤奋好学，小杨很快就在内勤岗位上崭露锋芒。在工作间隙，小杨总是见缝插针地拿起参考资料认真学习。听说小杨要报考公务员，有人鼓励他，也有人嘲笑他。

一位干了11年治安联防、4年治安辅警的老队员有一次与小杨聊天时感叹道："现在那些大学生警察，连一份询问笔录都写不好，还不如我这样一个老队员写得规范呢。可是我写得再规范有什么用，还不是只能当草稿？我把报警人的情况问清楚了，报警材料也写好了，最后还是要写上警察的名字，谁叫我只是一名辅警，没有执法权呢？"老辅警的话小杨记在了心里，他抽空就看看那些笔录材料，暗暗下着深工夫。他不愿意像那名老辅警一样，只能偷偷地帮助警察做笔录材料，却不能正大光明地签上自己的名字。

随着时间的流逝，半年过去了，小杨也渐渐地体会到了当一名治安辅警的无奈和纠结。他时常在想，三百六十行中，究竟有没有治安辅警这份职业？他想起了在网上看到的一段文字，虽然有些夸张，但细细品味却也咂出了几分酸楚：

"遇到情况时光大喊不行动的是警察，头脑发热拼命往前冲的是辅警！

日常工作时看书、看报、喝茶聊天的是警察，擦桌、扫地、洗车打杂的是辅警！

犯了错误时关起门来悄悄摆平的是警察，开起大会严肃处理的是辅警！

出现问题时推卸责任的是警察，含泪背起黑锅的是辅警！

发福利时大包小包往家拿的是警察，微不足道的是辅警！

立功受奖时争破了头皮的是警察，根本就没有份的是辅警！

大骂工资不够花的是警察，能把欠的工资发了就满足的是辅警！

立场坚定思想提高的是警察，素质不高、文化水平有限的是辅警！"

几分真实几分虚幻，几分笑侃几分无奈！这里面的滋味，只要是当过治安辅警的人都能品出几分来。

这种滋味不好受，于是小杨更是痛下决心一定要考上公务员，一定要穿上真正的警察制服。

工夫不负有心人。2010 年 6 月，拼搏了一年的小杨终于考上了公务员，当上了一名光荣的人民警察。经过半年的专业训练，小杨被分配到另一所派出所工作。

辅警与警察，一字之差，却有着天壤之别。回首当治安辅警的那段经历，小杨有许多感慨，当一名治安辅警真是太不容易了。面对那些与自己朝夕相处的辅警队员们，小杨的心里有一种惺惺相惜的感觉。

治安辅警这份职业，并不是每个人都能始终坚定不移地热爱着并全身心投入地工作着，对于那些仍然坚守在治安辅警岗位上的辅警队员们，小杨从心底里尊重他们。

铁打的队伍，流水的辅警

俗话说“铁打的营盘流水的兵”，在治安辅助队伍中，辅警的流动性相对于一般单位而言是非常频繁的。根据昆山市公安局治安辅警大队有关数据统计，每年全市辅警的流失量大约在 10% 左右，而在每年三四月份，几乎昆山市各区镇派出所都在招收治安辅警。

“派出所又要招人了！”

2011 年 3 月 25 日，陆家派出所大门口贴出了一张招聘简章。按照计划，陆家派出所打算在全市范围内招收 30 名治安辅警，可是直到报名时间截止，前来报名的应聘者只有 18 人，经过体检、理论及体能测试、面试三大关，最后合格的只有 11 人。事实上这样的场景几乎年年上演。每年春节过后就有一些辅警队员请求辞职，有人走了就必须再招人，而应聘的人数又往往达不到预计招收的人数。这样的情况也并非陆家派出所独有，昆山各区镇派出所都有类似情况。

为什么会出现这样的情况？

翻开《昆山市招聘治安辅助人员简章》，招聘条件并非苛刻。年龄只要在20周岁至35周岁之间，学历只要高中以上，比起有些外资企业的招工条件相对宽松多了。

“治安辅助人员为劳动合同制职工，由用人单位按规定为其交纳养老、医疗、工伤、生育、失业五项社会保险金、公积金和人身意外伤害保险，配发制服、装备，支付工资、奖金。”

这是成为一名治安辅警的待遇，这段“含糊其辞”的文字确实也吸引了不少人。对于那些找不到工作的年轻人来说，这是一份很不错的工作。然而，对于那些渴望既有前途又有钱途的人来说，这并不是一份很理想的工作。

有的人进来后，甚至干不到一年就选择了辞职。辞职的理由千千万，而共同的理由有两个：一是收入太少，二是没有前途。

据不完全统计，2010年昆山全市共有287名治安辅警主动辞职，而这些队员大部分是各单位的业务骨干，其中大专以上文化程度5人，占所有大专以上文化程度辅警队员的72%左右。从这些队员所从事工作的技术含量来看，属于管理层的中队领导1名，有较强电脑操作水平的监控人员7名，有一定法律专业知识能协助民警制作、整理、归档法律文书的内勤3名，能配合民警采集指纹、DNA等工作的治安辅警4名，有熟练驾驶技术能完成警车导车驾驶的治安辅警2名。而在这些主动辞退人员中，有80%以上都获得过各类表彰奖励。

随着物价水平的持续上涨，相当一部分身强力壮且有一定工作经验和文化程度的辅警队员都流露出欲另谋职业的想法。他们在工作中患得患失，思想波动大，工作积极性和热情度并不高，等有机会找到较高报酬或相对轻松固定的职业后，他们就会立即辞职。

“现在的年轻辅警都不如以前的联防队员，那时候联防队员的工作热情都高啊，现在看看他们，真是一代不如一代。”一个从治安联防队员整编为治安辅警的老队员这样评价说，“不过，也不能全怪这些年轻人，工作那么辛苦，工资还那么少，关键是没有前途，有本事的年轻人哪个愿意留在这里?”

相对于年轻辅警的浮躁，年龄超过45岁的老队员们倒是安心地干着这份工作。可是治安工作任务繁重，许多勤务工作以夜间为主，白天有时还要进行设卡、巡逻、伏击、处警，参与群体性、突发性事件的处置，休息时间难以保证，这些都需要年轻力壮的队员担任，45岁以上的队员精力体力方面明显有些跟不上了。

因为工资低，待遇差，工作强度高，工作压力和生活压力使得有些辅警产生了消极思想，满腹牢骚，无法集中心思做好本职工作，从而影响了辅警队伍的稳定发展。

第四辑　发展与未来

历史长河里
他们是无数的小水滴

不可忽视的力量
无法割舍的精神

正义之音
需要他们来合奏
幸福安宁
需要他们去创造

该以什么名义
将他们凝心聚气
让力量为之更强
让精神更加激昂

一定有的
在不断探索的征途上
在铿锵有力的步伐中
……

上篇：历经风雨见彩虹

他们是朵朵鲜花旁那一片片朴实的绿叶，他们是参天大树下那一根根深埋沃土的根须，他们是海浪波涛里那一滴滴细碎的水沫……

绿叶不能枯萎，根须不能贫瘠，水沫不能散落！

每一片绿叶都值得珍惜，每一根根须都值得关爱，每一滴水沫都不能忽略。在碰撞与磨砺中，在思考与探索中，捧起每一片绿叶，呵护每一根根须，凝聚每一滴水沫……

伤痛是暂时的，迷茫是暂时的，阳光始终照耀着大地，和暖的春风又何曾离开过心灵？

山重水复疑无路，柳暗花明又一村。不经历风雨，怎么见彩虹？

那七彩的光泽，是天空在微笑！

并不是每一片叶子都相同

同一棵树上，并不是每一片叶子都碧绿青翠；同一片大海，并不是每一朵浪花都洁白无瑕。在这样一支特殊的治安辅助队伍里，并不是每一位治安辅警都非常优秀，在品尝了这份工作带来的各种甜酸苦辣之后，有的人累了，倦了，松懈了……

大错不犯，小错不断

2008 年 6 月 8 日 20 时 58 分，某派出所辖区治安岗亭内，有两名辅警队员坐在那里“值勤”，大概是天气炎热的缘故，两人都敞开着制服领口。其中一人的脖子上挂着一根略显“粗俗”的黄金项链，嘴角叼着一支烟在吞云吐雾。另外一人脱了鞋子，把两只脚搁在前面的凳子上，手里拿着一张报纸在百无聊赖地翻阅着。岗亭内的工作台上，两顶辅警帽子“垂头丧气”地趴在上面，一本值勤记录台账也“无精打采”地开着“天窗”……

2009 年 2 月 12 日 19 时 52 分，某派出所辖区治安岗亭内，有一名辅警队员正趴在工作台上打瞌睡，一只烟灰缸内插满了烟蒂，手电筒、对讲机、值勤台账杂乱无序地摆在上面，脚下是一地触目惊心的瓜子壳、水果皮、废纸团……

这一幕幕“不合格”的画面，像精美的瓷器上一条条纵横交错细碎斑驳的裂纹：

19 时 18 分，某派出所辖区治安岗亭内空无一人，只有一部电台孤零零地趴在工作台上。

19 时 30 分，某派出所辖区治安岗亭内，一名值勤辅警着装不整，岗亭内也未配置警棍。

20 时 37 分，某派出所辖区绿地大道上，一名治安辅警驾驶一辆警用摩托车，车后搭载着一名非警务人员，车速飞快，两人均未戴安全头盔。

20 时 54 分，某派出所辖区治安岗亭内，一名值勤人员正在岗亭内抽烟，头上未戴帽子。另一名值勤人员正在岗亭外闲逛，头上也未戴帽子，用手机插上耳机在听音乐。

15 时 52 分，某派出所辖区路口，有三名值勤人员把警用摩托车停在移动公司外面，坐在里面休息，时间较长，未开展巡逻工作。其中一名值勤辅警着装不整齐并且驾驶摩托车未带驾驶证。

21 时 05 分，某派出所辖区治安岗亭内空无一人，一只电台已经损坏，执勤台账记录不完整，已连续三天未填写值勤情况。

15 时 11 分，某派出所辖区警务站，一名值勤人员未佩戴肩章，另一名值勤人员着制服衬衣时上身纽扣未扣，形象较差。

……

这是昆山市公安局治安辅助大队督查中队在对全市各区镇派出所进行督查时看到的真实情况。针对检查出来的这些问题，督查人员当场予以批评指正，要求各治安辅助中队加强督促检查，对违纪违规的辅警队员要按照纪律规范作出相应的处理，并将结果在三日内报市治安辅警大队。

督查中队除了不定时地进行实地督查外，还对全市各区镇派出所工作场所进行随机性网上督察，同样也发现了不少问题：

10 月 21 日 14 时 02 分，某派出所 3 号通道，两名辅警队员在信息采集室里睡觉。

10 月 29 日 11 时 15 分，某派出所 9 号通道，在派出所候问室里，两名辅警队员一人在看报纸，一人在玩手机。

10月29日11时18分，某派出所信1号通道，在派出所信息采集室里，有两名辅警在玩手机。

11月29日15时49分，某派出所12号通道，一名辅警队员坐在工作台上与人通电话闲聊。

11月30日9时36分，某派出所11号通道，一名辅警队员在上班时间玩手机。

12月1日16时08分，某派出所5号通道，一名辅警队员在看守嫌疑人时睡觉。

……

应该客观地说，督查中队在对全市各区镇派出所治安辅警的值勤情况进行督查时发现，大部分辅警队员的值勤情况良好，队员着装规范，在岗位上认真负责地工作着。然而，每一次督查，总会发现一些不好的现象，如值勤人员着装不规范、形象不佳，工作时间抽烟、看报、吃零食、聊天、脱岗、睡岗，驾驶摩托车不戴头盔、驾驶证，值勤记录不全……

一次，两次，问题还是这些问题，不大，也不小。

批评，教育，改了又犯，犯了又改，反反复复，如同顽疾！

派出所很头疼，治安辅助大队也很头疼。这是十全九美，但唯一的不美恰恰就把那九美的风光遮挡住了。

怎么办？

几匹害群之马

2008年6月24日，昆山市公安局治安辅助大队接到市信访办转来的一封群众举报信，信中举报某派出所治安辅警杨某在执勤时教唆嫌疑人互相串词以逃避公安机关的打击处理。

这封匿名信所反映的内容是否属实？信中被举报的“杨某”究竟是谁？是无良之人恶意报复？还是无聊之人乱开玩笑？一连串的

疑问摆在昆山市治安辅助大队领导的面前。为了尽快弄清事实真相，大队领导立即着手开始调查此事。

根据举报信中提供的相关线索，调查人员经过仔细调查了解，事情很快就水落石出。

2008年6月17日凌晨1时许，市民黄某到昆山市中山路某美容店"洗头敲背"。美容店的老板沈某安排一名小姐陈某到二楼包厢内为黄某"敲背"。大约过了十分钟，带班辅警杨某带着三名辅警队员赶到这家美容店。原来，班长杨某在带班巡逻时，途中接到派出所勤务指挥室的指令，称有群众报警在该美容店内有卖淫嫖娼活动。杨某来到美容店后，发现了在二楼包厢内的黄某和小姐陈某。因为杨某与美容店的老板沈某相当熟悉，为了让沈某逃脱责任，杨某指使黄某和小姐陈某把各自的身份证拿出来，互相背出对方的姓名、年龄和家庭地址等个人资料，并教唆两人如果民警询问就说两人是在谈朋友。随后，杨某将黄某和小姐陈某带至辖区派出所。次日上午8时，黄某和陈某两人因为证据不足被放回。事后，杨某又多次打电话给黄某，以帮助其逃避公安机关打击处理为由，要求黄某请客或者买东西犒劳他，而黄某则以种种借口来推辞和搪塞。

针对此事，昆山市治安辅助大队根据《江苏省保安联防公安辅助人员"七条禁令"》第一条及第五条之规定，对辅警杨某予以辞退处理。同时，大队向各中队发放通报，要求各中队接此通报后，要进一步加强对治安辅助人员的教育管理，认真排查、梳理队伍中存在的苗头性问题，结合"大学习大讨论"活动，最大限度地杜绝此类问题的发生，纠正队伍风气，严肃队伍纪律，切实维护治安辅助队伍的良好形象。

像杨某这样的人当然不能留在治安辅助队伍里，这种害群之马理当开除。可是那些因为各种原因被开除或者辞退的原治安辅警们，在离开这支队伍之后，他们在社会上的所作所为，有时却仍然可以影响到治安辅警这支队伍的形象。

2009年6月16日下午，昆山市公安局刑大侦查人员经过多日侦查并获取线索，在昆山市某小区门口抓获了一名冒充公安人员的诈骗犯罪嫌疑人周某，并当场从他身上搜查出一张假工作证、一副手铐、一只辅警头盔、一身短袖辅警制服。侦查人员经过审查发现，周某曾经在昆山市某乡镇派出所做过一段时间的治安辅警，2008 年上半年因为违法乱纪被单位开除，当时单位里发给周某的辅警服装没有及时收回。2008 年下半年至 2009 年 6 月，周某冒充公安人员，持一张伪造的工作证在社会上招摇撞骗，先后有多人上当受骗，受骗金额达三万多元。

虽然周某最终因涉嫌诈骗罪被公安机关依法刑事拘留，然而这件事情却在社会上产生了很坏的影响，原本无辜的治安辅助队伍也深受其害，有些群众对治安辅警更是嗤之以鼻，本来就毁誉参半的辅警队伍形象也被蒙上了一层阴影。

如果开除周某时把那套辅警制服收回，那么周某的诈骗行为也就牵连不到治安辅助队伍。其实，早从 2006 年开始，治安辅助大队就根据《昆山市治安辅助队伍建设管理规范》制作了《昆山市治安辅助人员辞职、解聘服装回收登记表》，要求解聘人员必须把涉及辅警的装备、服装及时上交，并要在表格上签字确认。为了落实责任，辅警中队指导员也必须签字。

然而，在实际操作中，有少数治安辅助中队借口回收难度大，执行得并不到位，因此才让周某这样的人有了招摇撞骗的行头。尽管事后，治安辅助大队根据《昆山市治安辅助中队长、指导员责任书》启动倒查程序，对涉及责任的相关人员予以了一定的处理，但是错误已经发生，辅警队伍形象还是受到了一定损害。

可是以后呢？谁又敢保证这样的事情不会再次发生？

望闻问切寻病根

“本月，治安辅助大队督查中队对全市治安辅助人员值勤情况进行了 6 次督查。检查单位 15 个，人数 178 人，查出各类问题 16

个，主要存在执勤装备配备不齐、执勤台账记录不规范。执勤队员着装不规范等问题，通报批评15人，开具整改通知书2份。接到群众投诉4起，投诉中个别单位违规招录已辞退人员和少数辅警队员‘吃、拿、卡、要’问题较为突出。”

“本月，治安辅助大队督查中队对全市治安辅助人员值勤情况进行了7次督查，治安辅助‘人员信息库’专项督查3次。检查单位21个，人数489人，查出各类问题34个，主要存在未按规定着装、警容不整和形象不佳等问题，通报批评28人，开具整改通知书3份。接到群众投诉4起，其中查证属实的有2起。”

……

这是在昆山市公安局治安辅助大队工作简报上的几段文字，在每月的督查信息中，治安辅警在执勤时执勤装备配备不齐、执勤台账记录不规范、执勤人员警容不整和形象不佳等问题反复出现，被群众投诉现象也时有发生。

在昆山这支四五千人的治安辅助队伍里，为什么还会有那么多问题存在？治安辅助大队为了队伍的规范化建设而绞尽脑汁，作为用人单位的各区镇派出所更是积极正视存在问题，想方设法寻找治病救医的良药。

望闻问切寻病根，找准了病因，才能开方下药。

2010年11月13日上午，长江派出所治安辅助中队在四楼会议室召开了由班队长及部分队员代表参加的“纪律作风专项教育整顿”活动传达暨动员大会。中队长凌国华在会上传达了市局“关于在全市治安辅助队伍中开展纪律作风专项教育整顿活动的工作方案”及市局管政委的重要讲话。

这个活动是在昆山市公安机关深入开展“大学习大讨论”的背景下产生的，为了进一步提高全市治安辅助队伍正规化建设，切实解决队伍在纪律作风等方面存在的突出问题，市局治安辅助大队在全市各区镇派出所开展了“纪律作风专项教育整顿”活动。

在中队部与各分队、班组的民主生活会上，队长凌国华要求全体辅警队员进行自我剖析，着重从组织纪律和工作作风、上岗执勤等方面查找薄弱环节，分析原因，坚决纠正队伍中作风散漫、纪律松弛、自由主义等现象。

事实上，在昆山市各区镇派出所，每个治安辅助中队存在的问题基本上大同小异，究其原因，队伍的整体素质不高是重要因素之一。

从昆山市目前的治安辅助队伍的人员组成结构来看，年龄在20至30岁之间的占65%左右，年龄在30至40岁之间的占25%左右，年龄在40岁以上的占10%左右。从文化程度上看，初中生占65%左右，高中生占30%左右，高中以上学历仅占5%左右。

他们都是些什么样的人？从近年来新招入的人员来看，大部分都是考不上大学，刚刚走向社会，尚未找到满意工作的年轻人，还有一部分是退伍军人。由于缺乏对辅警工作性质的基本了解和正确认识，认为社会治安防控工作是公安民警的事情，与自己关系不大，自己只是给警察打工的，再加上辅警工作辛苦，工资待遇又低，因此许多队员的工作积极性不高，心态不平衡，思想不稳定，做一天和尚敲一天钟，极少部分队员甚至人生观、价值观发生异化，极易发生违规违纪甚至违法现象。

也许有人要说，既然辅警队伍的整体素质不是很高，那么为什么不招入一些素质高的人员呢？

现实情况是，那些素质高的人、有能力的人根本就不愿意加入到这支队伍里来。

不容忽视的身边人

“所谓治安辅警，就是一群起得比鸡早，睡得比狗晚，吃得比猪差，干得比驴多，奉献大于回报的人……”

这是一个年轻的八零后辅警在自己的微博上写下的一段文字，虽然有些夸张，但细细品味，却又有一点儿道理。尴尬的身份，辛苦的工作，微薄的收入，寒酸的待遇……这是昆山治安辅警们背负的沉重压力。

然而，在各种有形无形的压力之下，昆山治安辅警们却依然坚守在岗位上，借用城中派出所治安辅助中队队长陈士同讲过的一段话：“比收入，我们很少，比地位，我们可能很低，比付出，我们绝不比谁少！”

的确；自2004年成立治安辅助队伍以来，昆山市四千余名治安辅警协助公安机关在建设平安昆山中发挥了举足轻重的作用，承担着十分繁重的治安、交通、维稳、流动人口的管理服务和配合执法等任务，使昆山的治安综合能力及社会管理能力不断得到强化。据初步统计，截止到2010年12月，六年多来，昆山治安辅助队伍共协助公安机关破获刑事案件6397起，协查治安案件22894起，协助或直接抓获各类违法犯罪嫌疑人员60149人，其中网上逃犯540人，调处各类矛盾纠纷59863起，制止现行违法犯罪18976起，救助群众34468起，缴获各类赃款赃物折价2968余万元；先后有472名治安辅警受到县市级以上表彰奖励。

这是一支不容忽视的队伍，社会治安稳定离不开他们的辛勤工作。可是面对日益复杂的治安形势，因为体制、待遇、管理、人员素质等主客观原因，这支日益庞大的治安辅助队伍里面也产生了许多不和谐的问题。2004 年至 2010 年六年间，昆山治安辅助队伍中受到黄牌警告的有 658 人，辞退的有 201 人。有些不良现象不仅让治安辅助队伍形象受损，甚至也影响到了公安机关的形象。

红花再鲜艳，如果绿叶缺乏生机，那么这朵花也美不到哪里去。大树再粗壮，如果根须缺乏营养，那么这棵树也不可能长久地茂盛。

作为公安机关的一支重要治安辅助力量，治安辅警时时刻刻都与人民警察站在一起。公安机关队伍要规范化，治安辅助队伍当然也不能松松垮垮。于是，治安辅助队伍的建设和管理成了摆在各级党委政府和公安机关面前的一个重要研究课题。

如何管理好、使用好这样一支特殊的队伍？

答案只能在不断地探索中寻找……

2009 年 3 月 9 日下午，昆山市市长助理、公安局局长何苏华来到治安辅助大队对治安辅助队伍管理进行了专题调研。在这次专题调研会上，何苏华局长认真听取了治安辅助大队张华大队长就全市治安辅助队伍基本现状、管理现状及存在问题等方面的作的工作汇报，并着重对加强辅警管理及治安调研课题提出了宝贵意见和建议。

随后，一场“调研风暴”席卷了全市各区镇治安辅助中队。

自 2009 年 3 月 18 日开始，由昆山市局牵头，治安辅助大队组织，相继在全市范围内召开了六场治安辅助队伍调研工作会议。会议主要针对各派出所治安辅助队伍的组织机构、人员结构、用工情况、管理机制、经费组成、考核机制、激励机制等问题进行了调研和探讨。全市各派出所所长、治安辅助分管领导、治安辅助中队队长共八十余人参加了会议。

“风暴”过去了，一些迹象也陆陆续续显现了。

作为直接使用和管理治安辅助队伍的一线用人单位，昆山市各区镇派出所深刻认识到治安辅助队伍在维护社会治安中的重要作用，也因此在积极探索科学管理辅警队伍模式的道路上，他们走得更快一步，也更远一步……

一次心理咨询讲座

小严是正仪派出所治安辅助中队的一名巡逻队员，“晴天一身汗，雨天一身泥”，一线巡逻队员的酸甜苦辣在两年时间里已经被小严反复品尝了个够，有好几次他差点儿就想脱下制服不干了。有一天，中队通知小严去参加所里组织的心理咨询讲座。心理咨询？小严心里有点儿不屑，虽然自己在工作中偶尔发发牢骚，但是心理健康绝对没问题。抱着无所谓的态度，小严坐在那里低着头有一句没一句地听着。

在心理咨询讲座上，取得国家二级心理咨询师资格的市局政治处培训中心副主任常征并没有鸿篇大论，而是给治安辅警们讲了几个哲理小故事。其中有一个故事，小严不仅认真听了，而且深受启发。

这是个富含哲理的简短小故事：有一个祖父为孙子做了一条纸长龙，长龙腹腔的空隙仅仅能容纳几只蝗虫。当祖父把几只蝗虫投放进去后，不久，那些蝗虫都在里面死了。而当祖父把几只同样大小的青虫从龙头放进去，然后关上龙头，奇迹出现了，仅仅几分钟后，小青虫们就一一从龙尾那端爬了出来。

为什么会这样呢？祖父告诉孙子，那是因为蝗虫性子太躁，除了挣扎，它们没想过用嘴巴去咬破长龙，也不知道一直向前可以从另一端爬出来。因而，尽管它有铁钳般的嘴壳和锯齿一样的大腿，却也无济于事。

这则小故事告诉大家一个道理，在人的一生中，要经历无数来自外部的打击，但这些打击究竟会对你产生怎样的影响，最终决定权在你自己手中。命运一直藏匿在每个人的心里，究竟是像蝗虫那样困死在里面，还是像青虫那样爬出困境？人生各个不同阶段总有或大或小的阴影，许多人走不出去，并非他们天生比别人差多远，而是因为他们没有要将阴影纸龙咬破的思想，也没有耐心慢慢地找准一个方向，一步步地向前，直到眼前出现新的洞天。

常征老师通过几个哲理故事，告诉大家在生活中如何调整好自己的心态，遇到逆境时不要一味地沉浸在郁闷中，要学会开脱，学会为自己解压，让自己始终以最佳的心理状态，投入到自己的生活和各项工作中去。

那次心理咨询讲座让小严受益匪浅，他觉得如果没有那次讲座，也许自己就会像蝗虫一样困死在纸长龙里。他想自己应该学学那几只青虫，即使在困境里，也要朝着光明的方向努力爬行。

当小严又一次迎着寒风顶着烈日巡逻在治安一线时，他的脚步比以前多了一份从容，他的眼神也比以往多了一份坚定。

一道道安全屏障

“嘟嘟嘟”，一阵短信提示音响起。

此刻，治安辅警小张正在治安岗亭内登记执勤台账，他根本不用看手机就知道这个新短信的内容：“穿上制服心自宽，心系百姓在心间，树立形象服务好，辅警工作保平安，七条禁令威如山，触它如同坐针毡。”

什么是“七条禁令”？这是2004年江苏省公安厅下发的《江苏省保安联防等公安辅助人员“七条禁令”》通知的内容：“第一严禁通风报信。第二严禁殴打，侮辱群众。第三严禁殴打，体罚犯罪嫌疑人。第四严禁挪用，侵占涉案财物。第五严禁利用工作之便‘吃、拿、卡、要’。第六严禁参与赌博。第七严禁工作时间饮酒，酒后驾驶机动车。”

这“七条禁令”如同一根高压线，悬在每一位治安辅警的头上，谁触碰谁倒霉。每天早上9时、傍晚18时这两个时间段，这样的提醒短信就会准时出现在小张和同事们的手机上。这是曹安派出所治安辅助中队为了加强治安辅助队伍管理，确保队伍的纯洁性，利用派出所“企信通”短信平台，向中队辅警队员发送的提醒信息，时刻提醒全体辅警要始终绷紧“七条禁令”这根弦。而每逢节假日，在祝福队员们节日快乐的同时，中队也用短信方式温馨提醒大家要廉洁自律，“贪廉一念间，悲喜两重天，佳节将至，请队员们牢记‘七条禁令’和各项规章制度，廉政工作从身边做起。”

为了进一步提高思想政治工作实效，切实掌握辅警队员八小时以外的思想动态，最大限度地争取辅警家属对公安治安工作的理解和支持，曹安派出所治安辅助中队还建立了辅警家属 QQ 群。中队通过 QQ 群定期向辅警队员家属通报所内各项工作的开展情况、思想政治情况、辅警队员的现实表现、工作成效及执行“七条禁令”等情况，并通过交流收集辅警家属对公安治安工作的意见和建议，邀请他们配合做好辅警八小时外的监督管理工作，共同构筑“七条禁令”防火墙。

老张和老许是曹安派出所辖区内的两名普通的群众，两人都是退了休的老同志，平时空余时间较多，就经常在镇上各个地方转悠。其实他们的“转悠”也是工作需要，因为他们还有另外一个身份，那就是曹安派出所治安辅助中队聘请的纪律作风监督员。这是曹安治安辅助中队为了进一步强化对所内治安辅助人员的外部监督，保障治安辅助人员正确依法履行职责，模范遵纪守法，改善队伍纪律作风中存在的突出问题，促进治安辅助人员队伍正规化建设而采取的一项新举措。每个月，中队都要听取两名纪律作风监督员的反映情况，以便随时了解治安辅助人员的工作开展情况及社会各界对派出所治安辅助工作的意见和建议。

辅警小张说，自从中队聘请了纪律作风监督员，感觉走到哪里都有群众的眼睛在盯着自己，平时在工作中丝毫不敢马虎偷懒，就是下班后换下了制服，心里也有一根弦绷在那里，提醒自己，我是一名辅警，我的一言一行也代表着辅警队伍的形象。

在探索中前进

治安辅助队伍究竟该如何管理好、使用好？作为一线用人单位的各区镇派出所根据各自的特点，积极从多方面着手，在思想教育、业务技术、勤务保障等各个方面开始了不同的探索和尝试。在治安辅助队伍管理方法上，无论是国际还是国内，都没有成熟的经验可以借鉴和参考，因为国情不一样，国内经济、体制不一样，许多方法在这个地方可行，在那个地方却不一定行得通。

路是一步一步走出来的，方法和经验也是一点一点探索出来的。可以说自从建立治安辅助队伍以来，使用和管理单位在这条探索的道路上一直在努力地前进着……

一

小徐是锦溪派出所治安辅助中队的一名普通巡逻队员，2009 年 11 月才进入这支辅警队伍，各项业务技能还不熟练。为了让小徐这样的新队员能迅速投入到治安辅助工作中，锦溪派出所治安辅助中队从全体队员中挑选出一些思想素质好、业务能力强的队员做“师傅”，每个师傅带一至两名队员组成一个小组，由师傅进行“传、帮、带”开展工作，并实行捆绑考核，激励老队员主动带领新队员努力工作，确保人人有事做，人人创成效。

小徐的身上经常带着一本“工作秘籍”，趁着工作空闲时，就拿在手里翻看。“别看它是所里自己装订的材料，那可是师傅们长时间积累的经验精华啊！”原来，中队从识别嫌疑人、跟踪、盘问检查、抓捕等各个环节收集业务方面的资料，装订成册后分发到每一位一线巡逻队员手中，由师傅们组织学习，并在日常的盘查、抓捕等工作中就理论知识与实战应用如何有机结合进行实地传授。小徐记得有一天晚上，他和另外两名新队员跟随师傅在辖区太平新村一带巡逻时，见到两名形迹可疑的男子，师傅便事先关照小徐他们等会儿盘查时注意的事项。由于有所准备，在师傅的带领下，小徐他们加强了对那两名可疑男子的盘查力度，并当场从两人身上搜到两把撬锁工具。事后那两名嫌疑男子交代，两人当天窜至锦溪准备伺机作案，不料在途中被火眼金睛的巡逻队员发现。

小徐所在的巡防组里有一本派出所专门印制的《锦溪派出所盘问检查登记本》，上面记录着每次的盘问内容和每班盘查的数量，并定期进行抽查回访。通过规范盘查登记工作，巡逻队员的上岗率、盘查率都得到了有效提高，路面见警率、管事率也明显提升。

二

在治安辅助中队，各分队长、副分队长是队伍的中枢力量，他们的领导能力和工作能力的强弱在辅警队伍管理中起着决定性作用。2010年年初，淀山湖派出所适时推出治安辅助中队中层领导竞聘上岗工作制度，将中队22个辅警中层领导岗位进行全面公开竞聘，并放宽人员性质、文化程度、年龄等条件，以“能者上、平者让、庸者下”的工作思路选拔优秀的辅警中层领导。

竞聘通告一公布，整个中队如同一锅烧开了的沸水，许多队员热情高涨，积极参加竞聘活动。参加治安辅助工作已有两年的小黄在治安巡逻工作上表现出色，成绩突出，曾多次获得见义勇为先进个人荣誉称号，并连续两年被评为治安辅助工作先进个人。一直想有更高发展平台的小黄见到所里公布的竞聘公告后，激动得一夜未睡好觉，并认真做好了竞聘材料。通过报名自荐、竞职演讲、民主测评等竞聘环节，小黄从众多竞聘者中脱颖而出，被聘为巡逻分队副分队长。

在那次中层竞聘活动中，淀山湖派出所共选拔出22名中层领导人选，这些队员都是思想素质过硬、业务能力强的佼佼者，经派出所任聘后分别担任各分队的分队长和副分队长职务。

公开竞聘治安辅助中队中层领导，上面的领导都说这个方法好，不仅能消除辅助队伍中的钩心斗角，还进一步提升了队伍中层领导的主观能动性，带动了全体队员的工作积极性，从根本上解决了“将熊熊一窝”的被动局面。下面的队员们更是举双手赞同这个方法，公开竞聘让他们看到了希望，思想上有了动力，工作上也更加卖力。

担任副分队长后的小黄工作起来更加兢兢业业，尽心尽力。他说再努力干上一两年，他还要竞聘分队长职务，倒不是自己有了“官瘾”，而是站在更高一层平台上，他的能力和才华会被更多地挖掘出来。

山重水复，柳暗花明

首个治安辅助人员管理工作室

在苏州市公安局内网创意警务之窗内，有一项“民警工作室”栏目，里面有勤务指挥、科技强警、情报信息、刑事侦查等18个类别的民警工作室。在其中的队伍建设一栏内，有一个以民警张华的名字命名的治安辅助人员管理工作室。工作室在2010年3月14日正式成立，是苏州首个治安辅助人员工作室。对此，苏州市副市长、公安局党委书记、局长张跃进专门向工作室负责人张华发来了祝贺：“我非常高兴地看到辅助人员管理专门建立工作室，祝贺您成为该类工作室第一人。”

在昆山市公安局，作为一名人民警察，张华的工作岗位可以说是非常特别的，不是刑事警察，也不是治安警察，更不是交通警察，而是一名负责管理治安辅警的专职警察。

性格内向、书生气浓的张华从没想到自己有一天会在千人以上的大会堂的主席台上神情自若地侃侃而谈。今年40岁的张华早在1993年就参加了公安工作，一直在市局治安大队做一名治安警察。2006年1月因为工作需要，张华被调任为治安大队附属治安辅警大队大队长。

面对这样一副重担，刚开始张华在心里暗暗叫苦，他连治安辅警到底是干什么的都没有真正弄清楚，怎么来开展工作？从前任手里接过薄薄的几份资料，张华感到忐忑不安，就靠他一个人怎么才能管理好这支四千余人的治安辅助队伍？

刚上任的头半个月里，张华真的是茶不思饭不想，满脑子都是“治安辅警”。当时的治安辅警大多数是在各区镇派出所工作，由用人单位直接招收录用、管理和使用。而市局治安辅助大队虽然是负责管理治安辅助队伍的专门机构，但一不负责招录，二不直接使用，说是管理却又隔着用人单位这一层，给人一种力不从心的感觉。

毕竟是四千多人的大队伍，每天都有让人操心的事情发生，这个派出所发生辅警违反纪律酒后驾车事件，那个派出所又发生辅警睡岗、脱岗事件，甚至还有群众写信投诉辅警的……用焦头烂额来形容当时的张华可谓一点儿也不为过。面对这样一支特殊的队伍，没有经验可以借鉴，怎么办？唯有在管理中不断摸索……

2011 年 6 月 13 日下午，在张华工作室里有一张新帖子很快就引起了大家的注意，浏览次数不断刷新，回帖人数不断增多，许多民警和辅警都在回帖中赞叹：

“昆山辅警在创意、巡防、文化等方面都做得有声有色，张华同志倾注了心血，同时也离不开广大昆山辅警的积极参与。在此说一声：辅警，你们很给力！”

“昆山辅警论坛是个好平台，为了辅警的发展壮大，也为了辅警的创新管理，值得我们学习啊！”

“昆山开创了辅警论坛的先例，有助于辅警队伍素质的提高！”

……

原来，这份新帖介绍了昆山市治安辅助大队举办第一期辅警论坛的情况，这个与众不同的创举把辅警管理工作又推向了一个新的平台。

2011 年 6 月 9 日，昆山市治安辅助大队在城北派出所举办了第一期辅警论坛“变与不变”的主题讨论会。会上，张华以“变与不变”为主题，要求参会的各区镇辅警中队长和指导员积极开展讨论。首先，张华根据从事治安辅助人员管理工作的切身感受谈及了自身的看法。他着重讲述了自2004年治安辅助队伍成立七年来在队伍建设、纪律规范、文化建警等方面取得的变化。

在交流过程中，大家共同感受到了“两个不变”，即治安辅警全心全意为人民服务的宗旨不变，协助公安机关维护社会治安稳定的目标不变。而“四个变化”即福利待遇逐渐提高、提拔晋升渠道日益拓宽、队伍专业化建设日益增强、社会认可度逐步提升。当然，治安辅警队伍中还存在着一些“变与不变”的问题和难题，与会人员还对此专门作了分析和总结，并就下一步解决方法进行了热烈地探讨。

一叶知秋。从一份新帖子，从一个工作室，人们可以看出张华在辅警管理工作中所倾注的心血和精力。自从事治安辅助人员管理工作以来，张华从建立各项管理机制入手，积极探索，大胆实践辅助人员管理新模式，有效提升辅助人员队伍在平安建设中的综合能力。经过四年多的探索和实践，建立了一套辅助人员管理“五步工作法”，收到了很好的效果。而辅警管理工作室的建立，又为全苏州市对于治安辅助人员规范化、制度化、常态化管理提供了一个交流平台，为全面提升治安辅助队伍“精气神”和战斗力打下了良好的基础。

因为工作出色，张华先后被昆山市公安局荣记个人嘉奖三次，四次被评为优秀公务员。其撰写的十余篇经验交流、调研文章先后被公安部、省厅、苏州市公安局录用。

“五训三考”打造合格标兵

2011年4月5日，位于昆山市商业中心区域的人民路上人山人海，时值清明时节，为了维护节日期间的治安安全，城中派出所的治安辅警们武装整齐地巡逻在人群中。

“快看，那边好像着火了！”随着巡逻班长林海彬的一声叫喊，巡逻队员们看见位于人民路新阳街口的梁佳美食店内浓烟滚滚。队员们立即快速跑过去，而此时特勤班长干志慧带领的另一组队员也闻讯到达了现场。

火势从一楼的美食店开始迅速向上蔓延，二楼是服装大卖场，三楼是网吧，四楼、五楼是宾馆，如果火势得不到控制，后果将不堪设想。此时楼上的人群正惊恐地从楼梯口拥挤着向外跑，面对如此紧急状况，两位班长临危不乱，冷静地分析现状。根据在市局培训班上学到的“以人为本，疏散人员、疏通交通”的基本消防知识，两位班长迅速做了分工，林海彬带领的巡逻队员负责疏散二楼服装大卖场、三楼网吧、四五楼宾馆的群众，干志慧带领的特勤队员则负责疏通火灾现场周边的交通秩序。

“一定要确保所有群众安全离开火灾现场，让消防车顺利进入。”这是命令，也是职责。随着一声令下，队员们各就各位，迅速投入到战斗中。负责疏散人员的队员们冲进浓烟滚滚的楼道，一层一层仔细搜索，每到一处就大声呼叫，卫生间、试衣间、客房……每一个角落都不放过，看见受困群众就指引他们安全有序地离开。

由于人员疏散及时，火灾没有造成人员伤亡。由于有效地疏通了交通，消防车很快就顺利驶进了火灾地点，在最短的时间内扑灭了大火。

“多亏了你们啊，要不是你们及时救援，我们恐怕就出不来了。”安全逃离火灾现场的群众纷纷向辅警队员们表达谢意。的确，正是由于治安辅警们遇事临危不乱，果断处理让这场火灾的损失减少到最低程度。而治安辅警们之所以能在突发事件中表现得如此出色，则要归功于他们平时经常参加的各类培训。

一支优秀的治安辅助队伍，需要不断地学习和磨炼，才能适应社会稳定形势的新要求。为了提高队伍的实战能力和政治业务素质，昆山市公安局治安辅助大队经过长期摸索，制订了一套先进的教育培训考核制度，即“五训三考”体系。自 2004 年以来，昆山市治安辅助大队共组织培训 47 期，培训治安辅警 5962 人次。

2009 年 12 月至 2010 年 1 月，治安辅助大队对 2009 年下半年新招录的 288 名治安辅助人员分五批次在巴城警察训练基地进行了为期七天的岗位培训。来自陆家中队的小刘对这一个星期的岗位培训感到受益匪浅。

培训期间，大队邀请了苏州警校的仇自勇老师、龚健老师对辅警实战技能和如何识别嫌疑对象进行了讲解，市局政治处常征老师对辅警心理进行了辅导，红十字会汤老师进行了救护知识的讲解，昆山司法系统讲师团胡全林老师通过“现身说法”和“举例引证”告诉培训队员应该如何做一名合格的治安辅助人员。

无论是在课堂上学习政治业务知识，还是在操场上进行体能技能锻炼，小刘感到那份久违了的职业自豪感又回到了心中。尤其是在学员们一起学唱《辅警之歌》时，每位学员的心中都涌起了一股热潮，“我们是辅警，光荣的称号！”

为期十二天的岗前培训，为期七天的在岗培训，“菜单式”选学讲座培训，是每位治安辅警都要参加的培训。而骨干培训和“黄牌警告”培训则是针对不同的治安辅警。顾名思义，骨干培训就是精英培训，按照“短、少、精”（培训时间短、参加人员少、人员素质精）的原则，对各中队长一级人员及优秀的、具有专业技能的人员进行集中培训。骨干培训由市公安局组织，侧重于管理和专业知识的培训。仅 2007 年市公安局就组织了六批次三百余名治安辅助骨干人员参加了骨干专业培训，培养了一批业务精通、政治可靠、能管善用的中队带头人，训练出反扒、防“两抢”、防暴、打黑等多支专业辅警队伍，有力地促进了全市辅警队伍规范化、专业化发展，进一步带动了队伍整体素质和战斗力的提升。

在辅警队伍中有一句话曾经流行一时，叫“染黄容易，脱黄难”，什么意思？所谓“染黄”就是队员违反纪律受到黄牌警告；“脱黄”就是受到黄牌警告的队员要进行为期七天的培训，在培训期间通过理论、体能考核和内务卫生、作风纪律评比，如果考核合格则可撤销黄牌警告，如果不合格则不予撤销，明年继续生效。

2009年4月9日至18日，昆山市治安辅助大队在巴城民警训练基地对2008年以来受到黄牌警告的队员共一百二十余人进行了“脱黄”学习培训。小郑因为在一次夜班执勤时擅离岗位被罚黄牌警告，第一次参加了“黄牌警告”培训班。通过七天的培训，小郑考核合格，终于撤销了黄牌警告。

“唉，这样折腾，我以后再也不敢吃黄牌了。”小郑在结束黄牌人员复训班的那一天暗暗发誓道。

“培训是最大的福利”，这是昆山市公安局在治安辅助队伍管理中的工作思路。把辅警培训工作放在重要位置，培训内容突出实战与实用。扎实的培训活动使昆山辅警队伍的政治业务技能不断提高，在维护社会治安中发挥的作用也日益彰显。

一名普通的治安辅警要经过一道道培训程序，考核合格之后才能上岗工作，而作为治安辅助中队的中队长和指导员们，则比普通队员又多了一道考核关。

2010年1月26日至1月29日，昆山市公安局治安辅助大队对全市43个治安辅助中队的81名中队长、指导员进行了民主测评。测评主要围绕中队负责人在业务水平、管理能力、清正廉洁、团结同志等十个方面进行。为确保测评公平、公正，大队从各中队随机抽选十名队员对中队负责人进行打分，共有430名辅警参加了测评。

创新机制规范队伍建设

2011年5月27日上午8时30分，上班时间刚到，陆菊林和搭档陈超早已着装整齐地出现在市镇分队辖区一号治安岗亭。岗亭内一名辅警正在给一位外来务工人员办理暂住证，另一名辅警则站在岗亭外站岗值勤。看到两名队员早已认真地进入工作状态，陆菊林的脸上露出了满意的神色。

陆菊林和两名队员打了一声招呼后，又和陈超赶往下一个督查点。这一时期，昆山市正在积极创建“全国文明城市”，为确保完成公安机关创建目标任务，这个星期以来，陆菊林和陈超根据市局有关指示精神，加强了对中队的专项督察工作。

作为陆家治安辅助中队督察小组组长，陆菊林每天的工作就是和督察员陈超在全镇范围内对中队全体辅警队员的日常工作进行督查。这是昆山市治安辅助大队建立的两级督察制度之中的一级督察。而二级督察则是由治安辅助大队成立专业督察队，负责对全市治安辅警的值勤情况进行督察。

头戴印有“督察”二字的白色头盔，佩戴着红色“督察”袖章，手持一本《督察证》，每天将督察情况记录在《治安辅助队伍检查、督察台账》上，在督察过程中发现轻微违规的当场进行纠正，发现严重违规的开具“整改通知书”责令及时整改并将情况向领导汇报，这是督察员每天的工作任务。

昆山市治安辅助大队的督察工作应该说是走在同行前列的，一级督察每天正常开展，二级督察每月不少于六次。督察形式呈立体化，采取网上督察、交流式督察、回访制督察方式确保辅警队伍规范健康发展。而督察触角也从辅警人员信息库督察、录用人员督察、专项督察和培训督察等方面不断延伸，确保了中心工作和日常警务部署落实到位。对督察发现的普遍性问题，市局治安辅助大队适时开展专项教育整顿活动，及时解决队伍存在的苗头性、倾向性问题。

“没有规矩，不成方圆。”从成立这支治安辅助队伍之日起，昆山市治安辅助大队就在理论与实践中不断探索，逐步健全和完善辅警队伍日常工作机制。

2004年11月，为加强治安辅助队伍的全面建设和规范管理，市治安辅警大队就根据《江苏省治安联防工作暂行管理办法》和《江苏省保安联防队伍建设管理规范》制定并下发了《昆山市治安辅助队伍建设管理规范》。《规范》分九章三十五条，对辅警队伍的组织设置、职责权限、人员招聘、教育培训、监督管理、经费保障、考核奖惩作了具体规定。根据《规范》和治安辅助人员劳动合同书的相关条款，市治安辅警大队又相继制定下发了《治安辅助队伍考核办法》《治安辅助人员工作情况通报制度》《治安辅警中队长、指导员竞聘制度》《奖惩制度》《治安辅助队员主要职责》《着装管理制度》《安全行车制度》《执勤制度》及《治安辅助人员“零犯罪”责任制度》等各项规章制度。

陆菊林也是从治安联防队员转编为治安辅警的，如今从事督察工作的他，对于治安联防和治安辅警这两支队伍有着更为深刻的感受。“现在的辅警队伍是越来越规范了，要当好一名合格的治安辅警，还真不是一件容易的事。”

陆菊林所在的陆家治安辅助中队，将责任目标层层分解到各分队、班组及每个队员，根据中队及每个队员所担任的工作任务具体情况，对守卡巡逻、岗亭值勤、小区安保、夜间巡更、治安情况预警、监控工作、候问室工作、看管工作以及请销假、内务卫生、着装管理、安全行车等作了进一步细化分解，并以责任状的形式加以固定突现。

在日常值勤工作中，如果有辅警队员无故旷工、睡岗脱岗、工作效率低、服务态度差、不服从命令、与社会上有劣迹人员来往、非工作期间酗酒闹事、非工作原因着装涉足公共娱乐服务场所、生活作风不正派、不积极参加中队理论学习和体能训练等行为之一，被督察发现后报告中队，中队负责人就要对其进行谈话教育。

如果辅警队员有作风散漫、工作拖拉、睡脱岗、不听指挥等经谈话仍不改正的以及利用工作之便收入少量钱财、酗酒闹事造成不良影响、对查获的物品擅自处理、乱用自卫械具造成影响、培训考试不合格、被群众投诉问题属实等行为之一，则就要被处以“黄牌警告”了。

如果辅警队员有违反《七条禁令》《治安处罚法》《黄牌警告制度》被二次黄牌警告、利用工作谋取不当得益、一年内两次培训考核不及格、年终考核末位的等行为之一，则就要被解聘辞退。

“如果被辞退了，那就要进入‘黑名单’，以后再想当辅警就难了。”陆菊林说。以前一名辅警被这个乡镇的辅警中队开除了，还可以报名进入另一个乡镇的辅警中队。为了确保辅警队伍的纯洁性，市治安辅助大队在2006年建立了“辞退人员黑名单”，凡是进入“黑名单”的人员，今后一律不得再进入辅警队伍，这使得在公安机关工作过的被辞退人员再无空子可钻。

从2008年5月开始，市治安辅警大队建立了全市治安辅助人员信息库，信息库将每一名队员的照片、姓名、年龄、家庭住址、文化程度、政治面貌、奖惩情况、在职情况等相关内容进行了详细登记，一人一档，内容齐全。同时又在辅警网站上建立了“昆山市公安局治安辅助人员登记管理系统”，为科学化、制度化管理队伍打下了良好的基础。

开辟新的天地

在现实生活中，除了工资待遇问题，辅警队员的出路一直是困扰公安机关的难题之一。为了规范辅警队伍的科学化、持续化管理，昆山市公安局探索出了一条以“阶梯晋升”和“破格提拔”相结合的晋升之路，促进辅警队伍专业化建设的良性发展。

昆山市公安局率先在张浦派出所治安辅助中队开始试点改革。

2011年4月16日上午，在张浦派出所召开了专业化建设暨等级化评定会，张浦镇党委副书记徐彬，昆山市公安局党委委员、政治处主任韩国强，昆山市治安辅助大队大队长张华等领导出席了此次会议。在会议上，领导们就张浦派出所以“辅警战训学校”为平台，通过理论联系实际、战训合一的方式，以四队建设为模式，以等级化管理为手段，以针对性培训为依托，以积分制考核为方式，实现辅警队伍综合素质的大幅度提升的机制给予了肯定。

经过多方努力，《昆山市公安局张浦派出所治安辅助人员等级化职务晋升规范（试行）》于2011年5月在张浦镇治安辅助中队开始试行。该规范参照《中华人民共和国警察法》《公安民警职级晋升制度》，规定治安辅警实行等级晋升评定制度，等级共分四级六档，评定等级后，辅警初级享受原有待遇，辅警一级一档（含一级一档）按各级档每月享受等级补贴，自一级一档起算，每个级档二十元。

等级晋升制度将辅警队员的学历、工龄、业务技能和工作表现连接在一起，彻底打破了过去辅警队伍中存在的“干一天和干十年没啥区别”的局面。等级晋升制度让辅警中队中队长和指导员感到既有压力又有动力，因为按照规定，作为辅警中队中队长、指导员，必须达到二级二档才能担任，但工资待遇也会随之增加。而一些新队员们在等级晋升制度上则看到了希望和动力，在工作中也有了动力。

“试行等级晋升制后，辅警队伍从原先的‘一潭死水’变成了‘一潭活水’，辅警队员之间展开了良性竞争，对辅警队伍的发展很有好处。”一位工作了十多年的老队员这样说。

在昆山治安辅助队伍中，不乏许多综合素质高，业务能力强的人才骨干。昆山各区镇地方政府在不断加强公安基层所队硬件建设的同时，也将公安基层所队作为人才储备的摇篮。2011 年，周市镇政府制定出台了《周市镇政法系统辅警人员激励选拔办法（试行）》，文件明确：坚持公开、平等、竞争、择优的选拔原则，每年在全镇政法系统辅警人员中，通过民主推荐、公开公示、组织考察等选拔程序，确定二十佳优秀辅警并建立资料库，并按需择优转录为农村、社区及其他单位工作人员，营造激励选拔优秀辅警的良好氛围。

2011 年上半年，经所在单位推荐，昆山辅警队伍中有七名工作能力强、工作绩效佳的队员分别被提拔为居委会副书记、社区主任、治保主任等职务，其中花桥治安辅助中队两名，曹安治安辅助中队一名，锦溪治安辅助中队一名，张浦治安辅助中队一名，花桥交巡警中队两名。

“在公安机关的经历培养了我们，我们的成长会激励更多的辅警队员努力工作、勤奋向上。”被提拔任命为社区主任的原辅警队员小赵说。

近年来，随着辅警队伍不断规范化，辅警队员的综合素质也在不断提高，辅警队伍已成了各区镇地方政府培养人才的“蓄水池”，昆山市先后有43名优秀辅警队员被推荐到镇、村两级任职。

这充分体现了地方政府对公安基层所队工作的重视，也极大提升了全体辅警的工作热情，激励他们为平安昆山建设做出更大更多的贡献。

“我相信，今后我们这支辅警队伍的发展平台一定会更加广阔，前途也会更加光明，而我们现在，只需要努力，再努力！”大学生辅警小罗对此非常自信，刚参加治安工作一年，小罗就因工作表现突出被提拔为接处警班副班长，他相信在等级晋升制的激励下，凭着自己的努力和实力，未来的路一定会越走越宽广。

面包会有的，一切都会有的

生日礼物的意义

“小俞，中队领导有请。”

今天刚一上班，花桥派出所治安辅助中队的小俞就听到同事在兴奋地叫他。

什么事？小俞心里在犯嘀咕。作为一名普通巡逻队员，小俞每天的工作任务都是由分队长直接安排的，平时很少与中队领导接触。会不会是自己在工作上有什么疏漏？还是昨天在执勤时被督察发现了什么？怀着忐忑的心情，小俞来到了中队部办公室。

小俞刚跨进办公室，中队指导员就笑眯眯地站了起来，把一个大红信封双手递了过来，“祝你生日快乐，这是所里送你的一份小礼物。”

一股热流直冲脑门，小俞突然觉得鼻子一酸。他激动地连声道谢，从指导员手里接过“红包”，轻轻鞠了一个躬转身走出了办公室。

几个队友围了上来，小俞在大家热切的注目下，兴奋地打开了“红包”，里面是一份价值120元的生日蛋糕券和一张生日贺卡。

“生日快乐，兄弟，下星期三是我的生日，到那时我也会有这个‘红包’的。”

“是啊，以后我们每个人的生日都会收到一份生日礼物。”

队友们七嘴八舌地说着，每个人的脸上都洋溢着幸福的笑容。

也许在别人看来，这份价值百元的生日礼物没有什么值得沾沾自喜的，可是对于治安辅警来说，这是一份特殊的福利。

在现实生活中，因为一字之差，民警和辅警的工资收入有着明显差距，而各项福利待遇更是你有我无。以前看到所里的民警生日时有蛋糕券，许多辅警队员表面上不说什么，心里总有点儿不舒服。正如小俞说的，现在辅警也有了蛋糕券，感觉上和民警更接近、更平等了。

从2010年开始，昆山治安辅警有了一项新的福利，那就是生日蛋糕券。这只是一个小小的进步，却让辅警队员们看到了希望，感受到了这份工作带来的自豪和荣耀。

2010年12月8日晚，长江派出所的食堂内一片欢声笑语，一场别开生面的庆生晚宴正在这里举行。这是长江派出所为治安辅助中队所有生日在12月份的队员举办的一场集体生日宴会。派出所领导和中队领导向全体生日队员送上了生日贺卡及蛋糕，并把美好的祝愿送给队员们。这是长江派出所在辅警生日福利的基础上又开创的一项新举措，那就是每个月为当月过生日的辅警队员举办一场集体生日宴。这项举措让长江治安辅助中队的队员们感到非常激动，大家表示今后一定会更加努力工作，协助派出所为维护辖区平安做出积极贡献。

可以说，一张小小的生日蛋糕券，它的意义远远超出了物质的范畴，在治安辅警的眼里，它代表的不仅仅是一只美味可口的蛋糕，更是一种职业上的认可，一种人格上的尊重，一种精神上的荣耀。

别小看这份小小的生日礼物，它对生日主人的影响力不容小觑。在小俞过完生日后的第三天，在“治安辅警”网站上，小俞用一段朴实的文字表达了自己的心声：

“小的时候家里穷，过生日的时候父母也就给我烧碗面外加一个荷包蛋，这生日就算是过了。长大了和一些朋友在饭店撮一顿就算是过了。结完婚走上工作岗位后忙着挣钱养家糊口，也从没想过要给自己过生日，更没想到在派出所工作这么多年了，今天领导居然亲自为自己送上生日祝福。此时千言万语都道不出我心中的感激之情，只是想借辅警网站这个交流平台说上一声谢谢！我会与辅警兄弟一道，与人民警察并肩作战，为构建和谐社会，树立辅警良好形象奉献我的青春！”

关爱从点滴开始

2008年11月14日下午，昆山市公安局治安辅助大队在治安大队会议室组织巡防、刑警、交警等大队共八名治安辅助队长学习了《治安辅助防卫装备使用规定》，并要求传达到每一名辅警队员。

11月19日下午，市局治安辅助大队又为巡防大队、交警大队、刑警大队等一线值勤的治安辅助队员配发了橡皮棍、催泪喷射器、武装带、防割手套、警用包等防卫装备。同月，全市各区镇派出所也为所在中队治安辅助人员配发了防卫装备1700余套。

同年，全市各区镇派出所在各所属治安辅助中队依情推行“三班两运转”和“四班三运转”工作制，并实行“弹性工作”，合理调整队员作息时间。同时又把《职工带薪休假条例》落到实处，向全体队员公布具体休息时间天数，工作年满五年以上的可获五天带薪休假期，工作满十年的可获十天带薪休假期。

民间有句俗语，若要马儿跑得快，就要马儿吃得好。

治安辅助队伍在平安法治建设中所发挥的有效和不可替代的作用，让政府部门和公安机关看到了这支队伍的重要性。在加强治安辅助队伍的管理工作中，无论是市级还是镇级政府部门，无论是市局机关还是区镇派出所，都在积极寻找从优待“辅”的新路子。

自2004年以来，市、镇两级财政先后投入资金达6亿多元，用于辅警队伍的组织、管理、装备、工资、福利等开支，各辅警中队设立辅警专门办公室，配备必要的办公设施和交通、通讯工具、自卫器械等。

针对辅警收入低的现象，市、镇两级财政逐年增加投入，由2004年的人均经费2万元，到2008年的2.8万元，再到2011年的3.3万元，虽然与现如今高速飞涨的物价相比，这个幅度的涨薪水平还是很低，可是这或多或少让辅警队员们看到了希望。而在劳保福利待遇方面，市、镇两级财政先后为全市每个辅警交纳办理了基本养老、医疗、失业、生育、工伤和人身意外保险金，并从2007年开始为每人缴纳了住房公积金，辅警队员因工负伤、意外伤害等问题也得到了基本解决。同时，按照《劳动法》要求，又保证了加班费、高温费等各项福利发放到位。另外，昆山市公安局还会同市见义勇为基金会，加大了辅警队伍“一案一奖”及因公负伤队员的奖励力度。每年组织开展十佳治安辅助人员、十佳班组长、十佳协管员、十佳保安、“辅警之星”等评选、表彰活动。

2009年12月3日早上6时许，治安辅警小顾起床后，空腹直奔昆山市第一人民医院体检，在医院的验血窗口前，小顾看到几个早到的同事已经在那里排队了。而在同一时间，陆家治安辅助中队的小王也和同事们正在陆家人民医院进行健康体检。

从2009年开始，为了关心日夜奋战在治安一线的辅警队员的身体健康，根据市局领导的指示，市治安辅警大队制定了《昆山市辅警体检办法》，规定35周岁以上的辅警每年体检一次，35周岁以下的辅警每两年体检一次。

2009年11月30日至12月8日，昆山治安辅助大队组织全市市级财政辅警860人在昆山市第一人民医院分九批次进行了体检。而同一时期，昆山各区镇级财政治安辅警也在各用人单位的安排下陆续进行了体检，全市五千余名治安辅警都享受到了这一健康福利。

大家庭的温暖

2010年除夕，美丽的昆山呈现一片热闹繁华的节日景象。夜幕降临，绚丽多彩的焰火点缀着城市的夜空。为了节日的祥和安宁，夜色中，有一群人一如既往地坚守在治安岗亭、路面巡逻和监控岗位上。

小孙是综合保税区派出所一名视频监控操作人员，此刻他正通过视频画面欣赏着夜空中那一束束美丽的烟花。这是小孙第二年在派出所里过年，和许多辅警队员一样，今年正巧又轮到他在除夕夜值班，因此无法与家人一起吃团圆饭了。

时间一分一秒过去，又一个新年到来了。

“饺子来喽!”突然，一个饱含喜悦的吆喝声传来，小孙和队友们循声望去，只见陆所长带着教导员和副所长等人，手里端着热气腾腾的水饺来到了大家的面前。

“大家辛苦了，送上一份饺子，给你们拜个年!”所领导们一边说着，一边把一份份水饺递到值班辅警的手上。

吃着美味的饺子，听着一句句真诚的祝福，小孙的心里感到暖融融的。再看辅警队员们，一张张笑脸上写满了感谢和激动。所领导和辅警队员们围在一起，边吃边谈，由辖区的平安建设，到工作的酸甜苦辣，一阵阵欢声笑语在除夕夜的派出所里回荡。那一刻，小孙觉得这里真像一个大家庭。

营造大家庭的氛围，创造大家庭的温暖，这是近年来昆山治安辅警管理工作的新亮点。大家庭的管理理念，从物质方面延伸到精神方面，从工作时间延伸到休息时间，在衣食住行思等方面全方位多角度地为辅警队员提供帮助和服务。

为了更直接更广泛地了解掌握辅警队员的思想动态，及时解答疑难问题，市治安辅助大队从2008年开始在市局辅警网站上开通了

“辅警心声”信箱，让辅警队员可以畅所欲言，而辅警大队也能及时对症下药，解决辅警队员的困惑和难题。如今，“辅警心声”信箱已经成为辅警大队与广大辅警之间一座沟通心灵的桥梁。

2010年11月5日深夜12时许，长江派出所治安辅助中队队员陈波在值勤过程中，被一辆过路的汽车撞成重伤。事故发生后，长江派出所领导及辅警中队领导十分重视，立即安排专人进行协助处理，并多次去医院探望受伤的陈波，送上慰问品及慰问金，叮嘱他在养伤期间要注意饮食，安心休养，争取早日康复。而在陈波住院期间，辅警队员们也自发去医院看望了他，让陈波切切实实地感受到了辅警队伍这个大家庭的温暖。

从2009年开始，昆山各区镇派出所相继成立了工会，工会的成立进一步增强了辅警队伍的凝聚力和向心力。

2010年7月9日，曹安派出所教导员带领治安辅警中队部领导顶着烈日来到辖区世博治安卡口及各治安岗亭，亲切慰问了正在执勤的辅警队员，表扬了他们不怕苦、不怕累、坚持奋战、无私奉献的精神，并送上了纯净水、清凉油等消暑物品。辅警队员们也纷纷感谢领导的关心和体贴，表示将更加努力做好世博安保工作。

2010年8月17日上午，周市派出所治安辅助中队队长、指导员前往巴城培训基地慰问了正在那里艰苦培训的五名队员，并为在操场上耐着高温坚持训练的队员们送上了水果、饮料等慰问品。

近年来，在昆山市治安辅警大队的关心和指导下，各区镇派出所都把从优待“辅”作为一项重要工作来抓，通过积极落实各项措施来关心辅警身心健康，丰富辅警精神生活。

2010年1月31日下午，千灯治安辅助中队举办了第五届健身趣味体育比赛，比赛活动有打扑克、跳绳、投篮、打乒乓球、跑步、拔河等项目。在各项趣味横生的比赛项目中，辅警队员们放松了心情，锻炼了身体，促进了友谊，增强了团队精神。

2010年11月11日，城西派出所组织辅警队员到青岛旅游三日。这次旅行不仅让辅警队员们开阔了眼界，同时也感受到了领导的关怀。通过这次旅游休假，辅警队员们不仅缓解了工作压力，消除了心理障碍，排除了情绪困扰，更提高了工作积极性，增强了职业责任感。

正如辅警小朱说的，“虽然在别人看来，单位组织旅游是很正常的事情，可是对于我们辅警来说，真的是一件不容易的事情。相比以前，我觉得我们辅警现在越来越受到领导重视了，我们只有更加努力地工作，才能对得起这份工作。”

下篇：任重而道远

光明的前途，曲折的道路，在跋山涉水的征途上，希望的光束一直照耀着脚下的泥泞，力量在凝聚，信心在滋长，执著伴着一路仆仆风尘。

以人为本，每一项新的举措蕴含着新的潜能。创意警务，每一个金点子都闪耀着智慧的光芒。文化芬芳，每一种才艺都在人生舞台上肆意挥洒……

时光记录着探索的艰难和耕耘的辛劳，翻过一页一页浸透着鲜血与汗水的动人篇章，穿过层层迷雾，一片崭新的天地展现在眼前。

海阔凭鱼跃，天高任鸟飞，每一种声音都收到了最响亮的回音。

在社会治安防线上，有一道风景巍然耸立。

祖国和人民都会珍惜和爱护这一道风景。

而这一切，任重而道远……

我的“地盘”我做主

在昆辅警网站上有一个“辅警创意专栏”版块，其中有一个子栏目叫“辅警工作室”，上面建立了十六个治安辅警个人工作室。这是昆山治安辅助大队在2010年新推出的创意活动，从全市五千多名治安辅警中精心挑选出在“队伍建设”“巡防抓获”“文书写作”“协管保安”方面的佼佼者，建立以辅警名字命名的个人工作室，只要点击某个辅警工作室，画面上就会跳出“辅警介绍”“工作方法简介”“最新成果”“辅警论坛”四个项目。这些汇集了治安辅警们在某些工作领域上的优秀经验成果和智慧精华的个人工作室，是治安辅助队伍管理上又一个新的探索和尝试。个人工作室一经推出立即在辅警队伍中产生强烈反响，辅警队员们通过相关工作室互相交流学习，许多优秀的工作方法被推广运用，信息资源得到最大限度的共享。

对此，昆山市治安辅助大队张华大队长感慨道：“辅警个人工作室的建立，让我们看到了这支队伍的潜能和活力。事实证明，只要给他们提供一个平台，他们的能力和才智就会被不断地挖掘出来，这对于辅警队伍的成长是非常有利的。”

李文智工作室

在队伍建设方面，李文智工作室的访问率是最高的。

李文智2002年参加治安辅助工作。这个70年代出生的年轻人，勤奋好学，肯动脑筋，又具有吃苦耐劳的精神，很快就从一名普通队员升任为城西派出所治安辅助中队中队长。在近十年的治安辅助工作中，李文智不仅入了党，自学拿下了本科学历，而且在辅警队伍管理方面探索出了一条新路子。在全市治安辅助中队中队长中，李文智的领导能力和管理能力是数一数二的。2006年，李文智被评为昆山市“十佳辅警班队长”，并先后七次被评为“先进个人”，两次获得“见义勇为”表彰。

为进一步规范辅警队伍管理，提高辅警素质修养，2009年4月，李文智推出“三个会”制度，即“每日晨会制”“每周例会制”“每月总结制”，严抓辅警队伍建设，力推辅警管理工作转型发展。

每天早上7时50分，李文智组织列队召开交接班辅警晨会，并进行点名、签到。会上，由李文智讲评前一值班日工作情况，通报辖区发案警情，布设当天处警、巡防、看守力量，对辅警队伍出现的苗头性问题，及时指出，督促改正。

每周五下午，李文智又组织召开辅警指导员及班、队长例会，并邀请派出所所长参加，通报所内一周工作动态及打处绩效，由所长明确工作重点和要求，班、队长需作每周情况汇报及下周工作计划。

围绕派出所打处、控案中心工作，每月底，由所长主持召开全所治安辅助人员大会，阶段性总结辅警在执勤、执法、巡防控案等工作方面的成绩和不足，深刻剖析原因，会同辅警队长，在广泛征集全体辅警意见的基础上，适时调整考核内容、制订工作机制。

自从“三个会”制度执行以来，城西治安辅助中队的精气神和管理水平都得到了进一步的提升。

李文智人如其名，在城西中队是有名的“智多星”“点子大王”。自2010年苏州“创意警务之窗”运作以来，李文智担任城西派出所创意警务工作小组副组长，负责派出所辅警日常的创意警务组织指导工作。无论是在数量还是质量上，李文智的“金点子”在派出所警务小组里总是独占鳌头，引发了全所辅警队员的强烈共鸣，为派出所创造了浓厚的创意氛围。为进一步拉近警民距离，更好地为群众服务，李文智还专门为城西派出所辖区内的老年人设计了一种联系卡，来帮助解决老年人走失、迷路问题。

王达工作室

“这五种分析车牌号的方法值得我们学习，在以后的研判工作中会用得上，感谢王达。”

这是吴淞江派出所治安辅助中队的陆珏在王达工作室《如何分析车牌号的一些思考》跟帖的一段留言。

在派出所巡防抓获这一块领域，陆家治安辅助中队的王达可是个响当当的人物。

王达是一名优秀的退伍军人，2007年加入治安辅助队伍，2009年开始从事信息研判工作。在这个重要的岗位上，王达充分发挥在部队时通过函授学习学来的知识才能，同时以一名共产党员刻苦钻研的干劲儿，时刻钻研业务技能，虚心向民警学习，保质保量地完成了派出所交办的研判任务，并利用自己熟悉的监控知识，协助公安机关破获了多起重大案件。

点击进入王达工作室，一股专业气息扑面而来。经验总结类、高危人群专题分析类、涉案图像信息类、高危车辆图像信息类、近期关注案件类、他山之石类等专题子栏目井井有条地排列在那里。

全市各区镇派出所治安辅助中队从事信息研判的辅警队员每天都喜欢到王达工作室来转一转，看看有什么新的工作方法和经验可以互相讨论和交流。

在信息研判工作方面，王达自有一套好方法、好经验，概括起来就是“用心、好学、多思、细抠、创新”。王达曾经做过两年的视频监控操作员，积累了许多视频监控知识，因此在信息研判工作中，他会灵活运用视频监控，仔细查看每个案发地周围的监控点，注意发现可疑人员和可疑车辆，特别注意车辆特征、车牌号码及车上摆放物品。一旦发现嫌疑人，王达就会查询其来回轨迹，分析其活动区域，将其与周边派出所发同种类型案件的嫌疑人进行比对串并。

通过许多实战经验的积累，王达知道，车牌是破案的关键，如有可疑车辆，应立即联系抓拍并进行分析，利用车辆智能抓拍关注其轨迹。为此王达刻苦钻研，熟练掌握了各类监控系统拷贝、查调等操作方法，并熟悉辖区内监控分布情况。2010 年 5 月 18 日至 6 月 22 日，陆家派出所辖区先后接到七起柴油被盗案件。王达协助办案民警查看监控录像分析并串并，发现作案人为同一伙人，并利用卡口抓拍分析出嫌疑车牌号为苏 EP62 × ×、苏 EMV6 × × 等牌照，而后又利用卡口抓拍轨迹、高危人员信息分析出作案人身份信息和暂住区域。7 月 7 日，陆家派出所会同刑警大队在张浦辖区将作案人刘某等 6 名犯罪嫌疑人抓获，成功捣毁 3 个藏油窝点，缴获柴油 30 桶，涉案价值 2 万余元。

陆蓉华工作室

“当上报的信息和简报被录用时，就是幸福；当弟兄们的见义勇为先进事迹通过我的文字表达出来时，就是幸福……其实幸福很简单，它无时无刻不在我们的身边。因为幸福就是点点滴滴的积累，是一种充实，一种满足……”

这是陆蓉华工作室里一篇名为《我的幸福》的文章里的一段文字。1986年出生的陆蓉华是个清秀文静的女孩，自2006年加入治安辅助队伍，一直在信息内勤岗位上勤勤恳恳地工作着。

提起内勤这个岗位，许多人认为就是写信息、填报表、作总结等，不是简单、乏味就是忙碌、繁琐。在吴淞江派出所治安辅助中队四年多的内勤工作，陆蓉华从一个一份报表都填不好的生手渐渐锻炼成为一名优秀的内勤能手，由她摸索总结出来的一套内勤工作方法——“三观念和三勤”，在个人工作室推出后，很快在全市各区镇治安辅助中队推广运用。在文书写作方面，陆蓉华是大家公认的“才女”。

作为一名内勤辅警，陆蓉华十分注重大局观念，在日常生活中密切联系一线，主动搜集队员们的工作情况和思想状态，做到勤动嘴、勤动手，将有关信息记录后归纳整理，并及时汇总反映给中队领导。同时，陆蓉华加强信息搜集工作，平时多浏览公安网页和相关论坛，多看各类公文写作书籍以及相关的报纸杂志，把其中有参考价值的资料下载或者剪贴下来。陆蓉华有一个被同事们戏称为“葵花宝典”的笔记本，上面记录的就是她每天收集整理到的一些重要资料。

陆蓉华说，做好内勤工作，还有一项重要的基本功就是“勤调查”。对先进典型要勤调查，并总结他们的成功经验，研究出带有规律性的东西。对辅警队员生活状况要勤调查，了解其在日常生活中需要重点解决的困难或家庭问题，及时上报领导，落实从优待“辅”政策，为大家解决实际困难。对中队考核情况要勤调查，对考核发现的问题，要调查原因，协助中队领导做好整改措施的落实。

陆蓉华的“三观念和三勤”内勤工作方法使她做到各类信息、总结、情况汇报和报表及时准确，台账清晰全面；做到领导问起张口就答，上级检查从容过关。因为工作出色，陆蓉华先后多次被评为“治安辅助先进个人”。

作为一名派出所的辅警内勤，用陆蓉华自己的话来说，她是在每天快乐而忙碌地生活着。

倪春雷工作室

2010年8月，倪春雷工作室一经推出，第一个月的点击率就逐日上升。都说群众工作最难做，这个倪春雷究竟有何法宝可以做得那么好？

在协管保安工作领域，倪春雷的“三心”“四力”“五注意”群众工作法就如同教科书一样具有榜样性和指导性。

1978年出生的倪春雷是从治安联防队整编到治安辅助队伍里的，十二年来一直在城中派出所治安辅助中队负责管理协管员，做好社区工作。自1999年参加工作以来，倪春雷连续多年被评为先进个人。

在工作中，倪春雷始终牢记全心全意为人民服务的宗旨，“用心”“真心”“耐心”对待每一位群众，用“亲和力”“感染力”“公信力”“说服力”做好群众工作，一切从群众的权利、尊严和利益出发，在做群众工作时，要学会忍耐、控制自己的情绪，做到说话和气，以理服人，以情感人。倪春雷在接触群众时，凭多年的工作经验能够准确判断工作对象的综合层次，以对方最易接受的切入点和方式入手，力求得到接纳与沟通，同时耐心地倾听，对群众所述之事不随意发表是非评论，并适度地表示了解与理解。对于群众的合理诉求，倪春雷总会正确处理好工作职责与服务群众之间的关系，能为群众办到的及时办好，暂时办不到或者不能办的事情，则及时向群众做好解释工作，同时向社区民警汇报。

“小倪是个得力的助手，社区民警平时工作很忙，有些事情交给小倪去办，他一定办得比你自己做的还要好。”城中派出所社区民警老王称赞道。

倪春雷做社区工作的时间比有些社区民警还要长，各方面的事情接触多了，工作经验也丰富了，所里新分配来的社区民警也常常要向他请教。倪春雷性格随和又虚心好学，有什么想法都乐于与人互相交流学习。

长期的摸索研究，倪春雷总结了一套业务工作归纳法，将人口管理与房屋管理合并为一块，将所有信息资料汇总为一块，将治安检查防范等服务群众工作归为一块，社区各项工作在他手里做得井井有条，驾轻就熟。他本人就像一本“活字典”，所里想要了解什么信息，倪春雷总能做到张口就答。

倪春雷不仅自己工作干得出色，作为协管员带班人，他管理协管员也有一套科学方法。在工作中，倪春雷每周开展一次协管员工作例会，组织队员学习各项规章制度和上级下发文件精神，掌握队员思想动态，关心队员工作生活，努力提高队员们的思想素质和业务水平。几年来，倪春雷的班组一直是城中派出所里的先进集体，多次受到上级部门的表彰。

“金点子”的神奇魔力

用脑子干活

2010年8月23日，在苏州市公安局一周局办公例会上，一个“巧用EXCEL表格，提升人口普查工作效率”的金点子被推广应用到公安机关人口普查工作中。

这个小小的金点子让数千名奋战在全国第六次人口普查工作中的社区民警和户口协管员们从大量繁琐的统计工作中解放出来，节省了时间，提高了工作效率。“真没想到，今年用了这个EXCEL表格统计人口，工作起来又省心又省力。想出这个办法的人真是个天才!”一名户口协管员赞叹道。

想出这个金点子的人是谁?他不是天才，却是个人才，他就是昆山市公安局蓬朗派出所治安辅助中队的薛林。

“创意警务”这个名词对于苏州地区的老百姓来说并不陌生。2009年初，苏州在全国率先提出了“创意警务”理念。所谓“创意警务”就是指引导广大民警和辅助人员学习先进的理念，掌握科学的思维方法，充分激发创新意识和创新潜能，推进警务机制、警务手段的设计革新，最大限度地将智力成果转化为现实战斗力，以最小的成本获取最大的效益，实现内涵式发展、无增长改善的警务。

如果想简单一点儿，用苏州市副市长、公安局局长张跃进的话说，就是“用脑子干活”。

薛林就是这样一个“用脑子干活”的治安辅警。1971年出生的薛林是个勤奋好学的年轻人，2006年参加治安辅助工作，在蓬朗派出所干了四年的户口协管员，在此期间积累了不少工作经验。2010年9月，薛林因工作需要调到蓬朗治安辅助中队内勤岗位上。内勤既是承上启下、协调左右、联系内外的纽带，又是传递信息、辅佐领导的助手。刚走上内勤岗位，薛林就通过努力做出了一番成绩，他经过摸索实践创造了一套内勤“七勤”工作法，即心勤、手勤、腿勤、眼勤、耳勤、嘴勤、脑勤。

在内勤工作中，薛林最具特色的就是“脑勤”。内勤工作繁杂而忙乱，各类数据、信息、报表如山似海，薛林总能从中找到一条捷径胜利过关。2010年7月，昆山市局治安辅助大队在全市开展辅警创意活动，薛林如同找到了一个施展才华的舞台，一个个凝结着他的智慧精华的“金点子”一个接一个冒了出来。

善于观察勤于动脑的薛林发现，在全国第六次人口普查中，户口协管员们还在沿用以前的统计表登记人口信息。做过四年户口协管员的薛林知道人口普查工作的繁琐和辛劳，如何才能减轻户口协管员的工作压力？经过一个多星期的冥思苦想，薛林发现用EXCEL表格统计人口能有效提高工作效率，于是一个“金点子”就这样诞生了。

“巧用EXCEL表格，提升人口普查工作效率”的金点子在昆山辅警创意专栏登出后，引起了大家的关注，昆山市公安局又将该“金点子”上报到苏州市局，苏州市局一周局办公例会上一锤定音，这个“金点子”很快就被推广应用到实际工作中。

如今，在昆山辅警创意专栏上，薛林开创了自己的个人工作室，这个“用脑子干活”的年轻人，用智慧和才干在治安辅警队伍中闯出了自己的一片天空。

辅警创意同样精彩

2011年4月14日下午，25岁的王斌坐在张浦派出所治安辅助人员“战训学校”的教室里，认真而又激动地聆听授课老师的讲话。

之所以认真，因为这堂课是张浦派出所邀请苏州今朝电子有限公司的技术员来授课，讲述的内容是在信息采集仪上添加电瓶车盘查功能软件的应用。通过学习，王斌和辅警队员们可以掌握如何对可疑电瓶车进行盘查，加大对电瓶车的盘查比对覆盖面，有利于压降电瓶车盗抢案件的发生及提高被盗电瓶车地找回率。

之所以激动，因为治安辅助人员“战训学校”的开办缘于一个“金点子”，而想出这个“金点子”的人就是王斌。王斌在辅警创意专栏上提出建立一个“辅警战训学校”，这个“金点子”很快就被昆山市局采纳。2011年4月，在张浦镇党委、政府的支持下，经过三个月的筹备建设，张浦派出所治安辅助人员“战训学校”正式开课。“战训学校”是张浦派出所为了进一步提升全体治安辅助队员的综合能力而创办的，是创意警务活动中又一个开拓性举措。

在昆山辅警创意网站上，“辅警创意专栏”绝对是一个点击率最高的栏目，因为这是一个充满智慧与才华的舞台。在这里，每一句话都闪烁着思想的火花，每一个“金点子”都蕴含着无限的能量。

如果说“创意警务”在苏州市公安机关掀起了一场“头脑风暴”，那么，在昆山市公安机关，与人民警察同行的五千余名治安辅警也在这场“头脑风暴”中找到了自己的“爆发点”。

2010年7月14日，昆山市局辅警大队召开了辅警创意专栏工作会议。会上，辅警大队张华大队长介绍了创意警务产生的背景、概念特点，分析了辅助人员创新创意的优势，并对如何创新提出了具体要求，要求各辅助中队通过组织推动的方式，以辅警创意专栏为平台载体，强力推进辅助人员创意警务工作。

“是否将专栏信息录用列入队伍绩效考核?”

“如何将创意警务思想延伸到整个辅警队伍?”

“专栏优化发展的方向在哪里?”

这是在2010年8月17日“辅警创意专栏”恳谈会上的三个讨论题。围绕这三个问题，全市25个治安辅助中队33名创意小组成员在会上进行了热烈的讨论。

自从昆山市治安辅助大队开展“辅警创意”活动以来，在辅警队伍中刮起了一股“创意风”，每个中队的创新创意氛围空前浓厚，辅警队员的工作潜能得到了充分挖掘，大家的聪明才智被开发出来，一个接一个凝心聚智的“金点子”被亮了出来，并且涌现出了提出提升巡逻防控效能、创新推行暗哨便衣巡防机制的千灯派出所辅警唐琴敏，在校园秩序整顿中摸索出校园安保“五字口诀”保护人身安全的淀山湖派出所辅警陈亮等一批具有代表性的创意标兵。

“辅警创意”让治安辅警从旁观者变为参与者，在公安机关创新优化发展中发挥着不容忽视的作用。事实证明，辅警创意同样精彩。辅警创意活动受到了昆山市局的高度重视，在市局领导的支持下，昆山辅警大队建立了“创意之星”“五佳金点子”评选机制，每月评选一名“创意之星”和五个“金点子”，并给获选的队员颁发奖金和证书。

辅警创意，真的很精彩!

心有多大，舞台就有多大

唱出我们的心声

“铮铮铁骨，奉献依靠；拳拳爱心，追求崇高。我们是辅警，光荣的称号……我们与人民警察同行，是一样荣耀，我们与人民警察是一样荣耀。”

这段熟悉的旋律，这些熟悉的歌词，对于昆山治安辅警来说，几乎每个人都会哼唱两句，因为这是他们自己的歌曲，唱出的更是他们的心声。

提起《与人民警察同行——辅警之歌》，就不能不提到他的词作者小黑。在昆山市公安系统，小黑是一个响当当的人物，写得一首好诗，下得一手好棋，文武双全，才艺不凡，幽默风趣，说学逗唱几乎样样拿手。

1994 年 5 月，时年 26 岁的陈士同来到昆山市城中派出所成为了一名治安联防队员。因为人长得黑，“小黑”的绰号就慢慢地叫开了。别看小黑平时大大咧咧，嘻嘻哈哈，工作起来却是粗中有细，绝不含糊。因为工作表现出色，陈士同先后多次被评为先进个人，2004 年通过考试转编为治安辅警后，又被任命为城中派出所治安辅助中队中队长。“黑队”是陈士同的另一个昵称，在繁忙的工作间隙，陈士同总是用他那张能说会道的嘴把队员们逗得哈哈大笑，疲劳和倦意也被一扫而光。

2008年6月，苏州市第二届公安文化周系列活动启动，各地公安系统的公安民警和治安辅警都以不同形式的文艺节目充分展现了各自的职业风采。当这届文化周活动在《人民警察之歌》铿锵激越的旋律中落下帷幕时，坐在观众席上的陈士同却在心里泛起了阵阵涟漪。

耳边还盘旋着《人民警察之歌》的旋律，可是陈士同的心里却在想，在建设“平安昆山”“和谐昆山”的舞台上，有四千多名治安辅警与人民警察一起并肩战斗、默默奉献、无怨无悔，如果能有一首表达广大治安辅警的心声，展现新时期治安辅警形象的歌曲就好了。

怀着找歌的愿望，陈士同开始在网络上搜索，希望能借助网络查询到一首关于辅警的歌曲，但是没能如愿，当时在全国范围内还没有出现一首专门为辅警写的歌曲。于是受到《人民警察之歌》的启发，具有一定文学功底的陈士同萌发了自己创作“辅警之歌”的冲动。在对十余年工作的回忆和感怀中，陈士同仅用了两个小时的时间，就写出了一首内容贴切、精神激昂、节奏优美的歌词。随后，陈士同又来到昆山市文化馆，邀请昆山著名作曲家杨瑞庆老师为这首歌词谱曲。被陈士同的敬业精神和想法感动的杨瑞庆老师，专门抽出时间到城中派出所体验生活，现场感受治安辅警们的日常工作与生活，为这首歌词配上了气势昂扬的旋律，并邀请音乐人士试唱且录制了MV。

这首歌曲一经问世，立刻引起了社会各界的广泛关注，尤其是广大辅警队员更是感到精神振奋。因为那一句句情真意切的歌词道出了治安辅警的拳拳心声，因为那一个个激昂励志的旋律展现了治安辅警的精神风采。

如今，这首《与人民警察同行——辅警之歌》成为全国公安系统第一首辅警原创歌曲，并在广大辅警队员中争相传唱。2010年，昆山市公安局治安辅助大队还将这首歌列入新上岗治安辅警的培训内容，每一名新加入辅警队伍的队员都要学唱这首歌曲。

第一本辅警杂志

2011 年 7 月 28 日上午，石浦派出所治安辅助中队的辅警小杨正在治安岗亭内记录执勤台账，突然一阵短信提示音响起，小杨拿起手机看了一下，原来是中队发来的短信：

“全体辅警队员注意了，我们辅警杂志《剑之光》第三期已经出版了，请大家在辅警网站上点击阅读。”

小杨笑着收起了手机，心里盘算着趁中午吃饭的时候到中队内勤室去上网看看，因为这一期杂志上有一篇文章还是他自己写的巡防工作经验，他一定要先睹为快。

同日下午，蓬朗派出所治安辅助中队通过截屏方式制作了 PPT，向各分队、警务室告知辅警杂志《剑之光》第三期刊出的消息。这主要是为了弥补部分一线队员无法接触公安内网的不足。

2011 年 7 月 31 日上午，锦溪派出所利用晨会时间组织辅警骨干传阅辅警杂志《剑之光》第三期，并就杂志上的一些创意“金点子”展开了热烈地讨论。

在一个星期内，上至公安局领导，下至一线治安辅警，人人都在以不同的方式阅读这本《剑之光》……

说起《剑之光》这本杂志，那可是昆山治安辅警的骄傲。这是全国第一本辅警自己的读本，由辅警自己编辑制作的内部刊物。说到《剑之光》的创立，还得提到一个人，她就是城西派出所治安辅助中队的内勤辅警朱小芳。

朱小芳是昆山治安辅助队伍中有名的“才女”，写得一手好文章。在内勤岗位上，朱小芳是个出类拔萃的冒尖人物，她写的公安信息材料和工作简报曾多次受到领导的表扬。在公安对外宣传方面，朱小芳的宣传通讯稿时常出现在各类报纸杂志上。“十笔”“蓝龙”

是她的笔名，而她的小说更是在江苏公安文化网站上多次连载。

怀着一份对文学的执着和对辅警工作的热爱，朱小芳用她的一颗心和一支笔写出了许多关于辅警的情感故事。然而，她总觉得还缺了些什么。人称“智多星”的她在一次与同事们的闲聊中，突然冒出了一个大胆的想法，创办一本辅警自己的刊物。

朱小芳的这一想法很快就得到了昆山市公安局治安辅助大队张华大队长的大力支持。经过两个多月的前期准备，2011年3月，第一本属于辅警自己的内部刊物——《剑之光》，刊印四千册，带着一股油墨之香走进了全市治安辅警的视线。季刊《剑之光》由昆山市公安局政治处主办，公安局局长何苏华为总策划，政治处主任韩国强监制，治安辅助大队队长张华和辅警朱小芳负责编制工作。

杂志封面上，一队特勤辅警带着警犬在一名公安民警的带领下雄赳赳地走在巡逻线上。第一期《剑之光》下发到各区镇派出所后，立刻引起了广大治安辅警的共鸣。“各所动态”“剑光视点”“辅警创意”“每季一星”“摄影报道”“剑光文苑”“他山之石”“人物纪实”“交流信箱”“心理课堂”，十个精心制作的栏目紧跟时势，贴近基层，主要收集季度内全市各个辅助中队在政工简讯、创意警务、辅警文化、先进典型等方面的讯息，以图文并茂的形式展现给读者，并在昆山辅警网站上同步设立电子版。

为了提高杂志质量，查找不足，在发放第一期杂志的同时，昆山市治安辅助大队还一并下发了《杂志意见征求反馈单》，希望广大读者对杂志在编辑排版、内容挑选等方面提出宝贵意见和建议。

《剑之光》杂志不仅辅警队员们喜欢看，公安局领导和派出所领导也喜欢看，从中可以掌握辅警工作动态和思想脉搏，创新辅警队伍管理方法。与辅警朝夕相处的公安民警也喜欢看，他们觉得辅警队伍里面真是卧虎藏龙，文学、摄影、创意警务方面的人才比比皆是。

一颗星星的光芒是微弱的，一片灿烂的星空是令人惊艳的，《剑之光》凝聚了一个个平凡辅警的故事，向人们展现了一片属于治安辅警的绚丽星空。

打开视频这扇“窗”

“在网站上看了一小段时间的《幸福》课程，让我前阵子浮躁的心情改变了很多。忙碌的工作，生活的琐事，让我看的进度比较慢。但是挤出一点儿时间静下心来，看一看，思考一下，这对树立正确的人生观和世界观有很大的帮助。希望大家都来看一看，让我们一起聊聊幸福。”

——属名“wyh”

“看了辅警网站的《哈佛幸福课》，让我受益匪浅。它真的是一门很有意思的课程，让我增长了不少见识，亦打开了不少心结，感谢辅警网站，希望可以继续！”

——属名“重新认识自己”

“辅警办在视频里播放了现在网上很火爆的《幸福》，用意不言而喻。幸福不是别人给的，不懂得幸福的含义，不懂得获取幸福的人，就是成为亿万富翁也是不幸福的。学会用积极的心态换一种眼光看问题，你会发现幸福不在别处，就在你心里，只是你心里的杂草把它掩盖住了。去看看《幸福》，可能你会有所领悟，从心里蹦出一些幸福的火花。”

——属名“无名”

……

以上这些是2011年7月在昆山辅警网站“辅警心声信箱”里一些辅警队员的留言。这些热切的言论源于昆山市治安辅警大队2011年6月21日在“昆山市公安局辅警之歌视频点播系统”之“学习园地”上播放的哈佛大学公开课《幸福课》。这一视频课播出后，全市辅警队员争相观看，并发表了不少关于自己对于“幸福”的见解和想法。

对此，辅警大队队长张华说：“之所以把《幸福》课程放到网上，就是想通过这个课程找到我们大家共鸣的东西，如果大家都认可这些东西，那么这些东西就是凝聚我们辅警队伍的精神核心，这也是目前我们辅警队伍最需要的东西。”

为了更好地反映当前辅警队伍的精神面貌和良好的工作作风，展现新时期治安辅警的新形象，从2010年3月开始，昆山市公安局治安辅助大队充分利用网络优势，在昆山辅警网页上开辟了辅警DV栏目，将原先辅警网站上的“辅警之歌”栏目调整为发布辅警视频的平台，专门发布基层辅警中队自己拍摄的DV、有关辅警工作的MV及先进人物事迹宣传片等，同时还收录部分全国有关辅警宣传的视频。这些真实生动的画面让更多的人走近辅警，了解辅警，从而更加关心和支持辅警工作。

2010年10月，昆山市治安辅助大队组织全市辅警开展了以“寻找—感动我的辅警故事”为主题的文学摄影活动，活动以弘扬新时期辅警精神为主线，通过文学和摄影的手法反映辅警队员在工作、学习和生活中的感人事例，充分展现辅警队员积极向上、团结奋进的精神风貌。

活动开展后，全市各区镇治安辅助中队热情高涨，积极参与，踊跃投稿。在这次活动中，治安辅助大队共收到征文类作品22篇，摄影类作品17篇。

烈日下的巡逻设卡，夜幕下的伏击守候，监控中的明察秋毫，救助中的英勇无畏……真实生动的画面，熟悉亲切的人物场景，让感动一次又一次在拍摄者和观看者的心中涌动。正如在这次文学征文中获奖的《寻找，那一抹感动的身影》一文中所写的：“感动就在平凡之中。也许，是办证窗口那一抹亲切的笑容；也许，是接警电话中那一丝关切的情怀；也许，是视频监控前那一道专注的目光；也许，是文山书海里那一个伏案的背影。”

打开视频这扇“窗”，让辅警队员们找到了一片更广阔的天空，也让浏览这个视频系统的领导和民警们看到了辅警队伍浓厚的文化氛围。

过年了，各区镇治安辅助中队纷纷就地取材录制了新年祝福

DV。“七一”党的生日，《1921－2011，党旗下的我们》记录了党员辅警的先进事迹。单位里有同事升职调任了，《我们一起走过》《忆往昔，话离别》记录了曾经相处的点点滴滴……

“关注辅警视点，走进辅警文化，聆听辅警心声，精彩辅警生活，听众朋友们大家好，欢迎大家收听昆剑之光——辅警之声栏目……”2011年6月23日，随着女主播晓宇甜美的声音响起，全国首家辅警网络电台——昆山“辅警之声”栏目正式开通了。这是昆山治安辅助大队将网络传播的快捷性和声音载体的感染力有机结合，全新推出的一个栏目。

“辅警之声”栏目分为“辅警视点”“辅警文化”“辅警心声”“辅警生活”四个小栏目，分别用声音的形式，宣播昆山辅助队伍最新新闻、辅警文艺展示、辅警优秀事迹、辅警关注话题、辅警生活趣闻等，全方位展示昆山辅警风采和辅助队伍发展进程。“辅警之声”从版面设计、题材选定、后台录播和后期制作全部由辅警队员自编自创完成，采用MP3和SWF等格式为载体，适用于多种播放格式，便于网络流传、下载，公安网、互联网上均可链接、播放、下载。

“辅警之声”栏目在网上公安机关开播以来，深受各级领导的大力支持及辅警队员的广泛关注，它不仅加大了辅警文化的氛围，增进了辅警队伍内部的和谐和荣誉感，更赢得了群众的赞誉，得到了良好的社会效应。

“想不到昆山的辅警文化做得如此出色，他们的做法值得我们学习和借鉴。”一位外市公安系统负责辅警队伍管理工作的工作人员称赞道。

全国首家辅警文联

“你看那——昆山辅警爱岗敬业付心血，条条战线下苦功……

你看那——昆山辅警警营建设立风格，文化丰富添色彩……

你看那——昆山辅警转型优化志在行，创意层出谱新歌……”

随着一阵欢快的乐曲声响起，八名英姿飒爽的女辅警队员从舞台两侧鱼贯而出，惊艳地亮相在舞台上。统一的辅警制服，优美的舞蹈动作，欢快的音乐节奏，精彩的快板儿说唱，一下子吸引了场下观众的目光，随着舞蹈动作和快板儿唱词的不断变化，如雷般地掌声一阵高过一阵……

“快看，那些是女辅警呀，她们的服装真漂亮！”

“她们的快板儿打得真不错，舞也跳得好！”

“听说这是她们自编自演的节目，看来有些才华。”

……

场下的观众们在窃窃私语，音乐舞蹈快板儿《昆山辅警新风赞》让人们第一次感受到了治安辅警队伍中散发出来的文化气息。

2010 年 11 月 19 日晚，在昆山市张浦镇文化广场上举办的一场法制文艺专场活动中，《昆山辅警新风赞》给在场的领导和广大群众留下了深刻的印象。人们对治安辅警的认识从原先的模糊、呆板和单一化，渐渐转变成清晰、生动和多元化。治安辅警不仅仅只知道巡逻和站岗，视频监控、交通指挥、户籍窗口、救危解难、捐献骨髓等，治安工作中每一个岗位上都有辅警队员的身影。《昆山辅警新风赞》不仅生动形象地展现了新时期昆山辅警的工作和生活情景，也让人们看到了辅警队伍中文艺人才辈出的喜人景象。

随后的半年时间里，《昆山辅警新风赞》多次亮相于昆山市各区镇法制文艺专场舞台，辅警队伍形象在人民群众的心中有了明显提升，广大辅警队员对此也充满了自豪感和荣誉感。

用文化点亮辅警风采，这是昆山治安辅警大队在辅警队伍管理建设中积极探索出的一个新途径。积极利用人文文化来提高辅警队伍的凝聚力，牢固树立辅警队员的主人翁精神，强化辅警团队意识，精心打造“文化辅警”品牌，广开宣传渠道，延伸辅警亮相舞台，展现辅警新形象，使辅警队伍逐步走向正规化。

遵循这一思想路线，辅警大队队长张华决定把辅警队伍中具备各项文艺才能的辅警队员组织起来，成立一个昆山辅警文学艺术联合会。

2010 年 9 月 19 日下午，一个具有历史里程碑式的会议在长江派出所四楼会议室召开了。全市各区镇治安辅助中队文学艺术骨干共 23 人参加了“昆山市治安辅警文学艺术恳谈会”。会上，张华大队长就发展辅警文学艺术联合会的目的、内容及今后工作的发展趋势作了重要讲话。文艺骨干们集思广益，畅所欲言，为辅警文艺联合会的筹备工作提出了许多宝贵的意见和建议。

在昆山市公安局和昆山市文联等相关部门的指导和支持下，昆山市治安辅警文学艺术联合会正式成立了。辅警文联下设文学、音舞戏曲、书画、影棋四个分协会，现有会员 21 名，陈士同、陆海燕、姜婷、费巧芳等辅警队员是会员中的佼佼者。辅警文联的成立使广大辅警队员有了施展才艺的广阔天地。

继音舞快板儿《昆山辅警新风赞》之后，辅警文联的会员们又自编自演了小品《髓动我心》。小品以辅警队伍中骨髓捐献者朱雪林、张海强、戴振宇等人为原型，塑造了“施福金”这一人物形象，把辅警队员在参与造血干细胞捐献过程中与家人之间发生的真实故事通过艺术加工搬到了舞台上。

2011 年 4 月 10 日晚，在昆山市高新区法制文艺专场的舞台上，《髓动我心》第一次与观众朋友们见面。舞台上，辅警队员陆海燕、姜婷、费巧芳三人把“施福金”骨髓配对成功后家庭矛盾的产生，到他以坚定的信念赢得家人理解这一过程中的每个诙谐幽默、感人至深的瞬间演绎得惟妙惟肖，充分展现了新时期辅警充满爱心、乐于奉献、忠诚于民的高尚品质，赢得了在场所有观众的热烈掌声和喝彩声。

人称“开心果”的姜婷可谓多才多艺，与费巧芳两人被称作舞台上的“黄金搭档”，两人的舞台表演能力在辅警队伍中是一流的。接下来，她们又准备推出自编自演的小品《巡逻》，旨在讴歌一线巡逻辅警的苦与乐，充分体现昆山辅警队伍是一个吃苦耐劳、乐于奉献、勇于拼搏的光荣团队。

相信明天会更好

一个专栏带来的信息

2011年3月14日《姑苏晚报》第12版上，一张英姿飒爽的女辅警照片吸引了广大读者的注意，而旁边的一篇通讯报道《一句玩笑，有了一台“春晚”，多才多艺的姜婷成了大伙的“开心果”》，让广大读者认识了这位来自昆山治安辅警队伍中的“开心果”姜婷。

“姜婷上报啦，姜婷上报啦！”

当天下午，昆山市公安局许多人（包括领导和民警）都看到了这篇报道，广大辅警队员们更是奔走相告，争相传阅。

中华园派出所治安辅助中队巡逻队员小张当时正在路上巡逻，听到电台里同事发送的这个消息，当即跑到附近的报亭买了一份《姑苏晚报》。

“这个女警察真漂亮！”报亭旁有人指着报上姜婷的照片说。

“她是辅警，是我的同事。”小张马上纠正道。

戴着眼镜的报亭主人一边翻阅着报纸，一边用肯定的语气说道：“看看，《姑苏晚报》要开专栏专门来宣传辅警啦！”

这真是一个好消息！小张笑眯眯地阅览着报纸，一边为自己的同事能够上报感到高兴，一边又为《姑苏晚报》中“我们身边的辅警”开栏里的一段话感到欣慰和自豪。

“从2004年开始，苏州街头出现了他们的身影，他们有个共同的名字——‘辅警’，经过几年的逐步发展，这支队伍的总人数已达到3.5万人，他们每天都在为‘平安苏州’的打造贡献自己的力量。

为了让市民对这支队伍有更深入地了解，《姑苏晚报》与苏州市公安局共同推出‘我们身边的辅警’栏目，或用文字或用图片来讲述他们的故事。”

而后，3月25日，《姑苏晚报》第11版《做辅警，只为心中正义》介绍了昆山市公安局城西治安辅助中队队长李文智的先进事迹。5月16日，《姑苏晚报》第9版《腼腆的王达，大伙眼中的‘一休哥’》，介绍了昆山市公安局陆家治安辅助中队王达的先进事迹。6月13日，《姑苏晚报》第9版《为了家乡的平安，他24小时待命》，则介绍了常熟市公安局巡防大队便衣中队辅警副队长缪健的先进事迹……

“我们身边的辅警”系列报道从一到二十再到N，《姑苏晚报》的两名记者范群和吴诚走遍了苏州市各区镇治安辅助中队，先后报道了一批优秀的辅警队员，在广大市民中产生了极大的反响。

“以前报纸上只看到过报道警察的，现在也有报道辅警的了，说明我们这支队伍越来越受到重视了。”

“我们的工作得到了上级领导的认可，老百姓也越来越关注我们辅警了。”

“从原先在警察背后默默无闻，到如今公开宣传辅警队伍，这是社会的一大进步。”

“辅警队伍为社会平安做出了积极贡献，媒体应该宣传他们。”

“《姑苏晚报》这个专栏开得好，让我们老百姓更全面地认识了这支辅警队伍。”

……

由于苏州警力有限，自2004年起，苏州开始在全市范围内招录治安辅助人员，直至目前，苏州全市范围内治安辅助人员总人数已经达到了3.5万余人，几近民警数量的三倍。

“现今在苏州，辅警队伍正在不断壮大，他们已经成为公安事业中一支不可缺少的力量!”苏州市副市长、公安局局长张跃进在接受《姑苏晚报》记者采访时说道。

治安辅助队伍已经成为维护社会治安稳定和推动公安工作科学发展的一支不可或缺的重要力量。如何管理好、使用好、发展好这支队伍是摆在全市各级公安机关面前的迫切任务和重要课题。为了充分发挥这支治安辅助队伍的重要作用，苏州公安局成立了全省第一家公安治安辅助人员专门管理机构，这在全国的辅警管理工作中，也属创新之举。近年来，苏州市公安局党委一直将建设辅警队伍的管理工作作为一项重要任务来抓，建立健全了一系列治安辅助人员的管理办法，出台了一系列治安辅助人员的奖励措施。同时建设了专门网站《苏州公安辅助人员网》，搭建了展示治安辅助人员风采的舞台。

如今，苏州市公安局又将这一舞台放在了外宣工作层面，与《姑苏晚报》联合开办“我们身边的辅警”专栏，通过这一平台向社会展示治安辅警良好的精神风貌以及丰富多彩的精神世界。

专栏的开办给人们带来了这样一个信息，那就是苏州的平安建设离不开治安辅助队伍，而苏州市公安局也在不断地努力，逐步改善辅警队伍的保障水平，不断提高辅警队伍的精气神，使辅警队伍逐步走向规范化、法制化。

“我们身边的辅警”系列报道，正在把辅警队伍的新风采一点一点呈现在广大人民群众的眼前……

立法，开启新的篇章

一

“辅警要立法啦!”

2011年3月，春天的脚步越来越近，在一缕缕和煦的春风中，一个振奋人心的消息在昆山治安辅警队伍中传播开来。

辅警立法？这是怎么一回事？

2011年3月3日下午，昆山市公安局治安辅助大队张华大队长率领工作组成员赴苏州市局参加了由政治部辅管处召开的辅助人员立法座谈会，应邀参加会议的还有苏州市政协委员、苏州大学专家教授、苏州市局各相关部门及基层民警、辅警代表等。会上，与会人员围绕辅助人员队伍的定义名称以及需立法规范的人员范围进行了探讨交流，并取得初步共识。

为什么要立法？

在维护苏州平安的工作中，大量的治安辅警分布在治安、交通、户口、消防、犬类管理、机关文员等领域，成为维护苏州社会治安不可缺少的一支重要队伍。然而，由于缺少基本的立法规范与保障，辅警队伍中存在着法律地位不明确、辅助职权及其行使不清晰、管理不规范、待遇偏低、人员素质参差不齐、人员流动性过于频繁等问题，一定程度上影响了辅警队伍的稳定和发展。

尽管近年来苏州市局党委高度重视辅助人员的管理工作，在全国范围内率先成立了专门管理辅助人员的工作机构，但是辅警队伍的管理工作依然是任重而道远。2011年，苏州市副市长、公安局局长张跃进提出了“辅助人员队伍参照民警队伍管理”的要求，并亲自推动辅助人员管理立法工作作为2011年度全局性战略工程。

为辅警出台一部地方性法规，这在全国尚属首例。这是一次大胆的改革，一次全新的创举。为此苏州市局多次邀请苏州市政协委员、苏大法学教授、各区镇辅管工作负责人及基层民警、辅警代表等召开专题研讨会，围绕辅警队伍的管理与保障方面进行了深入的探讨交流。

辅警要立法的消息在广大辅警队员中传开后，带给他们更多的是希望和期待，大家最关注的是两个方面：一是社会地位，二是工资待遇。

盼啊盼，辅警队员们终于盼来了《苏州市辅助警察管理与保障办法（讨论稿）》。

2011年8月4日下午，苏州市公安局在昆山市局召开全市辅助人员队伍规范化管理推进会。会上，苏州市局政治部辅助人员管理处杨盘生处长总结了两年来的辅管工作，分析了存在的问题，对下一步如何加强辅助人员管理工作进行了部署，并向大家通报了辅警立法草案起草的相关情况，对《苏州市辅助警察管理与保障办法（讨论稿）》进行了解读，并要求广泛发动宣传，让广大基层民警和辅助人员充分参与讨论，从公安工作实际和辅警队伍工作现状提出意见和建议。

在这次推进会上，昆山市局党委委员、政治部主任韩国强在会上作了经验交流发言，介绍了近年来昆山在辅助人员队伍管理方面的成功经验。对此，苏州市局党委委员、政治部主任傅泉福作了重要讲话，对昆山市局辅管工作给予了充分肯定，要求各级公安机关认真学习昆山辅管经验，以辅管立法工作为契机，着力从提高认识、从优待辅、提升素质等当方面入手，真正使辅管工作法制化、规范化。

《苏州市辅助警察管理与保障办法（讨论稿）》在苏州公安网上公布后，各市局网站也纷纷转载，苏州全市辅警队员们围绕讨论稿展开了激烈的讨论，许多辅警队员通过苏州市局局长信箱发表了自己的意见和建议。

"听说立法后辅助警察的待遇会有所增加？我们充满期待！"

"立法让我看到了希望，希望我的工作能得到民警的认同和老百姓的认可，希望我得到的报酬能对得起我付出的劳动。"

"辅警立法的目的之一是为了明确辅警的法律地位，保障辅警合法权益，提升职业认同度。而增强辅警职业认同是为了树立辅警职业自豪感及职业主人意识，从而改变对辅警的边缘和附属认识感。而辅警职业的认同又分为两个认同，一是公安内部的认同，二是社会的认同。我们一直强调社会的认同却忽略了公安内部的认同也是辅警立法的一个重要方面。"

"劳动保障法才是辅警福利待遇的真正保障，希望在《苏州市辅助警察管理与保障办法（讨论稿）》增设或注明一项，即辅警福利待遇严格按照劳动法执行。”

“我最期待的是社会地位能提高，领导和老百姓都能看到我们作出的努力和贡献。”

“立法之后，我希望能有加班费，能有休假日，能够享受法律规定的福利待遇。”

……

二

在广大治安辅警人员的热切期盼中，2012年4月17日，经苏州市政府第九十九次常务会议审议通过，苏州市人民政府发布了《苏州市警务辅助人员管理办法》（以下简称《办法》），并于2012年7月1日正式实施。该《办法》是全国首个规范警务辅助人员管理的地方政府规章，也是辅警队伍在各地设立后出现的首次立法。

5月14日下午，苏州市政府召开了《苏州市警务辅助人员管理办法》新闻发布会，发布会由苏州市公安局党委委员，苏州市委610办公室主任、新闻发言人陈斌华主持。苏州市政府法制办副主任孙立增向媒体通报了《办法》的立法背景、立法经过及《办法》的主要内容。陈斌华和苏州市局辅助人员管理处负责人回答了记者的现场提问。有近四十余家中央、省市媒体参加了发布会。

5月18日下午，昆山市公安局治安辅助大队张华大队长前往苏州参加了苏州市局召开的关于贯彻落实《办法》动员会。会上，苏州市局辅管处杨盘生处长对《办法》相关政策进行了详细解读；市局党委委员、政治部主任刘凤珠作了动员讲话，要求各单位充分认识和领会《办法》的重要性，以《办法》的颁布实施为契机，研究探索警务辅助人员管理的长效机制，并广泛开展学习讨论活动，争取时间抓紧落实各项工作任务，确保《办法》顺利实施。

《办法》的正式出台，在苏州各市局广大辅助人员中引起了一场“地震”级的震动，在《办法》公布后的一个星期内，苏州市公安局局长信箱几乎爆满：

“‘辅警立法’终于通过并将要实行了，这和我们敬爱的张市长的辛苦努力是分不开的，谢谢张市长，使我们广大辅警对未来充满希望，请允许我代表全市三万五千名辅警向你敬礼！由衷地说一声：‘张市长，谢谢您！’”

“首先要对您为《苏州市警务辅助人员管理办法》的出台和通过做出的巨大努力表示深深的感谢。苏州市是全国第一个出台警务辅助人员立法的城市。这使警务辅助人员的身份和长足发展有了质的变化，足以使广大辅助人员看到您对我们的关怀和关心。”

从事多年辅助人员管理工作的张华大队长，从《办法》中看出了辅助队伍管理工作上一个质的飞跃。在苏州市局参加完动员会后，张华也随即在昆山市局治安辅助大队召开了学习动员会。他说：“这个《办法》不仅明确解决了困扰多年的警务辅助人员的地位性质、规范用工问题，还对警务辅助人员‘什么能干、什么不能干’作出了详细规定，同时对广大警务辅助人员最关心的薪资待遇等问题也作出了明确说明。”

陈平是从联防队员整编到治安辅警的，如今，《办法》让他的称谓又变成了“警务辅助人员”。他自信地说：“以后在路面执勤巡逻时，就有底气了，也不怕老百姓骂咱们是山寨警察、冒牌货了。”新出台的《办法》明确了陈平这些队员们的身份定义。警务辅助人员是一种职业，与公安机关的法律关系为市场经济下的劳动合同关系，而不是一个新警种。警务辅助人员辅助的是警务工作，是人民警察的助手，而不是辅助有警察身份的人。警务辅助人员依法履行职责的法律后果由公安机关承担。对此，有些队员们还开玩笑说，警务辅助人员是三百六十一行，是一种全新的职业。

而对于王达这样业务技能精通的年轻骨干队员来说，《办法》中关于岗位晋级的制度让他看到了积极向上的希望和动力。苏州市局制定的《苏州市公安局警务辅助人员岗位晋级办法》将辅警岗位等级分为三级警辅、二级警辅、一级警辅、助理警辅长、警辅长。

作为信息研判岗位上的尖兵，王达信心十足地规划着自己将来成为二级警辅、一级警辅及助理警辅长、警辅长的逐级晋升路线。

有关薪资待遇问题，一直是广大治安辅警最关注的话题。《办法》第二十二条规定：公安机关会同财政、人力资源社会保障部门制定警务辅助人员工资福利细则，设立岗位标准和调整机制。

《办法》公布后，苏州市局和财政、人力资源社会保障部门研商具体细则。细则出台后，各地将积极主动向党委、政府争取，推动其他财政保障的警务辅助人员参照执行，在原有的基础上，逐步提高警务辅助人员的工资待遇，并且在全市统一标准。

尽管《办法》没有明确警务辅助人员一年能拿多少钱，可是，《办法》将警务辅助人员社会保险明确为“办理城镇企业职工养老保险、医疗保险、生育保险、失业保险和工伤保险、缴存住房公积金”，还为非公安机关聘用的治安辅助人员队伍提供了“参照”。此外，还通过明确“抚恤资金”可及于警务辅助人员的近亲属的条款，使因工受伤、致残的辅警家属有望享受到警察近亲属同等的抚恤待遇。

“我们相信立法之后，我们的福利待遇肯定会比以前要有所提高，也许这一过程是缓慢推进的，但是毕竟让我们看到了希望，所以我会好好珍惜这份工作。”这是做了三年联防队员、八年治安辅警的七零后老队员许明的心声。

身为九零后的陈志友是在2012年4月加入到辅警队伍中的，老队员心中的甜酸苦辣他还没有品尝过，但是全国首个辅警管理办法的出台，让他看到了这支队伍的前途和希望，“现在，我更坚信当初的决定是对的，这是一份值得我为之付出青春热血的职业，在这里，我也能找到人生的价值。警务辅助人员不同于原先的治安辅警，更不同于早些年的联防队员。作为一名新队员，我会珍惜今天的良好机遇。”

这是一个具有里程碑意义的创举，《苏州市警务辅助人员管理办法》的出台，对于公安机关来说，是在警务辅助队伍管理工作中前进了一大步。队伍管理。有法可依，队伍将更加法制化和规范化，对公安工作也将起到更加积极的作用。而对于警务辅助人员来说，立法也开启了他们新的人生篇章，他们的激情将再度点燃，在维护社会治安工作中将更好地发挥作用。

第五辑　倾听

倾听
以一颗心的高度
仔细地倾听

每一种声音都充满了渴望
每一次心跳都充满了真诚

请你倾听
这声音来自你的窗外

请你倾听
这声音来自你的内心

倾听
以一颗心的纯度
虔诚地倾听

也许，你会感动
也许，你会深思

请听他们说

“自从我成了一名辅警，就跟泡面结下了一份特殊的缘分。派出所每三天一个值班，这是雷打不动的规定！遇上特殊时期，晚上全体辅警加班，所领导事先总买好两箱快餐面，放在食堂等外出检查的辅警回来，像约定成俗一般。相比以前，现在的警情多了起来，每天四十多个警已不在话下，有时一分钟内能接到四五个警，在派出所内不到凌晨两点甭想睡觉。但是既然当了辅警，干了这一行，就得吃这一行的苦，社会的安宁总要有人去付出辛苦。我也相信，任劳更要任怨，还有很多这样的同行，为自己辛勤的付出而无怨无悔。”

——凌卫华，中华园派出所治安辅助中队

“作为一个职业，曾经为微薄的薪酬而苦恼，曾经为身边出现了害群之马而蒙羞。虽然囊中羞涩，但没有降低心中的道德标准。虽然队伍里也有不和谐的音符，但配合民警值班巡逻、守候伏击抓获犯罪嫌疑人才是辅警的主旋律。

虽然也曾彷徨，但始终坚定着君子爱财取之有道，心中装着日渐年老的父母，心中装着家庭的责任与追求幸福的勇气和真诚。没有为灯红酒绿让欲望走马，也没有因生活规律的打乱而危害了健康。虽然我不怎么懂得忧国忧民，可凭着淳朴的品质、任劳的脊梁，默默无闻支撑着和谐社会的重任。”

——吴丽东，淀山湖派出所治安辅助中队

“记得有一次上培训课，老师提出了一个问题：‘你为什么要当辅警?’有很多同事都一时语塞了。是的，有时明明很简单的问题，却也很难作答。如果回答是为了保一方平安，为了人民财产安全，为了打击违法犯罪等固然不错，却显得有些矫情。最后老师公布了一个令人心悦诚服的答案：为了生活，为了有一份职业，为了养家糊口！

虽然，直至今日，辅警在社会上可以说仍然没什么地位，仍然有好多人看不起辅警，甚至鄙视辅警。但是，默默耕耘的辅警们仍在默默付出，人们不得不承认辅警的素质在提高。比收入，我们可能很少，比地位，我们可能很低，比付出，我们绝不比谁少。

其实有时我们求的不只是报酬，而是“尊重”两个字。

现在好多弟兄都在叫收入低，可是在昆山，治安辅助这个行业的收入，却绝对不是最低的。而且很多人现在都越来越看重我们，不管是老百姓还是领导，好多家庭收入颇丰的人都愿把孩子送入这支队伍。‘不管是不是真警察，在公安部门干，就不会学坏。’曾经好多人跟我这么说过。当听到这样的话时，我很骄傲，我就是在公安部门干的。

哥是辅警，哥骄傲!”

——陈士同，城中派出所治安辅助中队

“幸福在哪里?每个人的理解各不相同。我们作为辅警，在社会上相对而言是特殊的人群，我们的幸福又是什么呢?

大小治安，群众困难，当辅警用青春热血筑起平安的长城，保护人民生命财产时，因为奉献，我们觉得幸福；每逢佳节，万家团聚，我们听着对讲机，时刻准备，因为使命，我们觉得幸福；走在大街上，当衣着时尚的人们用羡慕的眼光打量我们这身制服时，因为朴实无华，我们觉得幸福。

这，也许就是我们辅警对幸福的最好诠释。”

——小苛，青阳派出所治安辅助中队

“我在网上调查过，如今中国大部分县市的公安派出所、110巡逻队、治安执勤点中，百分之六十的成员都是辅警。我们这支全心全意为人民服务的队伍，当违法犯罪活动发生时，当人民群众需要时，都会冲上去应对，哪怕是流血或者献身都会义不容辞。我相信，这是普通公民不可能做得到的。但是为什么我们做了这些人民群众却不放在眼里？因为待遇和保障问题，辅警的发展始终停滞不前。任何一个地方的辅警队员都是匆匆地来，又匆匆地走，把辅警工作只当作是人生路途中一个小小的驿站，根本没将它作为一项事业来干。

我们辅警确实是社会上一个特殊的职业，我们甚至比爱警察更爱这份职业。我们为公安事业贡献了力量甚至热血，但也遭到了许多误解与嘲笑。但是我相信，在烈日酷暑下被太阳吸干汗水，在冷冽的寒风中冻得瑟瑟发抖的兄弟们，会用自己的实际行动来证明我们自己。虽然我们只是默默无闻的小草，但是我们依旧始终在四季交替中坚守着岗位，为警徽添彩增光华！”

——李婷婷，青阳派出所治安辅助中队

“有人说，在这个没有枪林弹雨的和平年代里，公安工作是最危险的职业，而其中最苦的是身处一线打拼的辅警！辅警是一种特殊的职业，充满了挑战性和危险性，凝聚着无限的艰辛和无偿的付出，延伸着忠诚和自我牺牲的精神。选择了辅警这个职业，就是选择了危险，选择了艰辛！

在平凡的工作岗位上，许许多多朴实的辅警，正默默无闻地付出着自己的青春，甚至是鲜血和生命，他们不为名、不为利，只为保障人们平安的生活。

群众的不理解、上级的不重视、待遇的不公平……这些压力常使我们感到被压得透不过气来，但在内心深处，我们却是很爱惜、很在意辅警的名誉和荣誉，因为这毕竟是广大辅警队员用自己的热血和汗水慢慢铸就的！可是，通报上、报纸上、网络上…任何一次的负面报道就可以把所有的光环全部抹杀，换成万人痛斥的负面影响！辅警队员们辛勤的耕耘不但付诸流水，同时还要面对着、承受着一些挖苦和嘲笑，甚至是歧视……这深深地刺痛了我们的心。

不可否认，辅警队伍中确实有极个别的害群之马，但亦不能因此而抹杀整体的名誉和荣誉。我们希望得到的是积极的鼓励、关怀的宽慰和热心的支持。

请给辅警多一些理解，多一点儿支持！”

——王炯，城中派出所治安辅助中队

“选择了辅警这个职业，就是选择了奉献。每每看到同行们抱怨辅警这个职业没有丰厚的报酬，没有崇高的地位，没有优越的待遇时，我想告诉我的同行们，换个角度审视自己，其实我们并不‘贫穷’，我们很幸福。

喧闹的白天，有了我们辅警匆匆的脚步，街头巷尾一切井然有序；宁静的夜里，有了我们辅警渐渐远去的背影，小区街道一片宁静安详。我们用辛勤汗水为千家万户铸起了幸福的防线。这是我们浇灌出的成果，平安胜过千万财富，我们与大家共享平安带来的幸福，我们很幸福。

不要抱怨老天的不公，不要责怪自己没用，不要羡慕别人的荣耀，‘辅警’这个称呼一样值得我们骄傲。我们肩负守护一方平安的责任，我们有奉献的信念，责任奉献才能获得幸福的感觉。

在我们辅警的眼睛里不应有辛酸，而应该满是幸福，因为我们一直在默默付出。这种幸福感觉，伴我们走过昨天，走在今天，走向明天。”

——张雁，城西派出所治安辅助中队

“对于辅警这份职业，我是心生向往的。1986 年我从部队复员，于 1991 年踏入派出所。从那时起，我心中的信念就是永恒不变的，那就是怀着这份深深的辅警情怀，融入人民安居乐业的五彩人生中，根植于为人民服务的事业。

每天，我无论是在上班或下班回家的路上，还是在和执勤辅警并肩作战时，只要看到我们的辅警为这座小镇撑起金色的黎明，以及黎明后小镇的沸腾、斜阳下小镇的宁静，我心中都会油然升起一种神圣感和自豪感。此时此刻，我守望平静中的那份执着，我祈望激情后的那份恒久，用辛苦我一人来换取万众的平安、社会的和谐。我深深明白，辅警时刻在不息的人流中谱写着一方平安、社会和谐的交响乐章。

生命走过一天，时空便留下一丝痕迹。二十年的警营生活，让我坚信，我们将以愈发坚定而沉稳的步伐，以更加高昂而豪壮的斗志将一方平安和社会和谐系于一身。当这一切沉淀在晨曦和晚霞之中，我们会看到，倾注于岁月年轮里的是一种何等令人感动的美丽！而这种美丽，只属于在平凡岗位中默默奋斗的治安辅警。”

——袁巧生，锦溪派出所治安辅助中队

“我是 2004 年参加辅警工作的。我的许多同学和朋友有的进了国家机关当了干部，有的干个体成了大款。他们遇到我时常对我说：‘你一年四季风里来雨里去，工资又低，有什么干头？’

我对他们说：‘我习惯了，也喜欢这一行。’这几年来，我的体会是：人不能只为金钱活着。既然干上了自己喜欢的辅警工作，就要爱岗敬业，让自己青春的火花在辅警事业中燃烧。

我们巡逻辅警，每天重复着同样的工作，晴天一身汗，雨天一身水，单调乏味且辛苦。不论白天黑夜，不论风霜雨雪，哪里有警情，就往哪里冲。我们没有做出什么惊天壮举，平凡得就像一粒铺路的石子、一棵花园中的小草。但我觉得我们平淡的青春是闪光的，我们平凡的工作是有价值的。

也许几十年后，我仍然还是一个普普通通的、风里来雨里去、拿着微薄薪水的辅警队员，但我无怨无悔。因为我曾经在辅警这块沃土上耕耘过，曾经让自己青春的火花在辅警事业中燃烧过。我和我周围的年轻同事们，就像一颗颗流星，在短暂的人生道路上划出过一道道亮丽的轨迹。”

——淡崇明，周市派出所治安辅助中队

“我凭着对辅警职业的向往和崇敬，毅然报考了辅警。从此，在我的生命中又多了一份责任。我的感受是：干辅警这行真的很不容易。

我在公安派出所工作已有好多年了，得益于工作上的便利条件，使我接触到了许许多多生动感人的故事。每当给朋友讲起身边辅警的故事时，他们都很惊讶。辅警虽然没有什么光辉业绩，只是在本职岗位上无声无色地工作着，年复一年，永不停止。但辅警付出的是陪伴家人的时间、教育子女的时间，辅警们的心里永远是对家人的愧疚。

人的价值是无价的。而辅警的价值更多体现为责任和无私的奉献。他们用行动书写着人生，用热血诉说着忠诚。我喜欢辅警，是因为这些真汉子用自己独特的方式实现着人生价值和热血青春。他们的泪，是一种无怨无悔、从头再来的悲壮。他们的笑，是一种敢立潮头、笑傲人生的洒脱。不求索取，只求奉献，这就是我们身边的辅警同事。正是有了这样成千上万的辅警在默默地奉献着，才换来了社会的安宁。

当我融入辅警队伍这个集体的时候，才真正领会到做一名辅警意味着什么。我从辅警同事身上学到的不仅仅是知识，更重要的是他们的人格魅力、奋发向上的精神，它们一直在影响着我，感动着我。这就是我视辅警这个职业为第二生命的原因。”

——耕牛，锦溪派出所治安辅助中队

“做辅警这一行是讲求奉献的，而且辅警的奉献无法用金钱来衡量。但如果你选择了辅警这个职业，就不应要求有多大的回报。在奉献中，我们才能磨炼意志、锻炼品格。‘宝剑锋从磨砺出，梅花香自苦寒来。’要做好一名辅警，就必须从平凡中见伟大，以顽强意志去实现自己的人生价值。一名辅警，无论能力大小、职务高低，只要在自己的岗位上尽到自己的责任，付出自己的努力，就具有社会价值。只要不计较名利大小、职务高低、报酬多少，尽心尽责，那就是奉献。

也许我们一生都没有任何显赫的功勋，没有惊天动地的壮举，甚至有过工作失误，但只要全心全意地投入到为人民服务中，履行一名辅警应尽的义务，就一定会得到人民群众的肯定和尊敬。‘青山处处埋忠骨，何须马革裹尸还’是任何一名有正义感的优秀辅警的执著追求。让我们努力去做一个好人，做一名优秀的辅警，让我们在人生中留下几个闪光点。”

——周剑峰，城西派出所治安辅助中队

“每当我巡逻在社区的大街小巷，就会不断地有人同我热情地打招呼，那一张张熟悉的面孔，一句句亲切的问候，总让我的心里充满了温暖和自豪。通过每天对辖区的巡逻，让我熟悉了这里的每条街道、每个小区，与这里的居民结下了深厚的感情。

在社区巡逻工作中，虽然我没有什么突出贡献，也没有辉煌的业绩，然而我通过平凡、朴实的工作，力尽所能地维护着小区的安全、稳定、和谐，让我的人生价值得到了体现。”

——盛建荣，朝阳派出所治安辅助中队

“我只是一名普通的辅警，过着平凡的日子，能做的，就是每天尽心尽责做好自己的本职工作，为社会尽一份绵薄之力。

看看眼前的社会，我们这些平淡无奇的辅警却扮演着不可缺少的角色。当你走在城市繁华的大街上，或是走在小镇村落宁静的深巷，身着制服的辅警随处可见。平凡的他们都在努力做好自己的工作，发挥自己的职能。虽然没有惊天动地、惊心动魄的大作为，但他们各尽其责坚守在自己平凡的岗位上，守护着小小的一片土地能平安地度过每一天。我们辅警，虽然岗位不同，但每个人的肩上都一样扛着维护社会和谐平安的担子。一个辅警的力量是微不足道的，但我们无数个小小的力量凝聚在一起，就能支撑起整个社会！”

——苏凤，曹安派出所治安辅助中队

“有一个美丽的女人，嫁给了一名辅警，从幸福的恋爱，到独守空房，再到一边带孩子一边操持家务，她年轻的脸庞多了一些皱纹，细嫩的手指变得有点儿粗糙。她放下女子该有的娇气，独自撑起他们的家，只因为自己爱上的是个治安辅警。

谁是世界上最可爱的人？我们新时期的辅警固然可爱，但是在他们背后无怨无悔支持着他们的千千万万个警嫂，才真的是世界上最可爱的人。我们美丽的警嫂们放弃了自己的青春，放弃了少女时代的梦想，用漫长的期盼与等待换回辅警丈夫偶尔回家短暂的团聚。警嫂对辅警职业的理解和对丈夫工作的支持，值得所有人向她们致以崇高的敬意。”

——王美勇，石浦派出所治安辅助中队

“辅警职业的发展，从80年代的群众性联防组织，到后来的保安联防直至今天的治安辅助，从当初每个乡镇七八个人到现在昆山全市五千多名辅警，从成立之初的无序组织到现在的正规化建设，任何一个前进的脚步都承载着新老治安工作者的努力和汗水。作为新时代的治安辅警，我们应该倍加珍惜这来之不易的大好局面，共同为社会经济的繁荣发展当好护航使者。

有作为才能有地位，不要为了眼前暂时、短时不能得到的利益而怨声载道，降低工作责任心。相信在各级领导的关心支持下，在广大辅警的共同努力下，辅警的前途一定会越来越美好，辅警之路一定会越走越宽广。”

——陈伟，周庄派出所治安辅助中队

“大学毕业后，我在偶然的机会中得知辅警队伍在招人，便报了名，经过笔试、体能等一系列的审核，我终于成为了一名真正的辅警队员。

辅警与民警是不一样的。我们制服臂章上写的是‘辅警’，男队员们在日常执勤执法过程中，没有执法资格，许多活动必须要在民警的带领之下才能完成。而女队员一般都是内勤，协助内勤民警做好相关信息的报送、材料的输送、相关系统的输入、台账的完成等。

也许有人会问，难道梦想是丰腴的，现实是消瘦的吗？不，不对。辅警与民警是一样的。我们的队员们也时常被老百姓称为警察同志。我们的身上也系着党和人民的重托，肩负着打击犯罪、维护一方平安的重要责任。我们的身上同样体现着正义、勇气、奉献、智慧、力量。

当前昆山建设进入了新的历史时期，我们也会与民警一样，努力工作，确保辖区内政治安定、治安平稳，确保随时拉得出、打得响，以自己的工作热忱，为建设更加美好的昆山，付出我们的心血与努力。”

——陆蓉华，吴淞江派出所治安辅助中队

“小时候，我梦想着长大以后可以成为一名英姿飒爽的女警察，可以扬善除恶，可以英勇无敌。长大以后，我通过层层考验成为了一名女辅警。虽然现实并没有梦想的那样美好，可是在我看来，女辅警也有着她独特的美丽，也是一朵美丽的蔷薇花！

派出所内勤工作就像是一条枢纽带，它连接着派出所内所有的工作机组，每一个组成部分就像是一台机器的各部分零件，少了谁都不能正常运作。而我们女辅警所担任的内勤工作又像是一杯现冲的咖啡，有点儿苦苦的、涩涩的，但是如果细细品味起来，却总让人唇齿留香。

女辅警，这个美丽而动人的名字有着我们所有人的骄傲，也有着我们的坚持不懈。虽然我们没有女民警那样的英姿飒爽，也没有男辅警那样的英勇无敌，但是在冬日的寒风里，我们亲切温暖的笑脸却给人们心中增添了一道暖暖的阳光。当泪花成熟为微笑，那独特的美丽，经得起所有心灵的审视，是那样的心醉，又那样的迷人。”

——刘雪莲，吴淞江派出所治安辅助中队

“岁月匆匆，时光荏苒，一晃到派出所已经一年了，从没想过自己会从事这份工作，也许是机缘巧合吧，总之，在这里，苦与乐总是如影随形。

大家都知道，派出所不像别的单位，由于工作性质的原因，必须24小时有人上班。所以我们日夜颠倒，生活及其不规律，仿佛永远睡不醒，人一直处于半清醒状态，每天见同事比见家人的次数还要多，没有周末，过年过节还要值班，出去旅游对我们来说简直是奢侈。不管刮风下雨，只要有警，我们就要第一时间赶到现场，竭尽全力保护市民安全，为市民排忧解难，不放过任何一个犯罪分子。

任何事情都有正反两面，当我们抱怨工作辛苦的时候，其实换个角度想想，这份工作还是有其乐趣的。当我们制止一起案件的发生，或抓获犯罪分子时，看着人们感谢的目光，心中总会涌起一种骄傲和自豪感，觉得所做的种种、付出的所有都是值得的，人生价值得到了最大的体现。

俗话说‘在其位，谋其职’，我们一定会尽自己所能做好本职工作。

——周晓兰，朝阳派出所治安辅助中队

“现在很多辅警都在抱怨工资低，我当初也有这种想法，总认为每个月就拿这点儿钱，凭什么去做那么多的工作，觉得干的活对得起这些钱就可以了。现在想想，这种抱怨虽然能使自己的内心压力暂时得到一定缓解，不过抱怨久了就会使人的思想摇摆不定，进而在工作上敷衍了事，使自己的发展道路越走越窄，最后一事无成。

我其实也从几个朋友身上看到了抱怨的结果，他们只顾抱怨，忘记了在竞争日趋激烈的今天，工作的来之不易，换句话说，其实是他们不懂得珍惜自己的工作机会。即使现在工资低，但是也可以充分利用工作的机会提高自己的技能。不努力工作而只知抱怨的人，总是被排在解雇或者降职名单的最前面。

我们辅警兄弟怎么才能从平凡的岗位上脱颖而出呢？一方面由个人的才能决定，另一方面则取决于个人的进取心态。我相信成功的大门永远是为有准备的人敞开的。

所以，请珍惜你现在的工作吧。”

——张洁，正仪派出所治安辅助中队

“从一名军人成为一名辅警，我就知道选择了这份工作，带来的不光是荣耀，更多的是责任。因为我们要让每个生活在这座城市的人民，在每个角落都不会孤立无助。在他们需要的时候，我们随时都会出现在他们的身边，为他们解决困惑，维护其合法权益，让他们感受在社会主义的天空下，法治社会给他们带来的安全感。

辅警虽然没有执法权，福利待遇也没有人民警察好，但我们有着与人民警察相同的目标，因此丝毫不能有任何懈怠。我深深地感觉到这份工作是那么的神圣，那么的光荣，因为我们和人民警察在同一条战壕里，承担着与人民警察同样的使命，有着同样的责任。我会脚踏实地、认真努力工作，发扬部队艰苦奋斗的精神，冲锋在第一线，用实际行动来证明我自己，实现我的理想，我无悔的选择。”

——陆平，昆山市公安局治安辅助大队

“我们的辅警兄弟真是不容易，难得遇到节假日，家人都盼着共享团圆之乐，可是一句‘加班，没有时间!’，轻而易举打破了家人无数次的期望。家人中有些会理解，有些则会埋怨，还有些无法容忍，争争吵吵也是难免的，所以说辅警兄弟难为你们了，不仅要照顾好社会这个大家，还要安抚好自己的小家，不容易呀。

大家在处警、巡逻时难免会碰到这样一种人，他们会一直嚷嚷‘你们拿的是纳税人的钱，是我们在养你们’，这话是对警察说的，而警察背后的辅警兄弟，他们更是嗤之以鼻，认为辅警还不配拿他们纳税人的钱，轮不到与他们对话，这是何等的不公与歧视！然而在场的辅警兄弟都忍了下来，没人多说一句，他们相信谁都清楚我们干了什么，我们问心无愧，我们用双手、用汗水换回了自己应得的收入，虽然有些囊中羞涩，但用得踏实用得安心。辅警们不容易，大家都知道。

或许这些都不值得去诉说，辅警这个职业本就特殊，在我们选择了它的时候也就选择了它的与众不同，这是职责，这是辅警们应该做的。付出并非需要得到回报或其他，但理解、认同还是要的。辅警们的牢骚只是在口头上，只要兄弟们一踏上工作岗位、一穿上制服，这些怨言早被抛到了九霄云外，兄弟们用自己的行动一直证明着。

三百六十行，行行都有自己说不清道不尽的苦楚，但行行都能出状元。为什么？‘宝剑锋从磨砺出，梅花香自苦寒来。’若兄弟们都懂得这个理儿，那么我们辅警的美好将来定是指日可待的。所以兄弟们要相信自己，没有过不了的坎，没有蹚不过的河，苦尽甘来终有日，奇迹是自己撰写的。辅警兄弟们加油！”

——朱小芳，城西派出所治安辅助中队

“身为辅警，不知慨叹过多少次，有多苦有多累，又多么不被理解。倘带着这些怨言灰头灰脸地走进每一天，那收获的只能是烦闷。还是给心灵整整容吧，‘让每一时每一刻的我莹彩暖暖，如冬日清晨的半窗阳光。’这样，光彩照人的你必然让你的窗口亮丽生辉，与你打交道的群众必然心头敞亮，他们的积极配合又会让你心情顺畅。想想看，这样的连锁反应是不是很美妙？”

——冯春林，花桥派出所治安辅助中队

“说起辅警这份工作，想必很多人都是万般滋味在心头。任务繁重，工作没有规律性。特别是节假日期间，辅警和警察一样周旋于各种保卫工作，上街巡逻、值班。工作的繁琐和繁忙透支着他们的精力和激情。巡逻的会觉得坐办公室的工作既舒服又安全，而自己风吹日晒雨淋，实在是辛苦；坐办公室的觉得手头工作繁琐又费脑，还容易被领导挑毛病；身处同一战线的，总是埋怨同伴付出的少，甚至感觉人家工作轻松……

分工不同决定了工作性质的不同。同属一个大集体的我们都在为了同一个目标努力。心态的不平衡和倾斜只会导致工作积极性和热情度降低。如果一个人对生活、工作都漫不经心，势必会处处不如意。当把这不如意迁怒到工作中，那么只会让我们失去热情、自尊及人生努力奋斗的方向。

开开心心当辅警，快快乐乐干工作。在人生的旅途中，最糟糕的境遇往往不是怀才不遇，不是默默无闻，而是精神和心境处于一种无知无觉的疲惫状态，没有激情，没有动力，没有方向。只要我们在工作和生活中不断追求知识，挣脱旧我，净化灵魂，升华自己，那么我们就一定能拥有一个无悔的人生。”

——王玉红，周市派出所治安辅助中队

“从第一次听到《少年壮志不言愁》开始，我就对那一身制服充满了向往，金色盾牌手中握，危难之处显身手，这是我们那一代人曾经的豪言壮志。头顶着国徽，誓死做一名忠诚的卫士，在理想面前，我实现了一半，我是一名辅警。

每每看到有关媒体报道某某人因某事牺牲的事迹时，惋惜的多，旁观的多，一带而过的多。而老百姓更关注的还是辅警的负面新闻。我去病房探望过因抓骑摩托车抢包的犯罪嫌疑人而被扎伤的同事，看着鲜花跟果篮，看着家人坚毅又怜惜的神色，我心里很不是滋味。而战友却给了我们一个浅浅的微笑，我们都知道，他是个尽职的好同事。

看着网络上到处转载的辅警负面报道的帖子以及恶意攻击辅警的文章，有时我很气愤。我想告诉这些人，我们承认，这支队伍中的确存在着少数败类和害群之马，对于他们，其实我比老百姓们更恨，因为就是这一小撮人破坏了我们的形象，那些用生命用鲜血换来的一丝丝的辅警荣誉都被他们轻而易举地破坏掉了。试问，在那些牺牲的战友面前，他们该以什么颜面去面对？

可是，大家也应该理解，我们也是从普通老百姓中走出来的，只不过当我们穿上这身制服，就意味着我们有着不可推卸的责任跟使命。我只想说一声：请理解我们，好吗?”

——周海凤，曹安派出所治安辅助中队

“我是1993年参加派出所联防队的，到现在已经干了18年，从一个精力充沛的精壮小伙变成了现在年过五旬的半老头子，总之，我把生命中最宝贵的一段青春都奉献给了治安工作。虽然现在我们改称治安辅警，但是工作宗旨还是辅助公安机关维护社会治安。像我这样的老队员，一般都是工作非常认真的，但是我渐渐地感到了心有余而力不足。像年轻人一样日班、夜班12个小时轮着换，前几年还不觉得怎样，但是这一年来我越来越感到身体吃不消了。我一直在想，能不能请领导考虑一下，不再给我们这些老同志安排夜班，毕竟岁数大了，工作强度又大，身体也有许多毛病。如果可以的话，我也想早点儿退休。”

——莫建良，陆家派出所治安辅助中队

现如今房价居高不下，裸婚、蜗居盛行，物价猛涨的年代，一味地追求高薪成了许多人的目标。我不否认，高薪能带给我们高质量的生活，能满足我们越来越高的物质需求。尽管在某种程度上，这确实体现了人才的价值，是对个人能力的肯定，意味着个人事业的成功。但是我们不能错误地认为高薪就是自我价值的最终体现。我们必须要清楚地认识到“鱼与熊掌不可兼得”这个最浅显的道理。

高薪生活并不是我们想象中的那么潇洒、轻松，他们面临着巨大的工作压力和私人时间空间的严重缺乏，繁重的工作使得他们的生活和家庭越来越不平衡，从而有可能带来一系列健康问题、情感矛盾。

——杨迪，科教园派出所治安辅助中队

在这个物欲横流的社会，当大家都在忙着赚钱的时候，是辅警在维护着社会的治安；当夜幕降临，大家都进入梦乡时，是辅警一直在路上巡逻。为保百姓平安，辅警做出了比常人更多的努力。他们的收入并不高，有时候只能够勉强维持温饱，节假日或是纪念日都无法给女友买一件像样的礼物，可是他们还是这么努力工作着。其实基层辅警的辛苦我都理解。他们冒着严寒酷暑夜以继日奋战在“前线”，有时一连上24个小时的班，眼睛都不能合一下，有时在外巡逻一整天，连一口水都没得喝。可是他们并没有怨言，只一心想把工作做好，只为心中有百姓。既然他们选择了这个行业，就会义无反顾地做下去，而且越做越好。我相信我们的队伍里一定会有越来越多的优秀的人才涌出！

——吕宝娥，中华园派出所治安辅助中队

后 记

亲爱的读者朋友们，当您看到这段文字的时候，我想在此之前，随着您一页一页地翻阅，那些带着某种使命的文字应该已经在您的脑海里亮过相了。不管您现在的感受如何，我都真心诚意地感谢您，感谢您利用宝贵的时间用心去阅读它们！

在这本书上，这些普通的中国汉字经过了一定的组合，它们的意义早已超越了文字本身。它们代表的是一种声音，这种声音来自一个您熟悉而又陌生的群体。这种声音，我用了3650天的时间去倾听和感受，又用了365天的时间去书写和表达。

十年春秋，十年甘苦。在3650天的倾听中，我的心一次又一次被感动着、震撼着。这是一群默默无闻的平凡人，如广阔的大地上那些无人问津的小草，如浩瀚的天空里那些渺小平凡的星辰。他们中的个体是微弱的、不起眼的，甚至是可以忽略的，然而，他们这个群体是庞大的、引人注目的，甚至是应该被仰视的。

在365天的书写中，我的心一次又一次被洗礼着、升华着。这是一个英雄辈出的群体，他们在平凡中创造伟大，在困境中创造奇迹，如基石撑起高楼大厦，如根须托起参天大树。脚下的基石常常被人忽视，土里的根须往往被人遗忘，可是他们照样坚持着，守护着，奉献着。

第一次，他们集体亮相了！也许我的书写并不完美，我的表达也很笨拙，可是，他们就这样通过我的文字出现在了大家的面前。

他们的欢笑和泪水，他们的骄傲和自卑，他们的执着与迷惘……您一定能感受得到，当您用心地阅读那一行行有血有肉的文字时！

亲爱的读者朋友们，当您掩卷后把目光投向您的周围，您就会发现，其实他们就在您的身边，在您居住的小区里，在您上下班的路途中，在您生活着的每时每刻每地每处，他们的身影一直在那里，默默地，守护着您！

无论您生活在哪个地方，如果您看见他们，看见他们默默无闻地工作着的身影，那么请您把关注、理解和支持的目光投向他们。真的，他们的要求并不多。

亲爱的读者朋友们，我要感谢您关注他们的第一次集体亮相，更要感谢那些为这次集体亮相而提供支持和帮助的各级领导和朋友们，感谢中国人民公安出版社文艺分社的易孟林社长，感谢苏州市公安局张跃进局长，感谢昆山市公安局何苏华局长、陆迎芳政委，感谢昆山市文联莫全明主席和郁建中主任，感谢昆山市局治安辅助大队张华大队长的倾力相助。

我最应该感谢的，是那些默默坚守在治安辅助岗位上的兄弟姐妹们，是他们给了我倾听的机会，是他们给了我书写的勇气，是他们让我完成了一次应负的使命。

从治安联防队员、治安辅助人员到今天的警务辅助人员，尽管称谓变了一次又一次，但是他们肩负的使命始终未变，他们心中的信念之火还在燃烧！如今，《苏州市警务辅助人员管理办法》让他们看到了更多的希望和憧憬，尽管眼前的道路依然是曲折的，但前途一定会更加光明！

最后，我想把一首歌献给全国所有默默奋战在警务辅助一线的兄弟姐妹们，让我们一起轻轻地吟唱这首《明天会更好》：

“轻轻敲醒沉睡的心灵，慢慢张开你的眼睛，看看忙碌的世界，是否依然孤独地转个不停，日出唤醒清晨，大地光彩重生，让和风拂出的音响，谱成生命的乐章。唱出你的热情，伸出你双手，让我拥抱着你的梦，让我拥有你真心的面孔，让我们的笑容，充满着青春的骄傲，让我们期待明天会更好！”

我们坚信，属于他们的明天一定会更加美好！

蓝鸿

2012 年 5 月 28 日